KB269560

대답해
미친 게
아니라고

대답해
미친 게
아니라고

한차현 소설집

문이당

차 례 / 대답해 미친 게 아니라고

대답해 미친 게 아니라고

1

그때 전화 우는 소리가 나를 흔들어 깨웠다. 눈뜨고 보니 잠속의 일이다. 하도 생생한 꿈이라 깨어났음에도 여기가 아직 그쪽 세상인가 잠깐 헷갈린다. 점심 먹으며 따끈하게 낮술 한 잔했던 탓이겠다. 모니터 앞에 앉아 마우스를 만지작거리다 잠이 들었던가.

「서울 인력입니다.」

「여보세요.」

「말씀하세요.」

「어, 심부름센터죠?」

여자다. 음색이 적당히 가늘고 높으며 발음 끄트머리가 입천장에 상쾌하게 올라붙는다. 스물셋 혹은 스물셋의 외모를 가진 미혼 여성이 분명하다.

「맞습니다. 무엇을 도와 드릴까요.」

「저기요. 어, 뭐라고 해야 하나.」

「전화통 대고 말씀하기 곤란하면 그러지 않으셔도 됩니다. 원하시면 저희 쪽에서 상담차 방문을.」

「곤란한 게 아니라, 뭐냐 하면, 제가 어딜 좀 가야 하거든요.」

「어디를 가신다는 말씀인지.」

「주홍섬이요. 남해.」

「아, 주홍섬. 그런데요?」

「같이 가주실 분이 필요해서요.」

「같이, 라면…….」

「처음부터 내내 동행해 주셔야 하는 거죠. 시작부터 끝까지.」

「당일로 말인가요.」

「섬까지 들어가야 한다니까요. 빠듯하게 잡아도 여든다섯 시간은 걸릴 거예요.」

여든다섯 시간이라. 3박 4일을 그렇게 말할 수도 있는 것이다.

「경호가 필요하신 건가요.」

「타고 갈 차와 운전기사가 필요한 셈이죠. 그런 일은 안 해주시나요?」

「제 말씀은, 원하시는 게 정확하게 뭔지.」

「혼자서는 그렇게 멀리까지 가본 적이 한 번도 없어서요. 여럿이 여행 갈 때 쫓아다닌 적은 있지만. 운전도 못하고. 차도 없고.」

달큰한 잠기운이 걷히고 있다. 수화기를 쥐고 일어나 허리를 비틀었다. 등뼈에서 우두둑 뭐 부러지는 소리가 난다.

「잘 알겠습니다. 견적서 한번 넣어 드릴까요?」

2

인터넷을 열고 주홍섬을 찾는다. 아는 척 넘어갔지만 듣기도 처음 듣는 지명이다. 주홍. 주홍섬. 2백 개 넘는 웹 페이지가 쏟아진다. 군(郡)이 만든 홍보 사이트도 있고 여행사가 올려놓은 정보도 있다. 주홍섬. 전라남도 신안군 주홍면. 면적 44.13제곱 킬로미터, 해안선 길이 86.4킬로미터로 우리나라에서 열여섯 번째 큰 섬이다. 인구는 4,792명(2005년 10월 기준). 목포에서 서쪽으로 약 54킬로미터 떨어진 곳, 자은도와 도초도 사이에 있으며…….

심부름센터를 찾는 사람들은 크게 두 가지 부류이다. 돈이면 세상 모든 것을 할 수 있다고 믿는. 그리고 돈이면 자신이 원하는 모든 것이 가능하다고 믿는. 전화로 이메일로 드물게는 방문을 통해 하루 10여 건씩 쏟아져 들어오는 의뢰의 내용들이란, 어느 소설책에 나오는 대목처럼, 한마디로 다양하다. 난잡하달 정도이다. 헤어진 남자 친구에게 받았던 편지와 선물들을 돌려주고 대신 머리카락 한 줌만 얻어 와 달라는, 대개 그 이상이거나 이하이다. 같은 반 아이를 죽여 달라는 초등학생이 있고 30퍼센트 파마 할인권을 아직 못 쓰고 있어서 그러는데 넉넉잡고 다섯 시간만 애 좀 봐줄 수 있겠냐는 아줌마가 있다. 아무래도 미심쩍은 아내를 뒷조사해 달라는 의뢰가 있는가 하면, 무슨 연유에선지 제 아내가 제대로 바람피우고 다니도록 수를 써달라고 하는 요구도 있다.

서쪽 해안은 다도해 해상 국립공원에 속하며 북쪽 해안으로 원평 등 해수욕장 두 곳이 있다. 고려 시대에 축성한 것으로 알려진 '성치 산성'과 천연기념물 332호로 지정된 '칠발도 해조류 번식지', 1982년 무게 7.8킬로그램의 운석이 떨어졌던 지점에 조성된 '운석 공원'이 볼거리이다. 고구마, 마늘, 양파 등의 농산물 외에 근해에서는 멸치, 농어, 참조기, 가자미, 붕장어 등 다양한 어종이. 교통편은 고속 쾌속정 남해 프린스 뉴 골드. 대흥 고속 카페리. 출발 시각 10:00, 13:20, 15:00. 일반 카페리호는 남해 대흥 7호 남해 대흥 3호. 오후 13:20, 15:00, 19:00……

해안 도시까지 고속도로 몇 시간을 달려, 몰고 간 차를 배에 싣고 내처 바다를 건너, 난생처음 접해 보는 섬 구석구석을 일주하고, 그렇게 3박 4일 아닌 여든다섯 시간을, 누군지 알지 못할 스물셋 혹은 스물셋의 음성을 가진 여성 의뢰인과 단둘이? 아무래도 이번 일은 프리랜서들에게 넘길 건은 아닌 듯하다.

젊은 여성 의뢰인과의 여든다섯 시간이라서가 아니고, 한편 그
때문이다. 등기부 등본 몇 통을 떼는 따위가 아닌 것이다. 화이
트보드에 침 뱉듯 갈겨 놓은 메모를 바라본다. 27일 목요일. 남
해 주홍섬 동행 건. 방금 전 수화기를 들고 누군가와 그런 대화
를 나누었다는 것이, 그러한 사실 혹은 기억이, 아닌 듯 까마득
해진다. 꿈은 아니겠지.

3

여자의 머리칼은 비 그친 오후의 하늘색. 초록 눈동자 하얀
얼굴에 손목은 주간지 한 권보다 가늘다.
「심부름센터에서 오셨죠?」
「안녕하세요.」
나는 조금 당황한다. 어이가 없다. 여자를 만나 형식적인 인
사를 주고받는, 그 순간, 도대체 뭘 어떻게 해야 할지 모를 당혹
에 풍덩! 첫인상 때문일지 모른다. 현실감 없는. 치명적인 무엇
에 홀린 듯한. 불안한. 살아 있는 무엇을 대하는 것 같지 않은.
또 어떤 표현이 있을까.
「다행이지 뭐예요.」
「뭐가요?」
「심부름센터에서 그런 일까지 해주는지 몰랐거든요.」
「저도 몰랐습니다.」

「주홍섬, 실은 몇 년 전에 회사 언니들과 같이 갔었어요. 여름휴가 때.」

「그렇군요. 요번에 다시 가시는 건 무슨 볼일이라도.」

「그런 편이죠. 아무려면 일없이 그 먼 데까지 찾아가겠어요?」

「하긴.」

「그런데 막상 가려니까 걱정이 막 생기는 거예요. 잘 찾아갈 수 있을까. 무섭기도 하고.」

「모르는 사람과 함께 가는 것이 무섭지 않겠습니까.」

내뱉고 보니 그것 참 쓸데없는 소리구나 싶은 후회에 관절이 다 시큰거린다. 쓸데없는 정도가 아니라 해서는 안 될 소리였다. 내 말을 못 들었거나 제대로 이해 못한 모양이다. 얇은 입술을 잠시 삐죽이더니 되묻는다.

「그런데 아저씨가, 아니 사장님이 저랑 같이 가실 건가요?」

그때다. 문득 떠오르는 게 있다. 사흘 전의 꿈 말이다. 낮술에 녹아 책상 위에서 까무룩 잠들었다가, 전화통 울어 대는 성화에 깨어나서는, 아니 그럼 여태 꿈을 꾸고 있었단 말인가, 어리둥절해지고 말았던.

4

신발 밑창이 떨어졌다. 꿈이라는 것이 대개 그렇듯 어쩌다 밑창이 떨어지고 말았는지 어떻게 그 사실을 깨닫게 되었는지 등등은 전혀 캄캄하다. 어두운 거리. 도심지 폐허이다. 3차 대전 후 암울한 미래 세계, 그렇게 설정된 SF 영화의 한 장면을 꼭 닮은. 잔해로 남은 밤거리에 누더기를 걸친 사람들이 불안한 낯으로 서성이며 쓰레기 더미를 뒤지고 드럼통에 불을 지피고, 고철이 된 자동차들 무덤 위로 정찰기 한 대가 어두운 하늘을 소리 없이 가르고. 담벼락 아래 자리 잡고 고장 난 우산이며 떨어져 나간 냄비 꼭지 따위를 수선해 주는 아주머니, 신발 두 짝을 받아 들고는 연신 혀를 찬다.

「으이구, 어쩌다가 신발이 이 지경 될 때까지 마냥 싸돌아다녔을까.」

그런데 어쩔 셈인지 투박한 끌과 펜치며 뭉뚝한 가위로 밑창과 관계없는 부분까지 연신 뜯어내고만 있다. 꿈속의 나는, 밑창이 하도 심하게 닳아서 저런 식으로밖에 못 고치는 모양이네, 생각했고, 그래서 불안했다. 하는 수 없이 수리를 맡기긴 했지만 주머니 속에는 고작 천 원짜리 석 장과 백동전 한 개뿐이었다. 저렇게 작업이 커지면 수선비가 만만치 않을 텐데.

「저기요, 얼마 정도 할까요.」

「천 원. 한 짝에 오백 원씩.」

「……됐다.」

「뭐가 됐어요?」

「아니, 아니에요.」

시야가 눈부시게 밝아 오더니 오토바이 몇 대가 퉁명스러운 엔진 소리를 퍽퍽 내뱉으며 멈춰 선다. 쇠구슬 박힌 가죽점퍼를 맨살에 걸치고 얼굴에 울긋불긋 회칠을 하고 앵무새 머리를 요란하게 틀어 올린 청년들. 아주머니의 꾀죄죄한 얼굴이 단박에 어두워진다.

「헤이, 우리 아줌마 안녕?」

는실난실, 건들건들, 꺼덕꺼덕, 갖은 불량을 떨며 다가와서는 크어억 가래침을 뱉어 붙이고 주변을 맴돌다가 연장함을 툭툭 걷어찬다. 누군지 알 수 없지만, 이 상황에 그다지 도움이 될 이들 같지는 않아 보인다.

「뭐야 이거. What the fuck…… 신바알?」

아주머니의 손에서 신발을 냉큼 빼앗아 든다. 철사로 눈두덩을 꿰맨 앵무새의 미간에 표독스러운 주름이 잡힌다.

「요런 쓰발. 내가 말 안 했나? 요따우 지랄 좀 제발 말라고.」

「어이구, 왜들 또 와서 행패야.」

「생각을 해보라고 생각을. 요따우 잔일거리 밑 찢어지게 해 봐야 어느 세상에 빚을 갚겠어. 응? 알아듣게 설명을 해주는데 행패라니 씨불년이. 그간 이자 밀린 것만 얼만데 말좆 같은 쌍년이. 약 좀 팔아 보라는 건 들어 처먹지도 않으면서 순 개씨팔년이.」

휘익. 가련한 신발 두 짝이 허공으로 날아간다. 저편 어둠으로 너덜너덜한 새처럼 멀리멀리 사라진다. 이런 젠장. 순간 눈앞이 캄캄해진다. 이제 뭘 신고 집까지 돌아가지? 그때였다, 전화 울음소리가 날 흔들어 깨운 것은.

신발이라니. 그것도 다 떨어진 신발이라니. 빌어먹을 낮 꿈이 행여 나에게 뭔가를 일러 주려는 것은 아닐까. 인터넷으로 주홍섬 관련 자료를 뒤적이며 한편으로는 그 해답을 찾았다. 꿈. 해몽. 신발 꿈. 천 원짜리 신발 수선. 찢어진 신발. 꿈에 신발이 나왔을 때 등등. 검색창에 도깨비 같은 글자들을 썼다 지우고 썼다 지우고, 그리하여 찾아낸 것이 고작 다음과 같은 문구 하나였다. 구두를 사거나 얻는 경우, 입학 운이나 취업 운이 뒤따르는 경우라고 합니다. 반대로 구두를 잃는 꿈은, 가까운 누군가 먼 길을 떠나게 됨을 의미합니다.

가까운 이? 먼 길? 꿈보다 세 배는 애매한 해몽이었다.

5

이틀 뒤. 밤색 멜빵 가방을 멘 여자가 커다란 슈트케이스를 들고 나타났다. 차 옆에 서 있는 나를 향해 받아들이기 어색한 눈웃음을 함빡 보낸다. 날아갈 듯 들뜬, 애써 감추지 않아 얼굴과 걸음걸이에 그런 기색이 고스란히 드러난. 짐을 받아 트렁크에 싣고 뒷문을 열어 주자 그게 아니라는 표정이다.

「옆에 탈게요. 그래도 되죠?」

「안될 건 없지만.」

「아, 차에서 좋은 냄새 난다. 이거 포푸리죠?」

「출발합니다. 벨트 매세요.」

평일의 고속도로는 한산하다. 날씨도 좋은 편이다. 톨게이트 지날 무렵 허락도 없이 라디오에 손을 대더니 가져온 **CD**를 덜컥 집어넣는다. 괴상한 음악이 흘러나왔다. 창밖에 시선을 고정시키고 한동안 음악 감상을 하던 여자는 평택 지나서부터 한 줌 남은 얌전함조차 던져 버렸다. 심부름센터 있잖아요, 언제부터 그 일 하셨어요? 할 만해요? 회계 사무소 번역 사무소 같은 데보다는 아무래도 분위기가 험하겠죠? 자격증 같은 게 있어야 하나? 조폭들이랑 같이 일할 때도 있나요? 차 안의 물건에 함부로 손을 댄다. 담요도 있네. 잠복근무할 때 덮고 자는 건가 보다. 이거 도청기 아닌가요? 아니, 몰래 카메라 검사기인가? 두어 시간을 더 달렸다. 차창 왼편으로 시커먼 물길이 둥실 나타났다. 서해이다.

「오우, 드디어 바다. 우리 휴게실에 들러요.」

화장실에 다녀온 여자는 스낵 코너로 직행한다. 유부국수와 손가락 김밥을 사고 연이어 꼬치 어묵에 볶은 통감자에 햄 토스트에 맥반석 구이 오징어를, 그야말로 먹고 먹고 또 먹는다. 그 마른 몸 안에 많이도 들어가는구나 싶을 정도다.

「잘 먹죠, 나.」

「배 안 불러요?」

「조금요.」

「대단하네.」

「원래 잘 먹어요. 아기 가진 뒤로는 특히.」

「아기?」

담배를 꺼내 물던 손동작이 스륵 멈춘다.

「뭐야, 아기를 가졌다고?」

「예.」

「배 속에?」

「그럼 무르팍이나 손등이겠어요? 배 속. 바로 여기.」

감자 찍었던 이쑤시개로 거침없이 아랫배를 가리킨다. 이런.
어쩔 수 없이 얼굴이 굳는다.

「미치겠네. 아니 왜 그런 얘기를 안 했어요?」

「그런 얘기라뇨.」

「임신하신 거 말입니다. 거참.」

「물어보지도 않았잖아요.」

「물어보지 않아? 몸에 병이 있거나 하면 미리 말해 달라고
한 거 생각 안 나요?」

「임신한 게 병인가 뭐. 아니 왜 화를 내세요?」

「화를 내는 게 아니라 하도 어이가 없어서 이러는 거 아닙니
까.」

「뭐가 그렇게 어이가 없는데요.」

「이거 보세요. 중간에 무슨 일이라도 생기면, 아니, 그런 경우
가 없도록 모든 책임을 지고 있는 사람이 바로 나란 말입니

다.」

「그런데요?」

「그러자면 내가 모르는 게 있어서는 안 된다 이겁니다. 아무리 사소한 거라 해도 말이죠. 그래서 계약서에도 그런 내용이 적혀 있었던 거고. 무슨 말인지 모르겠어요?」

「알겠어요. 애 밴 년이 뻔뻔하게 그런 주제를 숨겨서, 그게 기분 나쁘다 이거잖아요.」

「나 참. 그런 얘기가 아니라.」

티격태격하다 보니 차 세워 놓은 곳까지 왔다. 열쇠를 꽂고 운전석 문을 열었지만 냉큼 들어서지 못하겠다. 세 발짝 뒤처진 곳에 여자가 뻣뻣이 팔짱을 낀 채 서 있다. 조금 심했나. 그런 것도 같다. 왜 그렇게 큰소리를 쳤을까. 못할 소리는 아니었다. 혹시 모를 사고나 마찰을 미연에 방지하는 차원에서, 그런 사실을 알고 모르고의 차이는 클 수밖에 없다. 처녀와 임산부와의 차이만큼이나 말이다. 그래도 조금 심했나. 기왕 이렇게 된 것, 좋게 말할 수도 있었는데. 하지만. 휴게소 건물 너머 산자락에 시선을 던졌다. 검은 새 한 마리가 파득 파드득 기를 쓰고 등성이를 넘고 있다. 화가 많이 났을까.

여자가 다가왔다. 조수석에 냉큼 들어서더니 소리 나게 문을 닫는다.

「기사 아저씨, 그만 출발합시다.」

6

　해 질 무렵 해안 도시에 이르렀다. 내처 선착장으로 차를 돌았다. 오래된 도시의 좁고 복잡한 거리는 퇴근 시간까지 겹쳐 몹시 혼잡했다. 두 번인가 와본 도시지만 여객 터미널은 처음이다. 조금 헤맸지만 목적했던 시간 이전에 도착할 수 있었다. 짠 내 가득한 어시장 동네.

　부리나케 달려간 매표소에서 뜻밖의 사실을 접했다.

　「아니, 7시에 떠나는 거 있다고 했는데?」

　「5시 30분에 마지막 배 출발했다니까요.」

　「……왜요?」

　「왜라뇨 손님. 마지막 배가 그 시간에 있으니까 그렇죠.」

　「저기요. 인터넷에서 봤을 때는 분명히.」

　「그건 제가 잘 모르겠고요, 하여튼 5시 30분 배가 아까.」

　매표소 직원과 입씨름할 문제는 아니다. 전화로 재차 확인을 하지 않았던 게 잘못이라면 잘못이었다. 하여, 낯선 바닷가 선착장 동네에서 꼼짝없이 하룻밤을 붙들려 있어야 할 판. 여자의 눈치를 살폈다. 뜻밖에도, 별문제 될 게 없다는 표정이다.

　「어차피 이 시간에 섬으로 들어가 봐야 밤이니까. 내일 환할 때 바다를 건너는 것도 나쁘지는 않겠죠.」

　「운항 시간 바뀌었으면 홈페이지 자료를 수정해 놓든지 아예 없애 버리든지. 자식들이 지네 멋대로야.」

　시내로 돌아 나올까 하다가 아예 근방에 차를 대기로 한다.

어차피 다음 날 일찍 움직여야 할 것이고 더 이상 운전대 잡기도 지겨웠다. 슬슬 막막해지기 시작한다. 아직 이른 시간인데, 물론 당장 섬에 들어간대서 크게 달라질 것도 없지만, 여관방에 마주 앉아 고스톱을 칠 것도 아니고, 함께 무엇을 하며 긴긴 저녁과 밤 시간을 보낼 것인가.

어시장 쪽으로 걸었다. 안으로 들어갈수록 규모가 상당했다. 고깃배 나란히 묶여 있는 바닷가에서 짜고 비리고 눅눅한 바람이 쉬지 않고 불어왔다. 온갖 생선들 가득 늘어놓은 좌판마다 아낙들이 세찬 남도 억양으로 지나가는 이들을 외쳐 부른다. 파장 무렵이다. 강아지처럼 앞장서 싸돌아다니던 여자가 건어물상에서 40장짜리 김 한 톳과 마른 멸치를 사 들고 온다.

「그런 건 뭐 하러?」

「뭐라도 사지 않고는 못 배길 것 같아서요. 언젠가는 쓸모 있겠지 뭐. 김밥을 말건 멸치 볶음을 하건.」

그러더니 아랫배에 손을 가져간다.

「같이 놀자고 하네.」

「예?」

「저도 좋은가 봐요. 발로 막 차고.」

어시장 끄트머리에 딸린 대형 회 센터에 들어갔다. 사람들 붐비기는 오히려 더하다. 하긴 슬슬 술 먹고 밥 먹고 할 시간이다. 이리로 오세요 싸게 잘해 드릴게 더 들어가셔도 별것 없어요. 입구에서부터 옷소매 잡아당기고 어깨 감싸는 호객 행위에 시달리다 겨우 자리를 잡았다. 신을 벗고 올라와 앉는 자리인데 뒷자리 손님과 살짝살짝 등이 닿을 정도이다. 어디로 뭐가 들어가는지 넘어오는지 모를 소란 속에 여자는 밥을 먹고 나는 술을 마신다. 고무 앞치마를 두른 횟집 주인들이 뜰채로 물고기를 건져 내고 시멘트 바닥에서 파닥거리는 놈을 기절시키고 가게 안 도마 위에서 쉴 새 없이 칼끝이 움직이고 회 접시와 밑반찬 담은 쟁반과 휴대용 가스레인지에 얹힌 매운탕 냄비들이 정신없이 쏟아져 나오는 모습을 보며 묵묵히 술을 마셨다. 군말 없이 밥 한 그릇 잘 비운 여자가 잔을 내밀었다. 나도 한잔 줘봐요.

「술, 안 되잖아요.」

「상관없어요. 몇 잔 정도는.」

「에이, 그래도.」

「괜찮다니까요.」

뻣뻣하게 빈 잔을 들이밀고 있다. 어쩔 수 없이 술을 채워 주자 홀짝, 거침없이 비워 낸다. 내 시선이 불안했던 도양이다.

「걱정 말아요. 이렇게 20개월 넘도록 아무 일 없었으니까.」

「걱정 안 합니다. ……지금 20개월이라고 했어요?」

여자가 웃었다.

「말씀 안 드렸구나. 저요, 배도 이렇게 안 나오고 몇 개월 안 돼 보이지만 실은 임신한 지 꽤 됐어요. 1년 8개월이 넘었으니까.」

「에이, 무슨 농담을.」

「믿어지지 않겠죠. 처음엔 나도 그랬으니.」

「어라?」

「정말이에요. 뭐 얻어먹을 게 있다고 그런 거짓말을.」

체내에서 10개월을 성장하는, 통상 그렇게 진행되는 태아의 성장 속도는 사실 '임신과 육아 365일' 같은 책에서 천편일률로 소개하는 내용과는 차이가 있다. 그럴 수밖에 산모와 태아가 가진 유전적인 요인에 따라―신체의 발육과 노화에 관련된 모든 과정이 그렇듯―산술적으로 산정된 평균치와는 어느 정도 빠르거나 더딘 차이가 생기기 마련인 것이다. 칠삭둥이가 있는가 하면 예정일을 넘기고도 문이 열리지 않아 몇 주씩 산모와 주위 사람을 고생시키는, 그런 경우처럼. 여자는 그 속도가 지나치게 더딘 편이었다. 놀라울 정도로 말이다. 키 2센티미터에 체중 4그램, 심장이 보이며 박동을 준비하는, 머리와 몸통이 구분되는, 뇌와 신경 세포 80퍼센트가 분화되는, 시신경 청각 신경이 발달하는 임신 6~7주 차에 해당하는 그 상태가, 여자의 경우 임신 9개월째에 확인되었다. 그렇게 오해되기 십상이지만 사산(死産)은 아니었다. 그럴 수 있을까. 하긴 햄스터의 임신 기간은 보름이 되지 않으며 회색 고래는 13개월이 넘는다. 같은 포유류인데도 말이다.

「염려하실 것 없겠습니다. 성장 속도가 놀랄 만큼 느릴 뿐 태아의 발육과 산모의 신체 변화 등 모든 것이 정상이니까요.」

여자는 담당 의사의 감동 젖은 얼굴 표정까지 고스란히 흉내 냈다.

「얼마나 좋아요. 품 안의 자식이라는데, 품 안도 아니라 뱃 속인데, 남들은 이러고 싶어도 못하는 건데.」

「하긴, 이 험한 세상 되도록이면 천천히 내보내는 것도.」

「두말하면 귀찮죠.」

여자의 잔에 두 번째 술을 채우며 지나가듯 물었다.

「그런데, 이런 거 여쭤 봐도 될라나.」

「뭐요?」

「애 아빠 되시는 분 말입니다. 저기, 물론 잘 계시겠죠? 에, 제 말은 다른 게 아니라.」

「쉬운 말을 참 어렵게 하시네.」

6-1

2년 전이다. 주홍섬 원평 해수욕장. '원평 25시 마트' 앞이었 고 여름 바다 너머로 붉게 해가 떨어질 무렵이었다. 피서객들 을 상대로 비닐 튜브를 팔고 수박 모양의 비치 볼을 팔고 카메 라 필름을 팔고 쌀과 김치와 그 밖의 잡다한 것들을 파는 가게 앞 평상에 누군가 앉아 있다. 남자였다. 지친 얼굴, 처진 눈매 와 콧잔등의 우묵한 곡선,을 발견한 여자는 정신을 잃고 그 자 리에 쓰러졌다. 그럴 뻔했다. 숨이 막혔다. 죽을 것 같았다. 함

께 휴가 여행을 온 회사 여직원들은 숙소가 있는 백사장 저편
으로 멀어져 가고 있었다. 여자는 그들을 대신해 아이스크림
네 개를 사러 온 길이었다.

「아, 안녕하세요.」

여름철이었지만 몹시 추워 아랫입술이 덜덜 떨렸다. 극한의
고통에 무모하게 몸을 던지듯, 두려움에 와들와들 떨며 남자에
게 다가갔다. 이런 순간이. 내게 이런 순간이, 어째서 찾아오고
만 거지? 눈물이 날 것 같았다.

「……안녕하세요.」

빤히 여자를 올려다보던 남자가 왼쪽으로 한 번, 오른쪽으로
한 번, 천천히 고개를 돌렸다가, 다시 시선을 맞추고 가만히 응
답했다. 면도날 같은 목소리. 속이 울렁거렸다. 오바이트가 쏠
렸다. 정말이지 왈칵 토할 것만 같았다.

해수욕장에서 조금 떨어진 민박집은 2층이었고 창밖으로는
바다가 아니라 짓다 만 횟집 건물의 흉물스러운 풍경이 내려다
보였다. 그곳에서 여자는 남은 휴가 3일을 보냈다. 동행한 이
들에게 사정을 말할 틈도, 방법도, 정신도 없었다. 군에 간 집
주인 아들이 썼다던 2층 방에서 사흘 내내 남자의 품속을 누볐
고 남자의 이름을 불렀고 남자의 꿈을 꾸었다. 화장실에 딸린
샤워 꼭지는 녹이 슬었고 1인용 침대는 걸터앉기만 해도 삐걱
삐걱 우는 소리를 냈으며 주인 여자가 뜨악한 얼굴로 들여오는
세 끼 식사에서는 오래 묵은 쌀독 냄새가 났다.

6-2

횟집을 나온 밤 시간. 여자의 이야기는 사람을 흘랑 취하게 했다. 정신이 번쩍 나게도 만들었다. 선착장 근처 모텔에 여자의 숙소를 잡아 주고 거리로 나왔다. 사우나를 찾아 나설까 하다가 주차장 쪽으로 걸었다. 차에서 밤을 보낼 생각이었다.

7

아침부터 날씨가 수상했다. 하늘은 새벽이 미처 달아나지 못한 것처럼 찌푸렸으며 늦은 아침을 사 먹고 난 즈음부터는 비까지 흩뿌리기 시작했다. 가장 좋지 않은 것은 바람이었다. 머리칼을 단숨에 헝클어뜨릴 만큼 거친 바람이, 우우 울음소리를 흘리며, 바닷가로부터 어시장 거리거리를 쉬지 않고 헤집고 있었다. 포구에 묶인 뱃머리가 널을 뛰듯 크게 출렁거렸다. 여객 터미널에 찾아갔을 때 혹시 했던 의구심은 사실로 드러났다.

「여긴 늘 이래요, 바람이 조금만 세도 무슨 주의보, 파도가 조금만 높아도 무슨 경보.」

배가 못 뜬다는 것이다. 매표소는 아예 자물쇠까지 채워 문을 닫았고, 텅 빈 대합실 벤치에는 늙은 청소부 혼자 앉아 담배를 피우고 있었다.

「언제쯤 운항하게 될까요.」

「아무도 모르지요. 저놈의 바람이 쉬지 않고 1년을 불지 10년을 불지. 걱정 말아요. 아무리 비바람이 환장을 해도 며칠씩 사람들 발을 묶어 두는 경우는 여태 못 봤으니까.」

「그러면.」

「두고 보시라고. 내일 아니면 오늘 오후에 배가 뜰 테니. 모르긴 몰라도.」

어쩔 수 없는 일이었지만, 그래서 더 짜증이 치밀었다. 일껏 하룻밤을 기다려 주었더니, 기약 없는 시간을 또 얼마나 더? 딱딱하게 굳은 내 얼굴에 여자는 오히려 달래려고 들었다.

「내일 가면 되죠. 내일 안되면 모레 가면 되고. 뭐, 우리가 뭘 잘못한 건 아니잖아요.」

시골 다방. 어항 속 비늘 벗겨진 붕어들을 구경하며 신문을 뒤적이며 〈전국 노래자랑〉 재방송을 보며 달고 진한 커피를 홀짝이며 무시로 드나드는 검은 얼굴의 손님들을 힐끔거리며 시간을 보냈다. 선착장이 마주 보이는 식당에서 비바람 여전한 바다로부터 등을 돌린 채 점심을 들었다. 언제 다시 배가 뜰지 모른다는 생각에 근방에서 벗어날 엄두를 내지 못했다. 갈 데도 없었지만.

고깃배가 들어오지 않아 생기가 죽은 어시장 골목을 집 동네 산책하듯 어슬렁거리다가, 우체국 옆 건물에서 반갑게도 PC방 간판을 발견했다. 밀린 메일을 확인하고 필요한 몇 군데에 답장 편지를 보내고 전화 서너 통을 거는 동안 여자는 온라인으로 고스톱을 쳤고 스포츠 신문 홈페이지에 들어가 연재만화를 보며 낄낄거렸다. 그렇게 3시가 되고 4시가 지났다. 온종일 흐렸던 하늘이 고스란히 어두워져 갔다. 배는 뜨지 않을 모양이었다.

8

「당분간 신세를 져야 할 거야. 내겐 지금 아무도 아무것도 없어. 뭘 부탁할 사람도 생활을 위해 할 수 있는 어떤 것도. 하지만 언제든지 말해. 내가 부담스럽다면. 지금, 혹은 나중 언제라도 그런 생각이 든다면.」
「그런 소리 마. 난 이렇게 눈물이 날 것 같은데.」
짧았던 여름휴가가 끝나고, 여자는 남자와 함께 도시로 돌아왔다. 세상은 그저 수백 년 세월이 흐른 것 같았다. 함께 여행을 떠났던 사무실 동료들은 물어뜯을 기세로 여자에게 덤벼들었다. 여자 때문에 귀한 휴가를 송두리째 망친 그들이었다. 바다에 빠져 죽지 않았다면 이웃 섬 마을의 술집에 팔려 갔을 거라 믿었단다. 여자는 아무 말도 하지 않았다. 버스 종점 동네의 11평짜리 오피스텔에 새 화분을 들여놓듯 남자를 숨겨 놓았다는 사실은 여자 혼자만으로도 충분히 벅찬 비밀이었다.
남자는 말수가 많지 않았다. 어딘가 집중하는 것에 그다지 익숙하지 않은 편이었다. TV를 볼 때 그랬고 함께 밥을 먹을 때 그랬으며 잠을 자고 책을 읽고 섹스를 나눌 때도 그랬다. 그래서 남자는 늘 슬프고 지쳐 보였다. 여러 날이 지났다. 남자는 신문지 위의 고사리처럼 조금씩 시들어 갔다. 여자의 일상은 남자와 함께하는 집 안에서의 시간과 그 밖의 시간들만이 존재했다. 삼겹살을 먹는 회식 자리에 참석하거나 친구를 만나고 홀로 백화점에서 쇼핑을 즐기고 지방 도시에 사는 가족들에게 찾아가는 등의 일과들은 이제 여자를 구속하지 못했다. 인터 옵틱스 120밀리미터 플로우 라이트 굴절형. 뭐든 해주고 싶었던 여자에게 남자가 유일하게 부탁했던. 육안의 130배, 11등성과 목성의 줄무늬까지 관찰할 수 있다는 그 물건의 1박 2일 대여료는 일주일치 구내식당 식권 액수와 맞먹었다. 펼치면 싱글 침대가 되는 소파와 책상과 TV와 화장실과 주방 시설을 제외하면 남는 공간이 없는 11평 오피스텔을 온종일 지키며 남자가 유일하게 집중하는 일은 천체 망원경으로 밤하늘을 들여다보는 것이었다.

「아기. 우리 아기.」

보름달이 뜬 저녁. 여자의 무릎을 베고 누운 남자가 속삭였다.

「뭐라고?」

「우리 아기가, 바로 여기.」

신비한 표정에 젖어 여자의 아랫배를 어루만진다. 이해할 수 없었다. 생리가 끝난 게 고작 2주 전이다. 불을 켜지 않았으므로, 창밖 건물 그림자를 비껴 선 달빛이 소파 위 가득 젖어들었다.

「이제 걱정할 필요 없어. 우리가 잠시 헤어지게 된다 해도 말이야. 네 안에 우리가 자라고 있으니까.」

다음 날 점심시간을 이용해 회사를 나섰다. 병원은 버스를 타고 네 정거장을 가야 했다. 산부인과는 3층에 있었고 계단을 오르는 다리가 줄 인형처럼 후들거렸다. 그날 아침, 약국에서 산 임신 진단기에 소변을 묻혔었다. 검사 표시창에 선연하게 나타난 보라색 두 줄, 양성. 병원에서의 검사 결과 역시, 놀랍게도, 남자의 말 그대로였다.

8-1

남자에 대해 쉬지 않고 지껄이는 여자는 꿈을 꾸는 것 같다. 깊은 꿈에서 깨어나지 못하는 사람 같다.

9

밤이 왔다. 모텔에 다시 여자를 집어넣고 선착장 거리로 나왔다. 전날 불편하게 밤을 보냈으므로, 이틀 밤을 차에서 지새우는 것은 고달픈 데다가 우울한 일이었으므로, 숙소를 잡기로 한다. 불빛 고운 모텔은 왠지 내키지가 않고 여관은 베갯잇에 누군가 흘린 치모가 붙어 있을 것 같고. 그러다가 발길이 닿은 곳은 엉뚱하게도 생맥주집이다. 이를테면 낯선 객지의 숙소에 홀로 들기 위해 술기운이 필요했을 것이다.

어쩌다 그런 일이 생겼을까. 건물 지하의 생맥주집은 밖에서 보기보다 넓었다. 그에 비해 손님은 많지 않았고 어디선가 나무판자 썩는 냄새가 끊임없이 풍겼으며 지나치게 큰 소리로 틀어 대는 가요가 3년 전에 유행했던 것인지 10년도 더 지난 것인지 헷갈리면서 신경에 거슬렸다. 5백 시시를 두 잔 마시고 세 잔째 시켰다. 취하지는 않았다. 즐거운 일은 없었지만 그렇다고 심기가 뒤틀릴 만한 무엇이 있는 것도 아니었다. 그럼에도 어쩌다 그런 일이. 화장실에서 소변을 보고 돌아서다 누군가와 부딪쳤다. 군복 앞섶이 활짝 열린 군인이었다. 얼굴이 새카매질 정도로 술에 취한 군인은 그 바람에 깨끗지 못한 화장실 바닥에 벌러덩 자빠졌다. 그렇지 않더라도 몸을 가누기 어려운 상태였다. 버르적거리는 그를 일으켜 세웠다. 아이고오 죄송함다 충성 추웅성, 웅얼거리는 그를 놓아두고 돌아섰다.

자리로 돌아오니 놀랍게도 여자가 앉아 있다. 이런. 잘못 본 거 맞지? 탁자 위 눅눅한 팝콘을 씹으면서 이쪽을 멀뚱히 바라본다. 세 번째 술집 만에 찾아낸 거라고 대꾸한다. 잠도 안 올 것 같고, 천장 보며 멀뚱히 누워 있는 것도 못할 노릇이고, 어디선가 치사하게 혼자 술 한잔 하고 있을 것 같더라구요 분명히. 내 딱 맞췄지. 그새 주문을 했는지 종업원이 5백 시시 한 잔을 가져와 내려놓는다.

이상한 냄새가 난다고 투덜거리면서 여자는 홀짝홀짝 술잔을 비웠다. 안주 한 접시를 주문하고 잔 밑에 고인 물기를 냅킨으로 닦아 내고 원 세상에 저게 언제 적 노래냐고 투덜거리고 여자의 재촉에 잔을 맞부딪고, 그러던 무렵이다. 그러니까 화장실에서 돌아온 지 고작 5분이 지났을 것이다. 누군가 다가왔다. 키가 큰, 가죽점퍼의 남자이다.

「아저씨예요?」

「……예?」

「아저씨가 우리 애한테 뭐라 했냐고.」

다짜고짜 짧은 말끝을 들이댄다.

「우리 애, 라뇨?」

「그랬다는데. 좆같은 군바리 새끼 존나 구리다고. 그러고는 냅다 떠다밀었다며.」

조금 전 화장실에서의 일이, 새카맣게 술 취한 군인이 떠오른다. 느닷없이 나타난 남자 역시 사복을 입었을 뿐 군인 신분임을 그제야 깨닫는다. 무슨 오해로 그처럼 시비를 거는 것인지 이해할 수 없다. 아니, 대강 알 것 같다.

「아, 씨발 뚜껑 열리네. 아저씨가 군바리들 짬밥 한번 타줘 봤어? 왜 착한 애 붙들고 시비를 걸어 시비를.」

키가 큰 사복 군인도 얼굴에 회칠을 한 것처럼 희멀건할 뿐, 취했다. 몹시 취해 있다. 청년들 몇이 테이블 주위로 험상궂게 모여들었다.

「이거 봐요. 무슨 소리를 어떻게 들었는지 모르겠는데.」

「닥쳐 아저씨. 이런 씨발 말좆 같은 냄비 하나 끼고 앉았으면

단 줄 아나. 군바리들 존나 구리면 구렸지 시비는 왜 거는
데.」

「하아, 이 친구. 정말로 입 걸구만.」

어쩔 도리 없이 자리에서 일어섰다. 그러나 배 터지게 욕먹
고 앉아 있기가 뭣해서 그랬을 뿐이다. 더 이상은, 말 그대로
어쩔 도리가 없었다. 입이 말랐다. 가만, 언젠가 이런 상황에
놓인 적이 있는데. 구슬 박힌 가죽점퍼를 입은 앵무새 머리 양
아치들에게 둘러싸여 꼼짝없이 신발을 잃고 말았지. 그때였다,
귀 뒤쪽에서 빠른 속도로 닥쳐오는 뭔가가.

「씨이밸름 좆 까고 있네!」

화장실에서 만났던 새카만 군인이다. 술 취한 군홧발에 왼쪽
뺨을 세차게 걷어채었다. 와장창! 맥주잔을 쓸어안으며 테이블
아래로 쓰러졌다. 발길질이 몇 번 더 오가고 여자가 비명을 지
르고 종업원이 달려왔다. 어디를 어떻게 차였는지 숨 끝이 턱
막히고 입 안이 찝찔했다. 화도 나지 않았다. 뻐근한 통증에 정
신을 차리고 보니 여자 혼자 울상을 짓고 있다. 군인들은 사라
지고 없었다.

10

남자가 집을 떠났다. 버스 종점 동네의 오피스텔에서 2개월
째가 되던 저녁이다. 퇴근해 샤워를 마치고 나오니 눈이 휘둥

그레질 저녁 식사가 식탁 한가득 차려져 있었다. 남자가 준비한 성찬 앞에서 여자는 가슴이 무너진 사람처럼 눈물을 흘렸다. 세 시간 동안, 아무 소리도 내지 않고.

「울지 마. 말했잖아. 영원히 함께하기 위해 잠시 할 일이 있다고. 그래서 잠시 다녀오는 거라고.」

「난 이제 죽을 거야. 당장 내일 아침에 어떻게 눈을 떠야 할지 생각이 나지 않아.」

못 보던 외출복을 입고 식탁 맞은편에 앉은 남자를, 두려웠으므로, 여자는 바라볼 수 없었다.

「처음 만남을 생각해. 그날 이후 우리는 그 이전의 너와 내가 아니야. 만남이 우리를 진화시켰다고.」

남자는 현관 구석에 있는 검은 가방을 집어 들었다. 신을 신느라고 슬프게 굽은 등을 보았을 때, 여자는 그제야 뜻밖의 사실 한 가지를 아득히 떠올렸다. 남자에 대해 아는 것이 별로 없다는. 나이도. 생일도. 이름도. 고향도. 연락처도. 하는 일도. 가족 관계도. 같이 있을 때는 조금도 중요하지 않았던 것들.

「어디로 가는 거야.」

「멀어.」

「……」

「상상도 못할 거야. 남극보다도 멀고 지구 정반대편의 우루과이보다도 멀지.」

「언제, 언제 다시 만날 수 있어?」

「오래 걸리지 않아. 그러기 위해 떠나는 거니까.」

엘리베이터가 남자를 집어삼켰다. 여자는 손등으로 눈물을 닦으며 실내로 돌아왔다. 창문에 다가갔다. 잠시 후. 오피스텔 입구 계단에 남자가 모습을 드러냈다. 가방 든 뒷모습이 숨을 놓은 밤거리 속으로 보이지 않게 사라져 갔다. 남자의 처음이자 마지막 외출이었다.

11

머리통에 알사탕만 한 혹이 났고 아랫입술이 조금 찢어졌다. 팔꿈치가 까지고 옆구리와 무릎에 멍이 들었다. 다행히 그게 전부였다.

「또라이 새끼들. 미친 새끼들. 나라 지킨다는 것들이 단체로 민간인을 까다니.」

여자가 쉬지 않고 투덜댔다.

「힘이 남아돌면 수재민들 집 짓는 거나 돕지. 그따위로 술을 처먹고 다니면서.」

「아야.」

「성질 많이 죽었어 내가. 재떨이로 손이 막 가는 걸 겨우 참았네. 깡패 새끼들.」

「아! 이거 봐요. 살살 좀.」

「조심할게요. ……하는 짓들이 그 모양이니 구린 군바리 소리를 안 듣고 배겨?」

「그런 말 안 했다니까.」

「안 했다구요?」

「내가 미쳤다고 그런 시비를 걸겠어요.」

「정말? 그거 완전히 미친 새끼들이네? 아니, 그럼 왜들 몰려
와서 지랄거렸데?」

「헤이. 아까 설명할 땐 뭐 듣고. 나 입 놀리기 힘드니까 말 좀
고만 시켜요.」

약국에서 머큐로크롬에 연고에 파스며 반창고며 잔뜩 사 들
고는 갈 데가 없어 여자를 뒤따랐다. 그리고 여자의 모텔 방 침
대에 벌렁 '눕혀졌'다. 상처를 따끔하게 적시는 화학 약품보다
더 참기 힘든 것은 그런 구실로 여자 앞에 벌렁 드러누워 있다
는 사실이었다.

「됐어요, 그만 해요.」

「이거 마저 붙이고요. 안 잡아먹을 테니까 잠깐만 움직이지
좀 마요.」

가장 견딜 수 없는 것은, 다름 아니라 감촉이다. 길고 얇은 손
가락. 귓불이며 뺨을 살짝살짝 스치고 가는. 손끝 닿는 부분마
다 저릿저릿 이상한 기운이 살갗을 파고든다. 늦은 밤 시간. 바
닷가 동네의 외진 숙소. 베갯잇에 치모 대신 값싼 스킨로션 냄
새가 남아 있는. 파도 소리도 들리지 않는 이 방 안에서 그간
얼마나 많은 남자와 여자와 남녀가 밤과 낮 시간을 보내고 떠

났을까. 목덜미에 소름이 돋는다.

！

손을 잡아 쥔다. 느닷없는 일이다. 제법 단단한 악력이다. 조심히 끌어당긴다. 머뭇머뭇 저항하던 내 손끝이, 그만, 여자의 아랫배에 멈춘다. 올 굵은 면 티셔츠의 알미운 감촉에 손바닥이 화끈 오므라든다, 불을 만난 연체동물처럼. 제기랄. 도대체 이게 뭐지?

「가만있어 봐요.」

「이 손 좀.」

「잠깐만. 발로 차는 거 안 느껴져요? 애도 지금 화가 났나 봐.」

「글쎄, 난 잘.」

「쉿! 가만히 느껴 봐요. 술 처먹은 군바리 발길질보다는 약할 테니까.」

「……」

「지금! 찼죠? 느꼈어요?」

여자의 헐렁한 실내복에서 고운 화장품 냄새가 난다. 체취인 지도 모른다. 숨이 막혀 죽을 것만 같다. 화난 사람처럼 벌떡 일어섰다. 침대가 깨갱깨갱 요동쳤다.

「이런. 새벽 2시네.」

「어머?」

「가보겠습니다. 주무세요.」

12

지난달 남자가 돌아왔다. 새벽녘. 뺨을 어루만지는 친숙한 감촉에 여자는 잠이 깼다. 불 꺼진 실내에 냉장고 소리마저 숨을 죽였고 창을 가린 블라인드 틈새로 노란 달빛이 새어들었다. 그리하여 남자가 왔음을 여자는 직감했다.

「……왔구나.」

「잘 지냈어?」

떠나간 지 1년이 지나고 어느덧 2년째에 접어들었으며, 잠결인 데다, 어떠한 약속도 예고도 없었지만, 남자가 돌아왔다는 직감을 놓칠 수는 없었다.

「나를 잊지 않았네.」

「잊다니. 너를 잊다니.」

「혹시나 했어. 네가 나를 기억하지 못하면 어쩌나.」

「어디야. 어디 있는 거야. 빨리 모습을 보여 줘.」

블라인드를 걷었다. 검둥개 같은 새벽 거리가 주황 가로등 아래 잠들어 있다.

「그럴 수 없어. 지금은 네 앞에 나설 수가 없어. 난 아직 먼 곳에 있거든.」

「먼 곳?」

「사정이 좋지 않았어. 그래서 이렇게 오랜 시간이 지나고 말았어. 미안해.」

어두운 하늘가에 하현달이 걸렸다. 지긋지긋하던 머리맡의 그리움들이 젖은 소금처럼 잦아들고 있다.

「때가 오고 있어. 오는 9월 31일이야.」

「언제라고?」

「9월 마지막 날. 소행성 2006 SN347이 지구와 달 사이를 초속 65미터로 스쳐 갈 거야. 거기서, 우리 만나자.」

「어디. 어디서 말야.」

「처음 만났던 곳에서.」

어두운 방 안을 둘러보았다. 화장대 커다란 거울 속, 하얀 잠옷을 입은 여자가 얼빠진 얼굴로 서성이고 있다.

「이거 꿈 아니지? 환상 같은 건 아니지? 대답해. 내가 미친 게 아니라고.」

「믿음을 가져. 네가 판단하고 느끼는 모든 것에 대해. 그리고 잊어. 그럴 수 있다고 생각하는 세계와 그럴 수 없다고 생각하는 세계의 경계를, 되도록 빨리.」

「…….」

「나, 만나 줄 거지?」

어딘지 모를 남자의 목소리는 놀랍도록 맑고 아득하다. 눈물은 나지 않는다.

「물론이지. 물론이고말고.」

「그날, 멀리 떠나갈 거야. 아주 멀리. 준비할 것은 없어. 너만 있으면 돼.」

13

다음 날 어김없이 배가 떴다. 하늘은 흐렸지만 거리 구석구석을 흔들어 대던 전날의 바람은 밤새 야합이라도 벌인 듯 잦아들었다. 여객 터미널 주변은 아침부터 보이지 않는 활기가 넘쳤다.

10시 20분 남해 고속 카페리 대양 3호. 승객과 차량들을 뱃머리까지 차곡차곡 실은 배가 서서히 움직이며 바다 쪽으로 반 바퀴 돌아섰다. 털털거리는 모터 소리와 기름 냄새가 선상 가득 번지고 있다.

「하이고. 드디어 출발하는 건가.」

차에서 내려선 여자가 늘어지게 기지개를 켰다.

바다는 잔잔하다. 검고 푸른 잠에 빠져 있다. 배허리에 철썩철썩 물살이 부딪는다. 다도해. 눈 가는 곳마다 섬과 섬으로 둘러싸여 수평선은 보이지 않는다. 2층 객실에 올라갔다. 신을 벗고 들어서도록 된 마룻바닥에 삼삼오오 모여 앉은 승객들. 척 보아도 외지에서 온 여행자 행색은 아니다. 일찌감치 술판이 벌어지고 화투판이 시작되고 억양 드센 대화가 바삐 오간다. 구석에서 짐 꾸러미를 베고 누워 잠을 청하는 이들도 눈에 띈다. 뭐 마실래요? 매점으로 간 여자가 생수 한 병과 내 몫의 캔 커피를 사왔다.

「정신 하나도 없네.」

「왜요.」

「밤새 뜬눈으로 지샜더니.」

배낭 앞주머니에서 조그만 지퍼 백을 꺼낸다. 거기서 하얀 알약 두 알을 집어낸다. 입 안에 털어 넣고 꼴깍꼴깍 생수를 들이켠다.

「어젠 정말 재수 더러웠어. 배도 안 뜨고. 미친 군바리들한테 밟히고. 밤새 한숨도 못 자고.」

「수면제인가요.」

「이거요?」

비닐 봉투를 집어넣으며 입술을 삐쭉인다.

「비슷한 거죠. 효과 면에서.」

효과 면? 참으로 알기가 힘든 여자이다. 내 시선이 따가웠거나 혹은 불안해 보였던 모양이다. 피식 웃는다.

「신경 안정제 종류예요.」

「신경 안정제.」

「사람을 무조건 다운시키는 거죠. 바보 만드는 거.」

「그걸, 왜 먹나요.」

「신경 안정시키려고.」

「으잉?」

「몰라요? 밤만 되면 천장에 이상하게 생긴 벌레가 수십 마리씩 기어 다니고, 방 안에는 보이지 않는 모기떼가 귀 따갑게 잉잉거리고. 이불 위로는 빨갛고 파란 뱀들이 꾸역꾸역 기어오르고.」

「그게. 그러면. 말하자면…….」

「맞아요, 정신병.」

「어.」

「실은 중학생 때부터 학교 가듯 병원 다니고 그랬어요. 집안
에 병력도 있거든요. 막내 고모가 미쳐서 자살했으니까.」

화투판에 모인 사람들로부터 왁자한 웃음이 쏟아져 나온다.
구석 자리에서 선잠을 깬 누군가 신경질적으로 몸을 뒤친다.

「기도하러 온 목사님 손가락을 물어뜯기도 하고 가출도 하고
집에 불도 질러 보고. 그러다가 몇 개월씩 벙어리 모범생으
로 지내다가. 그렇게 들쭉날쭉.」

「…….」

「요 몇 달 괜찮았는데, 어젠 놀라서 그랬나 갑자기 옛날 귀신
들이 나타나는 거 있죠. 내 지겨워서 정말. ……이거 봐요,
심각해진 거예요?」

「아니. 심각한 게 아니라.」

「미친년이구나, 속으로 그런 생각하고 있죠?」

「아무 생각 안 했습니다.」

「걱정 마세요. 내 병은 내가 잘 아니까. 그렇지 않았으면 심
부름센터 같은 데 전화 걸 생각을 했겠어요?」

운동화를 벗은 여자가 객실 바닥에 올라선다. 매일 배를 타
는 섬 주민이라도 된 것처럼, 노란 비닐 장판 위에 익숙하게 드
러눕는다. 늘어지게 하품을 뱉어 낸다.

「나 좀 잘게요. 우으, 밤새 벌레들이랑 싸웠더니 눈알이 튀어
나올 것 같네.」

14

그랬구나. 그랬던 거구나.

머릿속이 환히 밝아 온다. 지난 며칠이, 아귀가 맞지 않아 삐
걱거리던 모서리들이, 비로소 삐걱삐걱 제자리를 찾아가고 있
다.

외딴섬 해수욕장에서 우연히 마주친 운명. 신문지 위의 고사
리 같은 남자. 이름도 나이도 모르는 채 헤어져, 2년 뒤 먼 목소
리가 되어 돌아온. 1년 8개월 된 태아. 그것들이, 도대체 가당키
나 한 소리인가. 모두 거짓이었다. 거짓이 아니라 허상이었다.
오랜 시간 여자가 몸으로 창조하고 관계 맺어 온 가상의 기억.

원 제기랄. 어쩐지 이상하더라니. 처음부터 이상하지 않은
구석이 하나도 없더라니. 고속도로 휴게소. 선착장 매표소. 시
골 다방. 어시장 횟집. 여관 침대 위의 머큐로크롬액. 지난 며
칠의 순간들이 두서없이 얼크러지고 있다. 처음 여자를 만나던
날. 하얀 얼굴, 초록 눈동자, 비 그친 오후의 하늘색 머리칼. 느
닷없이 발목을 잡히고 만 당혹감. 현실감 없는. 살아 있는 무엇
을 대하는 것 같지 않던. 맙소사. 미친년. 순 미친년 아냐!

14-1

배 난간에 서서 참았던 담배를 꺼내 들었다. 바람이 세다. 깊고 검은 바닥을 감춘 물살이 느릿한 속도로 일렁인다. 김 양식장임을 알리는 스티로폼 부표가 얼간이처럼 머리를 끄덕이고 있다. 모아 쥔 손다귀에서 어렵게 라이터 불을 켜며 객실 쪽을 바라보았다. 주황색 구명조끼 보관함이 있는 구석 자리에 지난 며칠을 같이 보낸, 누군지 알 수 없는 여자가 웅크린 채 잠들어 있을 것이다. 여자 안에 누군가 있다. 여자가 모르고 있을 뿐 여자이기도 하고 아니기도 한 누군가가.

14-2

배가 멈추어 서자 선착장 주변에도 잠시 활기가 내려앉는다. 두 시간 가까운 바닷길을 함께 건너왔던 짐차와 승용차들이 좌우로 열린 섬 길을 줄지어 빠져나가고, 짐을 이고 진 섬 사람들이 잰걸음으로 뱃전에서 내려서 배를 기다리던 마을버스에 꾸역꾸역 올라탄다. 그러다가 아는 이들을 발견한 사람들은 왁자한 대화를 쏟아 내며 얼굴에 주름이 잡히도록 웃어 보인다.

여든다섯 시간 예정보다 이틀이 늦어진 셈이다. 뱃전에서 차를 몰고 나오며 착잡한 감상에 잠긴다. 감상이 아니라 계산이다.

섬 일주로는 경사가 심하고 급히 핸들을 틀어야 할 만큼 굽은 길이 잦다. 좁은 2차선 길 좌우로 침엽수림이 빽빽하고, 이따금씩 바다가 저편 산허리 너머로 아찔한 모습을 드러내며 은빛 비늘을 반짝인다. 오가는 차량은 드물다. 한산하달 정도이다.

「아, 좋다아.」

차창 밖으로 고개를 내민 여자가 노래하듯 악쓰듯 한다. 하늘색 머리칼이 거센 해풍에 팔랑팔랑 날린다.

「좋아요?」

「바람도 좋고 길도 좋고 경치도 좋고. 안 그래요?」

이 먼 곳까지 함께 올 사람이 필요했을까. 왜 필요했을까. 심부름센터로 전화를 걸어 동행자를 찾은 건 대관절 무슨 이유였을까. 혼자 그곳까지 찾아갈 자신이 없어서,라고 했다. 막상 가려고 하니까 걱정이 막 생기는 거예요. 무섭기도 하고. 과연 그래서였을까. 겪어 본즉, 할 줄 아는 게 거의 없긴 했다. 조수석에서 지도를 읽어 줄 줄도 모르고 여객 터미널에서 시간표 따라 표를 끊을 줄도 몰랐다. 혼자서는 정말 여관방 하나 잡지 못할 주변머리였다. 그렇다면, 과연 그래서였을까. 그뿐이었을까.

「여기예요. 내가 왜 말했잖아요.」

「남자 분과 함께 왔었다는?」

「맞아요.」

주홍섬 운석 공원. 주차장에 차를 대고 매표소로 걸어갔다. 해안가 절벽에 잠시 머물다 가기에 좋은 쉼터가 꾸며져 있다. 꽃길 화단과 분수대, 조각상, 잔디밭과 매점, 정자와 화장실. 그 정도다. '운석이 떨어진 지점'이라는 팻말 옆에 쇠로 된 울타리가 쳐

있고 유리판으로 동그랗게 바람막이를 해놓았으며 그 안은 아스팔트가 아닌 흙 땅이다. 1985년 7월 어느 이른 밤. 7.8킬로그램의 운석이 그곳에 떨어졌단다. 콰앙 하늘 무너지는 소리에 마른벼락이 떨어졌나 했던 마을 사람들은 다음 날 아침 움푹 파인 구덩이와 길쭉한 돌멩이 하나를 발견했다. 별스러울 것 없는 그 돌, 46억 년 전 태양계가 탄생한 이후 무려 6천만 년 동안 우주 공간을 방황했던, 철과 마그네슘과 니켈 성분의 운석.

「지구상에 발견된 운석구는 2백 개가 넘는대요.」

「그렇게나 많이?」

「지름이 몇 미터 정도밖에 되지 않는 것부터 100킬로미터가 넘는 것까지. 남아프리카 브레드포트라는 곳의 운석구는 만들어진 지 20억 년이나 되었다더군요. 여기처럼 생긴 지 얼마 안되고 규모가 작은 운석구는 일본 시마네 현에도 있고.」

자신을 둘러싼 허상의 세계를 함께 목격해 줄, 여자가 필요했던 것은 그런 사람 아니었을까. 함께 따라다니며 고개를 끄덕여 줄, 여자 혹은 여자 안의 여자이기도 하고 아니기도 한 누군가가 필요했던 역할자는.

「박사네.」

「더 해봐요? 달과의 거리를 기준으로 지구에 접근하는 소행성들은 연간 120개가 넘어요. 우리가 모르고 있을 뿐이죠. 대부분이 35인치 TV 수상기보다 작은 크기이고, 개중에는 축구장만 한 것들도 있고. 그중 85퍼센트가 지구 궤도를 벗어나 그들의 비행을 계속하죠. 운 좋게 대기권에 들어온 친구들도 대부분 성층권에 이르기도 전에 공중분해가 되거나 공기 마찰에 연소해 버리고.」

8월 21일 지름 120킬로미터의 소행성 2002 MN203이 지구와 달 사이 거리의 3분의 1에 불과한 12만 킬로미터까지 접근했다는 사실이 뒤늦게 밝혀졌다. 영국 BBC 방송의 보도에 따르면, 이 소행성이 지구와 충돌했을 경우 1세기 전인 1908년 시베리아 지역에 떨어져 반경 2천 제곱 킬로미터를 쑥대밭으로 만들었던 소행성의 경우보다 더 큰 피해가 있었을 것이라고 한다. 그런가 하면 올해 3월에도 지름 80미터짜리 소행성이 지구에 48만 킬로미터까지 접근한 것으로.

이상한 일이다. 알 수 없는 이야기가 어디선가 소곤소곤 들려오고 있다. 귓속에 라디오를 조그맣게 틀어 놓은 것처럼.

「운석구라는 건요, 지구가 우주의 영향권 안에 있다는 걸 보여 주는 가장 확실한 증거예요. 연결되었으며 동시에 일부로서 그 자체인.」

'남자'가 그런 이야기를 했을까. 운석 공원에서 멀지 않은 마을, 남자가 머물던 민박집. 집주인의 군대 간 아들이 쓰던 2층 방. 화장실에 딸린 샤워 꼭지는 녹이 슬었고 1인용 침대는 걸터앉기만 해도 삐걱삐걱 우는 소리를 내는.

전시실에 들어섰다. 어두운 실내. 다른 관람객은 없다. 견고한 유리 상자 안에 예의 운석이 진열되었고, 조도 낮은 조명등 불빛이 그 형체를 아득하게 비추고 있다. 운석이 떨어지던 당시의 현장 사진과 해의 유명 운석구, 위성에서 찍은 수천 광년 밖의 성운 상상도 등이 액자에 담겨 띄엄띄엄 벽을 채웠다. 조악한 태양계 표본은 중학교 과학실에 비치된 그것보다 나을 게 없어 보인다. 20년 전의 운석이 마을 사람들에게 선사한 것은 '운석 떨어진 섬'이라는 대단치 않은 유명세와 운석 공원, 매년 한 차례 벌어지는 운석 축제라는 행사이다. 2년 전 여름. 남자를 만난 것도 축제 기간 중이었다.

캔 음료 자판기와 소파가 놓인 전시관 옆 복도. 갈색 통창 밖으로 절벽 아래 바다가 아득하게 펼쳐져 있다.

「그 사람이요, 실은, 비밀이 있어요.」

여자가 다가왔다.

「무슨 비밀이.」

「말하자면 출생에 관한 거죠. 그 사람은 근원, 이라고 했지만.」

「근원?」

「저도 처음엔 믿지 않았어요. 무슨 개수작을 하나 싶었죠.」

「……」

「이 이야기요, 아직 누구한테도 해본 적 없거든요. 미친년 소리나 들을까 봐.」

초록 눈빛, 비현실적으로 빛나는.

「소행성을 타고 왔대요. 자기는 지구 사람이 아니래요. 잠깐

이 섬에 들렀다가 날 만난 거고, 그래서 고향으로 돌아가기
위해 잠시 날 떠나는 거라고.」
「아.」
「그날 밤, 달빛을 빌어 말했어요. 지구로 접근하는 소행성을
타고 다시 올 거라고요.」
「…….」
「제 이야기, 못 믿겠죠?」

15

원평 해수욕장. 섬의, 선착장 정반대편에 위치한 곳이다. 운
석 공원에서 30분을 달려왔다. 일주로를 타고 실컷 달리다가
길을 잘못 들었음을 깨닫고 해안 도로 20킬로미터 정도를 되돌
아가야 했다.
9월 말의 외딴, 섬 바닷가는 귀가 먹먹할 정도로 한산하다.
해수욕장이라면 당연히 있을 횟집 골목이나 노래방 따위도 문
을 닫았는지, 아니면 아예 없는지 눈에 띄지 않는다. 그리고 백
사장은 끝과 끝이 가물거릴 정도로 넓고 길다. 눈 가는 어디에
서도 사람 흔적을 찾을 수 없다. 바닷바람이 세다. 오후가 깊어
가고 있다. 여자가 저만치 앞서 백사장을 걷는다.
과연 이 바닷가에 왔었을까. 그런 적이 있었을까. 모르는 일
이다. 어쩌면 2년 전 여름, 회사 여직원들과 함께 휴가를 떠나

왔던 곳이 바로 여기 외딴 해수욕장이었을지도. 여자의 환상과 현실의 경계가 어디쯤인지 나는 알 수 없다. 아이스크림을 사기 위해 일행에서 빠져나와 들렀다던 가게는 어디에 있을까.

「배 안 고파요? 3시가 지났는데.」

「글쎄, 뭐.」

여자가 이상하다. 섬에 도착했을 때의 화창하던 기운은 어디로 사라졌는지 차분하게 가라앉은 목소리. 생활고에 찌든 소녀가장처럼 지친 얼굴로 내 끼니를 걱정한다.

「어디 가서 밥 먹어요 우리.」

바닷가에서 조금 떨어진 민가 초입에서 조그만 식당 하나를 찾아냈다. 주변을 통틀어 유일한 집이다. 무엇이라도 팔 것 같고 아무것도 없을 것 같은 허름한 실내에는 손님도 주인도 보이지 않는다. 빈 식탁에 앉아 선반 위에서 홀로 떠드는 TV를 한참 쳐다보고 있으려니 고무장화를 신은 남자가 들어선다. 식당 주인이 아니라 어부 같은 행색이다. 되는 음식은 생선찌개밖에 없었다. 여자는 생각이 없다면서 술을 청한다. 운전해야 하죠? 나 혼자 마실게요, 기념으로. 대관절 무슨 기념이냐고 묻자 여자는 병뚜껑을 와그작 돌려 땄다. 찢어지는 기념이죠. 여자는 남자를 만나게 될까. 그런 일이, 언젠가는 가능할까. 모를 일이다. 여자 안의 여자이기도 하고 아니기도 한 누군가가 새로운 허상을 창조하기 전에 나는 선착장을 향해 차를 몰고 있을 것이다. 섬을 떠나는 마지막 배는 저녁 7시에 있다. 배가 고프기도 했지만 서둘러 싸움하듯 밥그릇을 비웠다. 이 기이한 일정을, 조금이라도 빨리 끝마치고 싶었다. 낮술에 취해 조금씩 해롱거릴 여자를 보고 싶지도 않았다.

식당을 나와 차 대어 놓은 곳까지 걸었다. 여자가 갑자기 걸음을 멈춘다. 담벼락을 짚고 허리를 꺾는다. 반병 넘게 마신 술을 토해 내는 줄로만 알았다. 주춤거리더니, 그 자리에 쪼그려 앉는다. 끝내는 털벅 주저앉고 만다.

「왜 그래요?」

「…….」

하얗게 일그러진 얼굴. 아랫입술을 세차게 깨물고 있다.

「어디 아파요?」

「……아, 아아.」

「이거 봐요.」

「배가. 배가.」

앞이마가 그새 땀에 젖어 번들거린다. 취한 것 같지는 않다. 여자를 부축해 업었다. 놀랍도록 가볍다. 주차된 차까지 정신없이 달렸다. 뒷좌석에 여자를 싣고 시동을 걸었다. 무슨 일이람. 이게 갑자기 무슨. 비스듬히 누운 여자가 목 멘 신음을 흘리고 있다. 고통스럽게 몸을 뒤친다.

「언제부터 그랬어요?」

「……아까, 아까 식당에서, 그때부터 조금씩. 아아. 아야.」

삼거리에서 신호를 기다리며 차창 밖으로 소리를 쳤다. 저기

요, 아줌마. 이 근처에 병원 어디 있나요? 뒷자리 여자가 짧은
비명을 질렀다.

「아기. 아기가 나을 것 같아!」

16

길이 왈칵 다가왔다 멀어져 간다. 해풍에 웃자란 노송들이
차 옆구리를 긁어 놓을 듯 바투 스쳐 가고 있다. 액셀러레이터
를 바닥까지 밟았다. 핸들이 죽어 가는 짐승처럼 손아귀에서
부들부들 떨렸다. 가도 가도 좁고 거친 산비탈길. 면사무소가
있는 큰 거리는 아직 멀었는가. 날아갈 것 같은 속도로 20분은
더 달린 것 같다. 체감하는 시간의 속도가, 그만큼 불안정하기
도 할 것이다. 어, 엄마아악! 여자가 간헐적으로 비명을 터뜨린
다. 귀를 막고 싶다. 고통에 창백하게 일그러진 얼굴은 처음 보
는 사람의 그것 같다. 입이 마른다. '제발 좀 닥치고 있어! 정
못 참겠으면 신경 안정제나 꺼내 먹으라고!'

급커브 길이 나타났다. 브레이크를 밟으며 부랴사랴 핸들을
꺾었다. 포장도로를 벗어난 타이어에서 자갈 구르는 소리가 잘
그락거리고 차창 밖으로는 비탈진 숲의 계곡이 아찔하게 다가
와 붙는다. 그 너머로 검푸른 바다 물길이 일렁인다.

힐끔 계기판을 보니 시속 110킬로미터를 넘나들고 있다. 서
서히 속도를 줄이면서 시선을 쳐들었다. 눈앞 가득 하늘이 드

러난다. 창창히 밝은 하늘 가장자리에, 멀리에서, 작은 빛이 일직선을 끌며 지나쳐 간다. 저건? 지나가는 것이 아니라 이쪽으로 날아들고 있다. 멈춘 듯 느리게, 아니, 매우 빠른 속도로. 푸른빛이 점점 그 밝기를 더해 가며 시야를 가득 채운다. 슈우웅. 여태껏 한 번도 들어 본 적 없는 육중한 소리가 음산하게 공중을 가른다. 하늘에서 떨어진 푸른빛이 저편 길가에서 강력한 폭발을 일으킨다. 그 충격의 진동이 운전석까지 느껴질 지경이다. 푸르게 번진 빛의 조각들이 와락 시야를 덮쳐 온다. 얼굴이 후끈 달아오른다. 반사적으로 핸들을 꺾었다. 기우뚱 차체가 요동치는가 싶더니 쾅! 억센 충격이 가슴팍을 떠다민다. 나무 기둥을 들이받았을 것이다. 순간 귀가 꽉 막히고 눈앞이 뿌옇게 흐려진다.

그야! 그 사람이 왔어요!

뒷좌석의 여자가 팔을 뻗어 내 몸을 끌어안았다.

17

눈을 떴다. 머리가 깨질 것 같다. 깨진 것도 같다. 눈을 감았다.

다시 눈을 떴다. 운전석에 앉은 상태 그대로다.

전면 차창 밖으로 수풀이 삐딱하게 기울어져 있다. 초점 흐릿한 시야가 부옇다. 몸을 더듬었다. 핸들에 부딪친 가슴팍이 몹시 아프고 목덜미도 뻐근하다. 두어 차례 눈을 감았다 떠본다. 여자가 보이지 않는다. 겨우 차 문을 열고 나왔다. 아름드리 노송 옆구리를 처박은 차 앞부분이 30센티미터 넘게 찌그러졌다. 나무를 들이받지 않았더라면, 비탈을 타고 계곡 아래로 한참을 굴러 떨어졌을 것이다. 여자는 어디에도 없다. 고개를 들어 찻길 쪽을 올려다보던 나는 눈살을 찌푸렸다. 눈부시게 쏟아지는 햇살 때문이다. 아니, 이건? 그러고 보니 주위가 환하다. 지금쯤 산중의 해가 급히 저물어 숲 속이 온통 어두워야 할 텐데? 휴대 전화를 찾았다. 액정 화면에 뜬 날짜를 확인한 나는 조금 난감해졌다. 오전 8시 20분. 하루가 지나 있다. 그렇다면 열 몇 시간을 꼼짝없이 기절해 있었다는 건가. 여자는 어디 갔을까. 차 안을 살폈다. 노상 메고 다니던 배낭이 보이지 않는다. 트렁크를 열었다. 슈트케이스도 없어졌다. 비탈진 수풀을 엉금엉금 기어올랐다. 좁다란 산길이 아침 볕을 맞으며 환하게 누워 있다. 지나다니는 차도 사람도 눈에 띄지 않는다.

푸른빛. 하늘가에서 일직선을 그리며 눈부시게 추락했던. 슈우웅 음산하게 대기를 가로지르던 소리. 남자가 돌아왔다고 했던가?

18

지나가는 트럭을 얻어 타고 인가로 내려왔다. 어제 오후 정체

모를 푸른빛이 하늘을 가로질러 산길 어디쯤에 추락했다는 내 이야기를, 경찰서 사람들은 그다지 진지하게 들어 주지 않았다. 정신을 차려 보니 동승한 여자가 사라졌다고 했을 때에도 여전히 시큰둥한 표정이었다. 나를 둘러싼 무관심 사이에서 나는 한없이 무력해졌다. 경찰들이 약간의 관심을 보인 것은 그나마 내 직업에 관한 이야기가 나왔을 때였다. 아하, 홍신소 사장님. 돈이 되려면 우리도 그런 일을 좀 해야 하는데.

　주민 등록 번호와 연락처를 남겨 놓고 경찰서를 나섰다. 온몸에 수분이 빠져나가고 있다. 길을 걷다 마주치는 사람들에게, 아마도 다섯 명쯤, 무턱대고 물었다. 혹시 이렇게 생긴 여자 못 봤습니까. 사람들은 의아한 표정으로 고개를 가로저었다. 작은 키에 허리가 굽은 한 노인이 화난 사람처럼 투덜거렸다.

「하늘색 머리에 초록 눈동자? 내가 이 섬에서 120년을 살았지만 그런 사람은 단 한 번도 구경해 본 적 없소이다. 상상도 못했고말고.」

내처 걸었다. 발바닥이 아프고 목이 탔다. 그렇게 원평 해수욕장에 도착한 것은 오후 2시가 가까워서였다. 텅 빈 백사장. 소나무 숲과 보도블록 길과 간이 화장실. 한때는 피서객들을 상대로 비닐 튜브를 팔고 수박 모양의 비치 볼을 팔고 카메라 필름을 팔고 쌀과 김치와 그 밖의 잡다한 것들을 팔았을 어느 가게 앞 평상에 주저앉았다. 도대체 어디 있었어요? 여자가 왈칵 나타나서 따질 것만 같다. 목이 탔다. 생수 한 병을 사서 정신없이 들이켰다.

「또 오셨네요.」

어제의 식당을 다시 찾았다. 식당 안은 여전히 텅 비었고 어부 같은 주인 남자가 뜻밖에도 아는 척을 한다.

「글쎄요. 잘 모르겠군요.」

여자에 대해 묻자 남자는 잠시 난감한 표정을 짓는다.

「실은 제가 요즘 건망증이 이만저만이 아니라서. 왜 그런 거 있지 않습니까. 손에 호미를 들고서 온종일 호미를 찾아 헤매는.」

「어제 이 자리에 앉아서, 저는 밥을 먹고 여자는 혼자 술을 마셨는데.」

「아아. 물론 그랬겠죠. 그런데 얘기드렸지만 요즘 제가 치매 환자 소릴 들을 정도라서. 이해하세요. 우리 애들 이름도 종종 헷갈린다니까요. 마누라가 가슴을 칠 만도 하죠.」

그는, 거짓말을 할 이유가 없다는 얼굴이다.

「여자 분이라. 뭐, 그랬을 테죠. 없는 일 가지고 우기지는 않으실 테니까.」

「……」

「그런데 정말 죄송합니다. 잘 생각이 나지 않는군요. 제가 기억하기론 어제 혼자 오셔서 매운탕에 약주 한 병 드시고 일어나셨던 것 같은데. 아니, 제 말 귀담아듣지 마세요. 요즘 통 정신머리가.」

19

나는 무엇을 기억하는가. 내가 기억하는 것들은 무엇인가. 기억하는 것과 기억하는 지금 기억을 기억한다고 믿는 사실은 어떤 연관을 가지고 있는가. 나는 알지 못한다. 여자가 기억하는 남자 혹은 내가 기억하는 여자, 내 기억 속에 기억되는 여자의 기억이 무엇을 기억하고 있는지.

20

3시 반까지 오겠다던 보험 회사 담당자는 5시가 넘어서야 도착했다. 검은 유리창의 중형 승용차에서 내려선 그는 견고한 맵시의 감색 양복을 입고 있었으며, 내 앞으로 다가오며 짙은 색안경을 벗는 예의를 보여 주었다.
「M 님 되십니까.」
「아이고, 엄청 늦으셨네.」
조바심이 머리끝까지 찰랑찰랑 차오를 지경이었으므로 인사말이라도 되는 양 그렇게 내뱉었다. 오지 않는 사람을 두 시간 가까이 기다리며 보험 회사로 몇 차례나 전화를 걸었는지 모른다. 출발한 지 꽤 됐거든요? 거리 때문에 시간이 다소 걸리는 것 같습니다 고객님. 그 외중에 뭍으로 떠나는 마지막 배 시간이 성큼성큼 다가왔다. 까딱하면 섬에서 하룻밤을 더 보내야 할 상황이었다.

「몹시 지쳐 보이십니다.」

「물론이죠. 나무 기둥에 처박힌 차 속에서 밤을 지새고, 눈뜨자마자 정신 나간 사람처럼 온종일을 걸어 다녔으니까.」

「저런. 식사는 하셨고요?」

「이거 보세요. 밥 챙겨 먹을 정신이 어디 있습니까. 완전 거지꼴이 돼서 병원은커녕 약국도 못 가고. 온다던 양반들은 고맙게도 두 시간씩이나 늦게 와주시고.」

「어쩌나.」

「어서 가시죠. 이럴 시간도 아깝구먼.」

「어딜 말씀이십니까.」

「현장에 가보셔야 할 거 아닙니까.」

「현장이요?」

「이분 이거 왜 이러시나. 보험 회사에서 오신 거 아니세요?」

남자가 빙그레 웃었다. 하늘색 머리칼과 초록 눈동자가, 그제야 눈에 들어온다.

「오해를 하고 계시는군요. 저는 보험 회사 직원이 아닙니다.」

「어라.」

「인사가 늦었네요. W 님의 부탁으로 온 사람입니다.」

「W? 아, W.」

남자가 차 쪽을 향해 손짓했다. 조수석 문이 열리고, 감색 양복을 입은 또 한 명의 남자가 내려선다.

「감사했다고 전해 달라셨습니다. 인사도 드리지 못하고 떠나

죄송하다고.」

「그 여자, 지금 어디 있나요.」

「떠났지요. 기다리던 남자 분과 함께.」

천으로 둘둘 만 것을 전해 받은 남자, 그것을 내 앞에 내민다.

「이건.」

「어제 저녁에 이 아기를 낳고 떠나셨습니다. 다행히 순산이 었지요.」

아기 포대, 눈물 나게 가볍다. 화장터에 들어가 몇 시간 만에 되돌아온 나무 상자를 받아 든 기분이다.

「딸입니다. 예쁘죠?」

「어, 뭐, 예.」

「잘 키워 주십시오.」

「뭐라구요?」

하마터면 들고 있던 것을 내동댕이칠 뻔한다.

「잘 키워? 내가? 나 참 기가 차서.」

「어어, 모르시는 사항인가요.」

남자가 고개를 갸웃거린다.

「이상하군요. 아실 거라고 했는데.」

「알긴 뭘 알아? 이 사람들이 장난하나.」

「저기. 그러면 심부름센터에서 온 분이 아닙니까?」

「그건 맞지만. ……아니 뭐야, 그럼?」

포대기 안. 감은 눈을 잔뜩 찌푸린 아기가 손톱만 한 입술을 오물거린다. 무릎에 힘이 빠지고 있다. 여자가 의뢰했던 일이란, 바로 이런 종류? 맙소사, 난 아직 내 꿈속에 있어! 낮술에 취해, 지금 사무실 의자에 앉아 고개를 꾸벅거리며 졸고 있다고!

「그럼 저희는 이만 물러가 보겠습니다.」

꾸벅 고개를 숙인 남자들이 등을 돌렸다.

「잠깐!」

포대기를 안고 있었으므로 손을 뻗지는 못하고, 입으로만 다급하게 그들을 불러 세웠다.

「저기. 뭐 하나만 물읍시다.」

「말씀하시죠.」

「도대체 이게, 이 상황이, 제기랄, 현실입니까 환상입니까. 아니면 내가 지금 미쳐 있는 겁니까.」

남자의 입가가 묘하게 일그러졌다. 검은 안경을 쓰고 있었으므로, 그게 웃는 건지 안쓰러운 표정을 짓는 건지 확실치 않다.

「대답하지 않겠습니다. 뭐라고 해봐야, 어차피 M 님 편한 대로 해석할 테니까.」

「뭐가 어째?」

「대신 이렇게 말씀드리죠. 현실과 비현실은 어차피 하나라고. 왜냐하면 그 두 세계가 보이지 않는 통로로 서로 연결되어 있으니까.」

「통로라.」

「날생선과 그로써 만든 젓갈은, 전혀 다르지만 결국은 같습

니다. 우유와 치즈의 관계가 그렇고 장미 나무와 목관 악기
가 또 그렇지요. 에, 이해를 하셨으면 좋겠는데.」
「…….」
「가겠습니다. 그럼 수고하십시오.」
등을 돌리던 남자가 깜빡 잊을 뻔했다는 표정이 된다.
「아! 시간 나시면 먼저 신발부터 하나 장만하셔야 하겠습니
다.」
「신, 신발?」
「모르실까 봐 일러 드리는 겁니다. 보십시오. 신고 다니기엔
너무 낡았군요.」
시선을 떨구었다. 맙소사. 때 타고 찢어져 걸레가 다된 신발
사이로 발가락이 들여다보일 지경이다. 언제 이렇게 해졌을까.
어쩌면 신발이 이 지경이 될 때까지 마냥 싸돌아만 다녔을까.
억울했다. 섬 바람이 세차게 불어왔다. 포대기 속 아기가 구슬
픈 울음을 터뜨렸다.

지하철 유령

진실로 진실로 너희에게 이르노니 사람이 내 말을 지키면 죽음을 영원히 보지 아니하리라(요한복음 8장 51절). ……정말?

마지막 계단에서 내려섰을 때 열차는 문을 활짝 열고 멈춰 서 있었다. 많은 사람들이 황제의 병사들처럼 우르르 쏟아졌고 마지막 남은 승객이 시방 열린 문 너머로 냉큼 들어서는 중이었다. 10미터가량. 그렇다면 저편 열차까지 달려가는 데 기껏 1.3초가 소요될 것이다. 언제였던가. 생애 마지막으로 100미터 달리기를 하던 날 '100미터 13.30초'를 기록하던 당시의 튼튼한 심폐 기관과 허벅지 근육의 흰색 근섬유와 반사 신경이 조금도 녹슬지 않았으며 출발 직후 최고 속도에 이르는 70미터 구간까지의 편차를 무시하고 무엇보다 성난 병사들처럼 몰려드는 저 역류가 단거리 경주에 별다른 장해 요인이 되지 않는다면. 그렇게 가정해도 좋다면 말이다. 그렇다면 달릴 것인가. 중대한 고민을 위해 시간이 잠시 멈춘다. 가능성은 무한히 열려 있다. 예컨대 1.3초 후면 열린 문 너머에 다다를 수도 있고 그렇지 않을 수도 있다. 한편 1.3초 후면 열차의 문은 닫히거나 여전히 열려 있을 것이다. 달릴 것인가. 명령을 기다리는 말단 신경계가 팽팽히 긴장한다. 아니. 달리지 않는다. 그럴 필요가 없다. 나는 신중하므로. 적어도 신중하고 싶은 사람이므로. 5분이 지나면 새로운 열차가 도착할 것이고 당장 이 역을 탈출해야 할 급박한 문제가 있는 것도 아니며 무엇보다도 1.3초에 대한 확신이 별로 없으므로.

잠시 멈추었던 시간이 다시 흐르기 시작한다. 문 닫은 열차가 출발한다. 요란한 엔진 소리를 남기고 어두운 터널 너머로 빠르게 사라져 간다. 미처 뒤따르지 못한 바람이 탁하게 몰아친다. 승강장 왼편으로 유유히 걸음을 옮긴다. 영화 포스터가 담긴 대형 전광판을 지나고 재활용·일반 쓰레기통을 지난다. 주황색 '을지로 3가→충무로→동대 입구' 표시판을 지나고 청량음료 자동판매기와 덮개 씌운 에어컨과 신문 가판대와 나무 벤치를 잇달아 지난다. 10량(輛)의 열차가 도착했을 때 진행 방향의 두 번째 칸 세 번째 출입문이 열릴 자리로 이동하는 중이다. 일곱 정거장 뒤 환승역에서 10호선으로 갈아타야 하는 나는 10호선으로 갈아타기에 가장 가까운 위치가 두 번째 칸 세 번째 출입문이라는 사실을 잘 알고 있다. 앞서 말했듯 달리 바쁜 일이 있는 것은 아니지만 기왕 남는 시간에 장차 소용될 시간 일부를 저축한다는 것은 따질 것도 말 것도 없이 당연한 발상이다. 승강장 구석은 텅 비었다. 열차 한 대가 승객들을 모두 싣고 떠나가던 장면을 마지막으로 목격한 사람이 나이고 그게 방금 전이며 나는 지금 그 장면의 막다른 구석을 걷고 있다. 사람이 없는 것은 당연하다. 그리고 사람은 없다.

아니. 있다. 한 사람이. 저편 막다른 구석에. 이것 참. 정말 어쩔 도리가 없다. 아무리 신중하고 또 신중하려고 노력해도 이런 일이 불쑥 생겨나는 것에는. 왜냐하면 '생각지 못한 경우의 일'이란—조합된 단어들의 의미가 그렇듯—나와는 별다른 상관이 없는 외부 어딘가에서 느닷없이 찾아들기 마련이니까. 남자다. 작은 키에 동그란 안경을 썼고 콧잔등이 덮일 만큼 머리를 길렀다. 양 허벅지에 큼직한 주머니가 달린 회색 면바지와 하늘색 반소매 티셔츠. 저 사람도 방금 열차를 놓친 것일까. 그럴 수는 없다. 승강장 중앙 통로에서 저편 구석까지는 동굴 속처럼 깊고 멀다. 주변에 다른 연결로도 없다. 일부러 타지 않았다면 모를까 놓쳐서 못 탔을 가능성은 없다. '위험. 들어서지 마십시오.' 경고문이 있는 승강장 막다른 구석. 남자는 느릿한 걸음으로 좁은 반경 안을 맴돌고 있다. 바지 주머니에 두 손을 깊숙이 집어넣고 시선을 정면에서부터 15도가량 떨구고 뭐라 들리지 않게 입을 달싹이는 중이다. 좋아하는 영시 한 구절을 암송하고 있는가. 한가롭기 짝이 없는 그 모습에서 좀처럼 눈길을 거두기 힘들다. 내 온당한 예상을 빗나가게 만든 대상이라서가 아니라 아는 사람인 때문이다. 안다는 표현은 적절할 수도 있고 그렇지 않을 수도 있다. 멀지 않은 곳에 기억이 있는 것은 분명하다. 그걸 구실 삼아 안녕하셨어요? 다가가 아는 척을 할 정도는 아니지만.

아침이다. 사무실로 돌아가 오후 내내 외근했던 결과를 펼쳐 놓고 야근을 준비해야 할 지금의 입장과는 달리 대략 여덟 시간 전의 나는 길 위에서 출근을 서두르는 중이었다. 오전 8시 20분경이었고 인천행 1호선 전철 안이었다. 열차가 도착하고 출입문이 열렸다. 우르르 쏟아져 나온 승객들이 부지런히 계단을 오른다. 나 역시 그 흐름의 후미(後尾)를 바삐 쫓아가는 중이었다. 같은 순간 더욱 바쁜 쪽은 계단을 내려가는 사람들이다. 멈춰 선 열차가 여태 문을 열어 놓고 그들을 기다려 주는 때문이다. 와당탕퉁탕 소리가 눈에 보일 정도로 다급하게 계단을 밟아 대는 사람들의 표정들은 하나같이 절박했다. 마주 다가오는 어깨를 다소 거칠게 떠밀며 스쳐 간대도 그러려니 해야 할 상황이었다. 바삐 계단을 오르고 더욱 바쁘게 계단을 내려가는 움직임들. 출근길 1호선 승강장 주변에 일순 몰아닥친 한바탕 소요의 귀퉁이에서 나는 보았다. 검은 구멍을. 주변의 빛과 소리와 움직임을 바닥이 보이지 않는 어둠 속으로 속으로 일순 빨아들여 결국은 빛도 소리도 움직임도 그로부터 측정해 낼 수가 없는 어느 깊고 좁은 구멍. 그런 이물감. 거기 남자가 있었다.

기억이 틀리지 않다면 밑에서 다섯 번째 계단의 오른편 가장자리다. 남자는 거기 죽은 듯 '멈추어 서' 있었다. 자신이 왜 그 자리에 그렇게 서 있는지 왜 그렇게 해야만 하는지 심각하게 고민하는 사람처럼. 사람이 아니라 누군가 버리고 간 헌 옷 꾸러미처럼. 그럴 의지가 있었다면 —장담컨대— 뛰지 않더라도 두세 번은 더 열차에 올라탈 거리이고 시간이다. 도대체 뭐 하는 사람일까. 사소한 호기심에 시간이 잠시 멈춘다. 서른여덟이나 마흔셋 정도 되었을까. 모르겠다. 스물일곱이거나 아니면 열아홉 살일지도. 출근 시간에 쫓기는 신분이 아닌 것만큼은 척 보아도 알겠다. 하지만 기왕 지하철역에 있는 몸으로는 어째 미심쩍지 않은가. 말하자면 환히 문 열고 기다려 주는 열차에 다가가는 시늉이라도 해야 되지 않을까. 중요한 무엇을 어딘가에 두고 왔을까. 길을 잘못 들었을까. 그런 사실을 막 깨닫고는 기껏 왔던 발길을 되돌려야 하는 자기 처지를 암담하게 받아들이는 중일까. 무슨 사연이 있건 내가 무슨 상관이람. 게다가 지금 난 한시가 바쁜 출근길이라고. 멈춰 있던 시간이 다시 흐르기 시작했다. 출입문이 일제히 닫히고 열차가 서서히 출발한다. 와당탕퉁탕 계단을 뛰어내려 오던 사람들. 간발의 차로 열차를 놓친 사람들이 멀어지는 뒷모습을 노려보며 분하다는 듯 씨근덕거린다. 액체 질소에 꽁꽁 얼어붙었던 금붕어처럼 멈춰 서 있던 남자가 다시 움직인다. 계단 아래를 향해 발길을 떼기 시작한다. 아침 8시 20분경 인천행 1호선 전철 안에서의 일이다.

처진 어깨. 한없이 자유롭고 느슨한 걸음걸이. 어떠한 표정도 지을 줄 모르는 겨울 산 같은 얼굴. 그가 틀림없다. 아닐지도 모르지만 그건 어쩔 수 없는 일이다. 아침부터 지금까지 남자는 어떤 시간을 보냈을까. 나로 말하자면 사무실에 들어가 출근 카드를 찍고 이메일을 확인하고 전화 통화를 몇 군데 했으며 복도 창가로 가서 커피를 홀짝거리며 담배를 피웠고 미팅 테이블에 둘러앉아 짧지 않은 잔소리를 들어야 했었다. 그리고 외근 계획서를 작성해 사무실을 나섰다. 약속 장소로 찾아가 만나기로 약속한 사람을 기다리며 스포츠 신문을 30분 정도 뒤적거렸고 만나기로 약속한 사람을 만나 기다리게 해 죄송하다는 소리를 들었으며 그러나 원했던 결론을 끝내 이끌어 내지 못한 채 대화를 끝마쳤고 왜 점심이나 들고 가시지…… 입에 발린 권유를 고이 되돌려 주고 돌아섰다. 두 번째 약속 장소를 향해 좌석 버스를 잡아타고는 휴대 전화로 다시 몇 군데 전화 통화를 했고 버스에서 내리고 보니 시간이 조금 남았기에 눈에 띄는 분식점에 들어가 혼자 점심을 사 먹었다. 사람을 만나고 대화를 나누고 헤어지고. 다시 약속 장소로 찾아가 사람을 만나 피곤한 대화를 나누고 헤어지고. 그리하여 퇴근 아닌 야근을 준비하러 사무실로 돌아가는 지금. 그간 남자는 어떤 시간을 보냈을까. 내내 지하철 역사 안에 있었을까. 환승역에서 환승역으로 종점에서 종점으로 열차 안에서 강을 건너고 시(市) 경계선을 넘나들고 자판기 음료수를 뽑아 마시고 짐칸에 누가 놓고 간 일간지를 꺼내 읽기도 하고. 그렇게 아침부터 여덟 시간 이상을 내내 지하철에서?

승강장 구석의 좁은 반경 안을 느릿느릿 맴돌던 남자가 문득 멈춰 선다. 나는 조금 놀란다. 한없이 계속될 것만 같던 단순 동작의 느닷없는 끝맺음. 남자의 은밀한 심경 변화를 목격한 것만 같다. 멈추어 선 위치는 노란 안전선 '문 열리는 곳'이 표시된 어름이다. 여전히 15도가량 떨군 남자의 시선은 지금 발밑 어두운 수렁 같은 선로 어디쯤을 향해 있다. 그때 눈을 의심할 장면이 벌어졌다. 미처 준비되지 않은 내 시선을 향해 와아, 함성을 지르면서 몰려들듯. 어두운 선로 변을 멍히 내려다보던 남자가 살포시 무릎을 굽히는가 싶더니 훌쩍 몸을 날린다. 횡단보도 아래 도로 턱에서 내려서듯 흙 땅 위로 솟아오른 나무뿌리를 뛰어넘듯 가볍게. 사뿐히 착지한 그 뒷모습은 놀랍도록 태연하다. 과연 눈을 의심하고 의심하고 또 의심할 만큼.

어어? 승강장에 흩어져 있던 사람들이 한 명 두 명 모여들었다. 어 씨팔. 졸라 골 때리네. 교복의 고등학생 두 명이 조심성 없이 속삭였다. 어떡해. 무서워. 신문 가판대 쪽에 있던 여자가 남자 친구의 팔을 잡아끌었다. 어쩔까 어쩔까 저 사람 정신 나갔네. 청바지에 깃을 올린 하얀 상의를 입은 중년 여인이 웅얼거렸다.

승강장에서 고작 140센티미터 아래에 있는 선로. 실제 그쯤 되리라 믿어지는 깊이보다 스무 배는 아득하다. 그리하여 손을 뻗거나 소리를 쳐도 좀처럼 닿을 것 같지 않다. 깊고 아득한 바닥의 남자. 자비를 들여 우주 공간에 처음 발을 들여놓는 아마추어 우주 탐험가 같다. 아파트 단지 뒤뜰의 약수터 길을 걷는 무명 시인 같다. 야간 자율 학습을 마치고 단과 학원으로 향하는 밤거리의 대입 수험생 같다. 휠체어에 실려 난생처음 집 밖을 구경하는 지체 부자유자 같다. 야근을 준비하기 위해 퇴근 무렵의 사무실로 돌아가는(이게 누구지?) 직장인 같다. 그리하여 역사상 누구의 발길도 허락하지 않았던 처녀지를 방금 전 승강장 구석에서 그랬듯 느릿느릿 맴돌고 있다. 철교가 얼마나 튼튼한지 확인하려는 듯 발끝으로 툭툭 건드려 보고 먼지 앉은 주황색 '을지로 3가→충무로→동대 입구' 표지판을 다정하게 쓰다듬기 시작한다.

「이거 봐. 아저씨!」 고동색 작업복을 입은 사내가 손가락질

을 하며 다가온다. 눈알은 노랗고 얼굴은 검붉으며 온몸에서
술 냄새가 난다. 「거기가 어디라고 지랄이야. 뒈지고 싶어?」
뒈지고 싶어? 낮술 사내의 거침없는 일갈에 목을 움츠린 것
은 남자가 아니라 승강장 구석에 모여 선 사람들이다. 「빨랑
안 올라와? 확 그냥 경찰서로 끌고 가서 콩밥을.」 선로 위의
남자는 승강장의 소요가 그제야 귀에 들어온다는 듯 이편을
향해 돌아선다. 오른손을 쳐든다. 손바닥이 보이도록 곧게
펴서. 얼굴 높이까지 천천히. ‘하일 히틀러!’를 외치듯. 전국
체전 개회식에서 연단에 선 남녀 선수 대표가 힘차게 ‘선!
서!’를 외치듯. 「뭐야. 손 잡아 달라고?」 의미를 알 수 없는
남자의 동작에 낮술 사내의 쟁쟁하던 기세가 일순 흔들린다.
인사하는 건가? 으아. 졸라 골 때리네. 고등학생이 옆 친구
에게 속삭인다. 그럴지도 모른다. 자신을 위해 모여든 사람
들에게 그런 식으로 인사를 보내는 건지도. 안녕들 하십니
까. 너무 그렇게 걱정스러운 표정 짓지 마세요. 여기도 그런
대로 괜찮으니까.

그 순간이다. 엉뚱하기 그지없는 이야기 하나가 머릿속을 휘
저어 놓는다. 놀랍게도 그것은 ‘마사다 비극’의 한 장면이었다.
놀라운 이유는 하도 엉뚱하기가 그지없어서인데 왜 엉뚱하기
그지없냐 하면(그 이유를 들자면 당장에 열세 가지는 꼽을 수 있
지만 그럴 필요도 없이) 지금은 주일 학교 수업이나 유대 전쟁

사 시간이 아니며 여기는 고대 이스라엘의 지리적·역사적 개별성과는 어떠한 형태의 연관도 찾을 수 없는 지하철 3호선 충무로 역이기 때문이다. 그렇건만 왜 갑자기 그런 이야기가? 함정일까. 함정. 그럴 수 있겠다. 따지고 보면 세상은 함정투성이니까. 아무리 신중하며 또한 신중하고 싶은 사람이라도 미처 피하지 못하고 발목이 빠지고 마는 의외의 함정들이 뜻밖에 여러 군데 숨겨져 있는 법이니까.

이렇게 헤롯이 세운 성전은 화염에 휩싸이게 되었다. 기원후 70년 8월. 티투스가 예루살렘에 공격을 재개한 직후이다. 중앙 성소가 파괴됨으로써 예루살렘 제의 공동체는 실질적인 중심을 상실하였다. 로마군들은 그들의 군기(軍旗)를 앞세우고 그 앞에서 제사를 드렸다. 성전에 대한 최악의 모독이었다. 그리고 자신들에게 그토록 완강히 저항하였던 이 도성에서 무차별한 살육과 약탈을 자행하였다. 도성은 완전히 파괴되고 서쪽의 성벽 일부와 헤롯 궁의 튼튼한 망대 세 개만이 외로이 남았다. 로마 수비대는 거기에 진을 쳤다. 최후의 저항군들은 몸을 피했다. 전쟁은 일단락되었으나 봉기가 완전히 끝난 것은 아니었으니 세 곳의 요새가 아직 적의 수중에 넘어가지 않은 상태였다. 헤롯이 세운 그 요새들은 헤로디움과 마사다와 마케루스였다. 그즈음 대장군(최고 사령관) 티투스의 후임자로 루킬리우스 바수스가 부임하였다. 반군의 수중에 남은 요새들을 향한 진격이 시작되었다. 가장 먼저 헤로디움 요새. 이곳은 이렇다 할 전투 한번 오가지 않은 채 로마의 수중에 들어가고 만다. 바수스는 이어 베뢰아 남쪽 지역을 포위했다. 사해 동쪽에 위치한 마케루스 요새를 점령하기 위한 사전 포석이었다. 궁지에 몰린 저항군은 자유롭게 후퇴하도록 해주겠다는 약속을 받아 항복했다. 실제로 이 약속은 이행되었다.

이제 마사다만이 남았다. 마사다. 죽음의 바다(死海) 서쪽에 있는 410미터 절벽 위 천혜의 바위 요새. 기원후 66년 갈릴리 출신 지도자 엘르아살의 지도 아래 열성 저항 분자들이 남아 싸워 오던 곳. 점령하기 매우 어려운 지형이라는 이름이 헛되지 않아 바수스는 결국 이 요새를 손에 넣지 못하고 2년 만에 세상을 뜬다. 그리하여 이 임무는 후임 총독인 플라비우스 실바에게로 넘겨진다. 높은 바위와 골짜기로 이루어진 험준한 요새를 점령하기 위해 실바는 로마의 온갖 공성(攻城) 기술을 동원했다. 먼저 그는 유대인들이 도망가지 못하도록 다사다 요새 외각을 누벽으로 둘러쌓기 시작한다. 그렇게 흙과 바위로 된 250규빗 높이의 견고한 누벽이 건설되었다. 그리고 요새를 둘러싸고 있는 성벽까지 거대한 보(堡)를 만들어 파성퇴(破城槌)를 옮겼다. 베스파시안이 처음 고안하고 후에 티투스가 개량한 강력한 공성 장비였다. 대대적인 공격이 시작되었다. 그러나 파성퇴의 위력은 생각보다 세지 않았는데 목조로 된 성벽 구조가 공성 망치의 충격을 흡수해 주었던 것이다. 이를 지켜보던 실바는 성벽에 불을 지르는 방법이 가장 효과적일 것이라는 결론을 내렸다. 지시를 받은 병사들은 성벽 너머로 무수한 횃불을 던졌다. 때마침 로마군을 돕기라도 하듯 남풍이 불기 시작했고 성벽은 더욱 빠른 속도로 타올랐다. 그것은 마치 신의 섭리인 듯 보였다. 전세가 자기편으로 기운 것을 기뻐한 로마군은 다음 날 총공세를 취하기로 결정하고 일단 진영으로 철수했다. 유대인들이 몰래 빠져나갈 것을 대비해 밤새 엄중한 감시가 붙었음은 물론이다.

따르르르르르르르르르. 승강장 가득 벨소리가 울려 퍼졌다. 사람들은 소리 없이 경악했다. 누군가 죽을 것 같은 얼굴로 괴로이 머리를 감싸 쥐었다. 뜻밖의 사건인가. 그렇지 않다. 예상했고 기대했으며 당연히 그렇게 되리라 믿었던 일이다. 그들 중에 열차를 기다리지 않은 혹은 열차 따위는 절대 오지 않을 것이라고 믿었던 사람이 한 명이라도 있는가. 지금에 와서는 또한 피하려야 그럴 수 없는 일이 되고 말았지만. 지금 수서 수서행 열차가 도착하고 있습니다. 승객 여러분께서는 한 걸음 물러서서 주시기 바랍니다. 우리 역은 전동차와 승강장 사이가 넓습니다. 타실 때 발이 빠질 염려가 있사오니……. 중년 여인이 아이고 어쩔까 누가 어떻게 좀 해봐요 발을 동동거렸다. 안 돼 자기! 체크무늬 남방의 청년이 머뭇머뭇 다가가려 하자 긴 머리칼 여자가 날카롭게 외친다. 아까 타는 건데. 심폐 기관과 허벅지 근육의 흰색 근섬유와 반사 신경을 믿고 한번 달려 보는 건데. 나로 말하면 신중하지 못한 조금 전의 선택을 아프게 후회하는 중이었다. 1.3초. 되건 안되건 시도나 해보는 건데. 문 열린 열차 안으로 들어섰다면 이따위 난감한 상황은 마주치지 않았을 텐데.

아무런 동요를 브이지 않는 이는 선로의 남자뿐이다. 저 무시무시한 벨소리를 듣지 못했는가. 승강장 사람들의 겁에 질린 소요가 보이지 않는가. 태연하기 이를 데 없는 동작으로 선로 구석의 좁은 반경 안을 느긋이 맴돌던 그가 멈춰 섰다. 예의 15도 시선으로 어두운 철길 한구석을 묵묵히 내려다본다. 그러더니 천천히 옷을 벗는다. 옷을 벗기 시작한다. 셔츠를 벗고 벨트를 끄른다. 대중목욕탕 옷장 앞에 선 것처럼 그 동작이 하도 자연스러워 놀라는 것을 잠시 잊을 지경이다. 바지를 벗고 구두를 벗고 양말을 벗는다. 저. 저 새끼가 정말. 낮술 사내가 허공을 향해 양손을 쥐락펴락하며 어쩔 줄 모른다. 그리하여 하얀 면 팬티와 메리야스 러닝셔츠 차림으로 남은 남자. 무릎을 꿇는다. 벗은 옷들을 차곡차곡 접어 개킨다. 개킨 옷을 베개 삼아 선로 사이에 드러눕는다. 똑바로 누워 가지런히 다리를 펴고 양손을 살포시 가슴 위에 모은다. 벗은 몸은 살갗이 검고 여윈 편이다. 한숨 자려는가. 가만히 눈 감은 얼굴은 믿을 수 없을 만큼 평화

룹다. 관 속에 막 드러누운 시신처럼.

  밤이 깊었다. 마지막 밤을 맞이한 성안은 뭐라 표현 못할 정
적으로 숨이 막힌다. 불 밝힌 강당에 일단의 용사들이 모여들
었다. 무거운 얼굴들이다. 여자와 아이들은 이미 숙소에 들었
지만 이 시간 잠을 이룬 이들은 없다. 참으로 오래 끌어 온 항
전이었다. 지옥에서 온 사자처럼 무자비한 10군단에 맨손으로
맞섰던 2년. 그만해도 기적이었다. 이제 모두 지쳤다. 목숨을
몇 번은 놓을 만큼 지치고 또 지쳤다. 먹을 것은 떨어졌으며 성
밖에서 들어오는 수원(水源)을 저들이 모두 파헤쳐 마실 물조
차 바닥난 지 오래였다. 미래에의 희망은커녕 모진 생명을 구
걸할 탈출구마저 철저히 봉쇄된 상황. 스러질 듯 기진맥진 남
아 있는 960여 개의 생명들. 그리고 무엇이 남았는가. 이제 날
이 밝을 것이다. 그리고 적들의 공격이 시작되리라. 누군가 연
단에 섰다. 비운의 지도자 알리자르 벤 야르이다. 비통한 얼굴
로 사람들을 둘러본 그가 입 열었다. 자신감 가득하던 평소의
목소리가 아니다. 「나의 고결한 동료들이여! 우리는 오래전부
터 결코 로마 인의 노예는 되지 않겠다고 굳게 맹세하였소. 우
리의 참되시며 공의로우신 만인의 하나님 외에는 그 누구에게
도 굴복하지 않기로 거듭 다짐을 했었소. 그 같은 각오를 실천
에 옮길 때가 이제 다가온 것 같소이다.」

「온다.」누군가 말했다. 터널 저편 어둠에서 탁한 바람이 들이닥치고 있다.

숨소리 하나 들리지 않는다. 연단의 햇불만이 이따금 탁탁 불꽃을 튀기며 홀로 일렁이고 있다. 멍히 고개를 쳐든 이가 있고 흐르는 눈물을 숨죽여 닦는 이도 보인다. 지도자가 무슨 말을 하는지 다가오는 시간이 그들 모두에게 무엇을 의미하는지 모르는 사람은 없었다. 「참으로 가슴이 찢어지는구나! 이제 더 이상 버틸 힘이 우리에겐 남아 있지 않소이다. 더 이상 적과 싸울 수도 적을 이길 수도 없는 처지란 말이오. 그러나 우리의 둘도 없는 동료들과 함께 영광스러운 죽음을 나눌 시간은 아직 남아 있소. 아무리 무자비한 적들이라 해도 이것만큼은 우리를 방해하지 못할 것이오.」불 꺼진 처소에서 갓난아기 울음소리가 들려왔다. 멀리 바람 소리가 날카롭게 몰아쳤다. 그 모든 것들이 그네들에게 닥친 운명의 무게를 말해 주고 있었다. 「십자가에 묶여 기름불에 타 죽고 짐승의 가죽이 씌워져 들개의 밥이 되었던 수많은 동료들을 우리는 잊지 않고 있소. 우리는 로마에 제일 먼저 반역을 일으키고 제일 나중까지 남아 싸운 행운아들이오. 인간에게 있어 재난은 죽음이 아니라 오히려 삶일 수 있소이다. 나라가 망하고 민족이 망하고 종교가 없어지는 이 마당에 목숨을 부지할 이유가 어디 있겠소. 저 로마의 노예로서 짧은 생을 능멸하느니 우리 자유로운 상태에서 죽음을 받아들입시다! 그리하여 모두 함께 하나님의 곁으로 갑시다!」

　사람들이 일제히 고개를 돌렸다. 빠아앙. 빛과 소리를 앞세운 거대한 무엇이 어두운 터널에서 튀어나온다. 이편을 향해 세차게 달려온다. 선로 위에 평화로이 누워 있는 남자 위로 열차가 지나가는 모습을 사람들은 제대로 보지 못했다. 와그작. 볶은 땅콩 껍질을 벗기는 혹은 나무망치로 호두를 깨는 소리가 잠깐 들렸던 것도 같다. 열차가 급하게 멈춰 서는 소음이 시끄러운 데다가 경황이 경황이었으므로 과연 그런 소리가 있었는지는 확실치 않다. 하긴 그 소리를 귓속에 제대로 잡아 두었다 한들 그게 살아 있던 사람의 육체가 으깨어지는 소리라고 단정짓기는 힘들었을 것이다. 난 몰라. 청년의 등 뒤로 몸을 숨겼던 여자가 폴싹 주저앉았다. 엉엉 소리 내어 울기 시작한다. 고등학생 둘이 구토를 쏟을 것 같은 표정으로 서로의 얼굴을 바라본다. 사고다! 누가 떨어졌어! 빛보다 빠른 소문에 사람들이 몰려들었다.

　마사다의 비극은 그렇게 끝이 난다. 시작된다는 표현이 더 정확하겠다. 가족들에게 돌아간 용사들은 늦은 저녁 예배를 드리고 최후의 작별 키스를 오래도록 나누었다. 그리고 칼을 뽑았다. 적군을 향해 휘둘렀던 그 칼로 부모와 형제와 처와 아이들을 죽였다. 사악한 이방인으로 돌변한 것처럼 말이다. 자정이 지나 용사들이 다시 모였다. 사랑하는 이들의 피를 손에 묻힌 그들은 이미 살아 있는 자의 얼굴이 아니었다. 그들은 열 명씩 모여 제비뽑기를 했다. 그리고 각각 한 명을 가려내었다. 나머지 아홉은 각자 처자식의 시체 곁으로 돌아가서 시신들을 끌어안은 다음 목을 내밀었다. 선출된 용사가 차례로 동료들의 목을 베었다. 남은 이들이 다시 모였다. 「형제여!」 마주 앉은 그들은 서로의 얼굴을 쳐다볼 뿐 아무 말도 할 수 없었다. 다시 제비뽑기가 시작되었다. 마지막으로 한 사람이 뽑혔다. 나머지 용사들은 눈을 감았다. 밤 깊은 성안. 칼부림과 단말마의 비명 소리가 끝도 없이 이어졌다. 끝까지 살아남은 자는 동지들의 시신 사이에 무릎을 꿇고 오랜 기도를 올렸다. 그리고 성에 불을 지르기 시작했다. 이튿날 성문을 부수고 진격해 온 로마군이 마주한 것은 타다 남은 재 속의 시신 9백여 구였다.

열차를 놓치고 고작 5분여의 시간이 흘러갔을 뿐이다. 와그작. 알 수 없는 소리가 아닌 듯 들려오던 즈음 내 눈앞에는 아침의 풍경이 다급하게 떠오르고 있었다. 1호선 승강장 어름. 열차가 도착하고 계단 주변에 바쁜 움직임이 오고 갈 즈음 밑에서 다섯 번째 계단의 오른편 가장자리에 사진 속 영정처럼 멈춰 서 있던 남자. 그 자리에 그렇게 서 있는 자신을 도무지 이해할 수 없다는 듯 텅 빈 시선으로 어느 한 지점을 주시하던. 아침의 그가 선로에 누운 그 남자였을까. 그럴 수 있는 것처럼 아닐 수도 있다. 같은 사람이라도 이제는 그렇지 않다고 해야 이치에 맞을지 모른다. 맞은편 승강장에서 모여든 사람들까지 합세한 승강장 주변이 삽시간에 혼잡스러워지고 있다. 뜻밖의 사고를 맞은 열차는 그러나 곧 운행을 재개하지 않을 수 없을 것이다.

알겠는가? 승강장 구석에서 여태 벌어진 상황들은 내 신중함 혹은 신중하려는 의지와는 전혀 상관이 없는 일인 것이다. 삶은 언제나 불안정하고 뜻밖의 함정들을 여러 곳에 숨겨 놓고 있으니까. 그렇지 않다면 누군지 모르는 누군가 고작 5분여 만에 누군가가 아닌 무엇이 되었다고 해서 느닷없이 자리에 주저앉아 엉엉 울음을 쏟아 내지는 않을 테니까. 유대 전쟁사 시간도 주일 학교 예배 시간도 아닌데 느닷없는 마사다의 비극을 기억 속에서 그토록 생생하게 불러들이지도 않았을 테니까. 모든 죽어간 것이 그렇듯 삶도 기억되는 순간들의 과거에 불과하니까. 그리하여 어떠한 판단이나 추측 혹은 계량조차 불가능한 법이니까. 마지막 계단에 내려서서 열차를 막 놓쳤던 승강장 구석 자리. 한 남자를 발견하고부터 잠시 멈추었던 시간이 다시 흐른다. 한 시절이 멀어지고 있다. 5분 26초. 5분 27초. 28초. 29초. 자. 어떠한가?

＊아래의 참고 문헌 중 일부를 인용하였음을 밝힌다.

존 브라이트 지음, 박문재 옮김, 『이스라엘 역사』(크리스챤 다이제스
트), 1988.

요세푸스 지음, 김지찬 옮김, 『요세푸스 Ⅲ』(생명의 말씀사), 1987.

김종빈 지음, 『갈등의 핵, 유태인』(효형출판), 2001.

코미디의 왕

소설의 기원에 관한 공상 5

정신없이 돌아가는 뼁발이 판을 어깨 너머 구경하던 내게 단장님은 바삐 씨불거렸습니다.

「대기실에서 제발 이 짓거리 좀 말랬잖아. 뭐야 양아치 새끼들도 아니고. 당신은 어여 옷 챙겨 입어.」

「왜요?」

「이거 무슨 냄새야, 왜긴 초대 때문이지, 누구 쓰레기통 좀 갖다 버려라. 죽은 쥐라도 집어넣었나.」

단장님의 시옷 자 수염이 내 앞에 바투 다가와 푸드득, 떨렸지요.

「하여간에 대단해.. 내 배가 아파 더는 말 않겠지만, 어젯밤에 당신 기가 막힌 꿈을 꾼 게 틀림없어. 그걸 기억 못하고 있으니 이 판국에 백 원짜리 노름판이나 구경하고 계신 거겠지만.」

우리들 하는 말로 '초대'라고 있습니다. 초대한다 이거죠. 놀러 온 사모님들 얼큰해지면 깎아 놓은 오이같이 미끈한 가수 형들 초대하고, 한잔 잡수러 오신 아저씨들은 또 서빙 보는 미끈한 빤쓰 걸들을 초대하고. 이해되시죠?

「어어, 11시 반 타임은 어쩌고요.」

「대기실에서 허벅지 긁으며 죽치는 친구들이 몇인데 그거 못 때울까. 이거 봐. 지금 그게 문제가 아냐. 엊저녁 기똥찬 꿈이나 기억해 보라니까.」

「어젠 잠을 설쳐서 꿈 같은 건.」

「군말 접고 따라와. 여기에 기운이나 집중시키믄서.」

「아야.」

부지런히 앞서던 단장님이 뒤로 손을 뻗어, 어디에 뭐가 달려 있는지 안 봐도 훤하다는 듯, 불알 끝을 새큰하게 꼬집었습니다.

처음엔 홀 안의 어느 테이블인 줄 알았다가, 업소 뒷문으로 나서기에 그럼 근처 실내 포장마차 같은 데로 자리 옮긴 사모님들인가 싶었죠. 그런데 큰길을 넘더니 명품 백화점 안쪽 화이트 스트리트에 들어서는 것 아닙니까. 찻길 하나 사이에 두고 그 수준 차라는 게 엄청난, 한마디로 가깝고도 졸라게 먼. 마음 급한 단장님이 앞서 헤매는 곳인즉 바로 그런. 거리였습니다. 그리고 그날 밤 나를 초대한 분은, 다름 아닌 문 여사님이었죠. 세상에 네상에. 할렐루야!

처음 뵙는 분이었지만, 당연하게도 처음 보는 얼굴이었지만, 테이블 건너 그분이 과연 그분이라는 사실을 피부로 뼈마디로 알아차릴 수 있었습니다. 인사드려, 자넬 초대해 주신 문 여사님이셔. 긴장한 나머지 눈 밑 살가죽을 쉴 새 없이 쌜기죽거리는 단장님의 소개가 있기 전에 말입니다. 사람들 사이에 널리 알려진 그런 훌륭하신 양반들은, 외모에서부터 그러한 기운이 솔솔 풍기는 모양이죠?

「오셨군요.」

눈물 나게 화려하고 우아한 룸 안에 문 여사님과, 친구 두 분이 빤히 나를 훑어보고 계십니다. 그 나이에도 하나같이 화사한 미인들입니다. 길거리에서 멋모르고 마주쳤다간 그 아줌마 맛나겠네 소리가 절로 날 만한. 뭘 어쩌겠습니까. 구두 속 발가락만 꼼지락거리며 멀뚱히 서 있을 수밖에.

「반가워요. 앉으세요.」

「처음 뵙겠습니다.」

「바쁘신 분 오시라고 해서 죄송해요. 한잔 드릴게요. 괜찮으시겠죠?」

「감사합니다.」

이 근방만 해도 소유한 건물이 스무 채는 넘는다는. 평소 핸드백에 넣고 다니는 현금만으로도 우리 같은 업소 한두 개는 간단히 사들이고 남을 정도라는. 지방에 있는 땅에 골프장도 들어서고 대학도 세워진다는. 국회의원이고 검찰청 누구고 방

송국 누구고 무슨 일 생겼을 때 무슨 일 엮고 싶을 때 그녀만 통하면 안되는 일이 없다는. 주워들은 소문만으로도 그쯤 되시는 양반이 친히 따르는 잔입니다. 바들바들 손끝이 떨리려고 하더군요.

「당신의 개그를 봤어요.」

「감사합니다.」

「아니 참, 코미디라고 했던가? 재미있었어요. 재주가 많은 분 같더군요.」

「부끄럽습니다.」

「다른 건 아니고. 그저, 여기 좋은 친구들과 술 한잔 하는데, 당신 생각이 갑자기 나더군요. 불쾌하지 않으셨으면 좋겠는데.」

「영광입니다.」

감사합니다. 부끄럽습니다. 영광입니다. 달리 멋진 표현을 준비할 새도 없었지만, 그 와중에도 판에 박힌 대사들이 영 마음에 걸렸습니다. 무대에 서는 놈이라 그런지 저도 소위 '상투적인 관용어' 혹은 '죽은 은유'로 일컫는 어휘들에 본능적인 거부감을 가진 편이거든요. 어쩌다 그런 말을 입에 올려야 할 때면 그 뻔하고 뻔뻔한 소리를 들어야 하는 상대에게 미안한 마음이 생길 정도죠. 감사합니다 부끄럽습니다, 를 라면 가락 후룩거리 듯 입에 올리는 이가 실제로 그렇게 감사하고 부끄러워하는 중이라고 믿는 감사하고 부끄러운 바보가 어디 있겠습니까.

늦게 합석한 술친구처럼, 누나들 노는 데 따라온 막내 동생처럼, 회식 자리의 신입 사원처럼. 성격 좋은 문 여사님과 친구 분들 사이에서 저는 조금씩 제 주제와 소재를 잃어 갔습니다. 좋더군요. 그 귀한 이름만 들어 봤을 뿐인 양주가 병째로 찰랑찰랑 비워지고, 그걸 주거니 받거니 하는 이들인즉 봄꽃보다 화사한 문 여사님과 그 친구 분들인 데다가, 그 순간을 돈 한 푼 들일 걱정 없이 즐기고 있다는. 사는 재미가 이런 거다 싶더군요. 씨팔 좆도 쌍소리에 백 원짜리 짤랑거리는 포커 판을 일 없이 구경하던 제게 이런 말도 안되는 상황이 와락 쏟아질 줄 누구는 알았겠습니까. 뿌듯했습니다. 으쓱했습니다. 따지고 보면 이런 반짝 행운도, 결국은 내 코미디 덕이랄 수 있을 테니.

저요, 젊은 놈이 이런 말 한다고 때리지 마세요, 고생했다면 한 놈입니다. 꼴에 코미디 배우겠다고 무대 바닥에서 좆 나게 터지고 좆 빠지게 잔심부름한 거, 그거 글로 옮기는 재주만 있었다면 옛날에 단편소설집 하나는 묶었을 겁니다. 이 바닥 인간들이 그래요. 꼴에 아티스트라고 콧대가 이마까지 올라가서는 뭐든 자기 고집에서 벗어나는 걸 못 보죠. 자존심만 더럽게 똥 같아서 눈에 좀 거슬린다 싶으면 사정없이 욕하고 집어 던지고 걷어차고. 그렇다고 처음에, 이건 이렇고 저건 저렇다고 알아듣게 설명을 해주는 것도 아니고. 그렇게 뻣뻣해서 누굴 웃기겠냐고 뚜드려 패고, 하는 꼴이 병신같이 웃긴다고 뚜드려 패고(아니, 코미디 하겠다는 놈을 웃긴다고 뚜드려 패면 도대체 뭘 어쩌자는 소리입니까?), 연극배우들 보라고, 무대 섰으면 진지하게 몰입하는 자세 좀 배우라고 뚜드려 패고. 이 미친 새끼가 어디서 겉멋만 잔뜩 들었냐고, 밤무대 코미디가 무슨 연극 무대나 되는 줄 아느냐고 뚜드려 패고.

한 1년 구르다 보니까 요령이라는 게 생기더군요. 하긴, 그동안 나른 안주 접시가 몇 접시고 딴 맥주병이 몇 갭니까. 관객들이 어떨 때 어떻게 반응하는지. 웃음이 술렁술렁 번지려고 할 때 어떻게 해야 폭소가 터지게 만들 수 있는지. 준비한 연기 끝내고 무대 뒤로 물러서면서, 어떻게 뜸을 들여야 더 많은 박수를 받아 낼 수 있는지. 사실 그런 거, 되는대로 가는 애드리브 같지만 치밀하고 섬세한 계산이 깔린 연기의 연장이거든요. 보기엔 아무것도 아니지만 막상 따라 하려면 감이 안 잡히는. 이른바 무대 짬밥이 어느 정도 받쳐 줘야 하는.

8개월 만에 보조 딱지를 떼고 10분짜리 코너를 처음 맡았습니다. 투명 의자에 앉아 텅 빈 허공에 대고 열심히 베토벤을 연주하는, 그러다가 허둥지둥 자빠지고 엎어지는 피아니스트. 저의 첫 배역이었습니다. 10만 관중 들어찬 특설 무대가 아니라 술 취한 손님 기십 명 앞이었지만 홀로 온전히 책임져야 할 무대에 선다는 건 어쨌거나 살 떨리는 일이었습니다. 눈앞은 노래지고, 뒷목은 뻣뻣해지고, 가슴 안쪽에서는 그야말로 희고 검은 피아노 건반들이 띵동땡동 미친 듯이 요동을 쳐대고. 어디가 무대 앞이고 뒤인지 분간도 못하고 넋이 나가서 첫 공연을 신고했습니다. 대기실로 돌아와, 아직도 달달 떨리는 손바닥을 들여다보며 쪼그리고 있는데 사회 보는 형이 뒤통수를 툭 치고 가더군요. 이 새끼 제법 병신 짓 좀 하네?

한 달 두 달 지나니 조금씩 할 만해졌습니다. 무대 안팎의 공기 흐름, 그런 게 살갗에 슬렁슬렁 와 닿더군요. 하긴 첫 공연 때처럼 매번 그렇게 속이 메슥거렸다간 어디 이 생활 해먹겠습니까.

방법을 아는 코미디언은요, 마이크만 잡아도 지켜보는 사람들이 웃을 준비를 한다고 했습니다. 나 웃길란다 너 웃어라. 나 웃을란다 너 시작하라. 얼마나 기가 막힙니까. 눈 감고 서면 어두운 객석 저편의 관객들 숨소리가 귓전에 살랑살랑 들려오는. 소통의 즐거움이라던가. 두 세계와 네 개의 자신. 무대 예술가들이 즐겨 이야기하는 경지 말입니다.

이야기가 안성 지나 평택까지 샜네. 어쨌거나 그날 밤, 꽤 술이 됐습니다. 깜빡깜빡 정신을 놓쳤다가 되찾고 다시 잃고, 시간이 얼마나 지났는지 그사이 무슨 일들이 있었는지 온전히 기억하기 힘들 지경으로. 뭐, 큰 실수 같은 건 하지 않았을 겁니다. 부랴부랴 더듬어 보니 옷차림도 그런대로 양호하고 얼굴 상한 데도 없었으니까. 어느덧 새벽 2시였습니다. 룸 안은 귀가 먹먹할 만큼 조용하고, 테이블 위의 빈 술병과 흐트러진 안주 접시들, 대형 스크린에는 곡 번호를 선택해 주십시오, 글자가 홀로 명멸하고.

　문 여사님이 소파에 기대어 잠들어 있습니다. 술 취한 숲 속의 여왕처럼.

「여사님.」

　손끝에 닿는 어깨의 감촉. 놀라울 만큼 가볍고 부드러웠습니다.

「일어나 보세요 여사님.」

「……으음.」

「새벽 2시가 넘었어요.」

「내가 깜빡 잠이 들었나 봐. 아이 머리야.」

「친구 분들은 가신 모양이지요?」

「그럴 거예요. 저기, 물 한 잔 줄래요? ……고마워요.」

「나가셔야죠 이제.」

「어디로?」

「댁에 말씀입니다.」

「그래야지. 가봐야 반겨 줄 사람도 없지만.」

　그러더니 반짝 눈을 들어 내 시선을 맞춥니다. 순간 몹시 부끄러워졌습니다. 잠결에 불룩 솟아오른 팬티 앞을 엉겁결에 들키고 만 때처럼.

「택시 불러 드릴까요?」

「기사가 대기하고 있을 거예요. 그보다…….」

　도저히 마주 쳐다볼 수가 없더군요. 모르겠습니다, 그 눈빛이 이상했던 것인지 내가 이상한 놈인 건지.

「그보다 당신, 당신은 어디로 갈 생각인가요?」

「돌아가야죠. 초원의 집으로.」

「그렇군요. 거기가 당신의 집인가요?」

「뭐, 그런 셈이죠.」

조마조마한 침묵이 흘렀습니다. 정말이지 종잡을 수 없는 노릇이지만, 옷가지가 하나하나 벗겨지는 기분이더군요.

「같이 가요. 내 집에.」

「예?」

「당신이 좋아. 우리 같이 살아요.」

「어, 농담 마세요.」

머리끝이 아뜩해졌습니다. 심장이 배꼽 아래로 철벅 내려앉았습니다. 멀고 아득한 생의 한 지점이 바닥부터 와지끈 갈라지고, 조각난 그 틈새로 미치도록 강렬한 형광 불빛이 환히 솟구치는 환상이 순간적으로 시야를 압도했습니다. 내 얼굴 위에 가련한 당혹의 빛이 어른거렸던가. 여사님이 팔을 뻗어 목덜미를 다정하게 끌어당겼습니다. 숨이 막혔습니다. 눈물이 날 것 같았습니다.

「진심이에요. 난 정말, 당신이 나를 싫어하지 않았으면 좋겠는데.」

그를 만난 곳은 경평 덕소산 호숫가의 오래된 별장이었다. 그날 저녁, 별장 안은 객지에서 초대된 손님들로 온통 시끌벅적했다. 그는 전직 코미디언이라고 자신을 소개했다. 전직 코미디언, 하고 듣는 순간 내 귓속은 참을 수 없이 간지러웠다. 전직 당나귀. 전직 전화기. 마치 그런 소리를 들었을 때처럼 말이다. 전직 코미디언 이전의, 전직의 반대말은 현직일 테니까, 그는 두말할 것 없이 현직 코미디언이었을 텐데, 왜 그 일을 그만두었는지 나는 묻지 않았다. 무슨 이유가 있었는지. 그의 말마따나 연기자로서의 자존심과 명예 혹은 소통의 즐거움에 관한 문제가 있었는지. 그래서 지금은 무엇을 하며 사는지. 다시 그 세계로 돌아갈 마음이나 계획은 없는지. 쓸데없는 질문으로 이야기가 길어지게 할 필요가 없었으니까.

168평 아파트. 혹시 상상이 되십니까? 제가요, 자랑이 아니라 꽤나 없이 자란 놈이거든요. 스물넷에 결혼한 친구 새끼 인천 어디 공장 단지 옆에 13평 아파트 전세 얻는 거 보고는 으아 씨발 난 언제 이런 데서 살아 보나 우울해했던 저라고요. 그러니 어땠겠습니까. 168평이라니.

현관에서 안방까지 그러니까 집 끝에서 끝까지 한번 갔다가 오면 이건 뭐 동네 한 바퀴 산책하는 기분이 들죠. 거실에 앉아 있으면, 지금 주방에서 바글바글 끓는 게 콩나물국인지 라면인지 알 수가 없고요. 잘 뵈지도 않고 냄새도 안 나니까. 방이 아홉 개 화장실이 네 개. 그 넓은 집에 누가 누가 사느냐. 문 여사님과 집안일 보는 가평 할머니, 운전기사 한씨 아저씨, 거기에 제가 얹혀 들어간 겁니다. 어느 영화 속 대사처럼 '엄청난 공간의 낭비'라고 해야 할까.

「뭐든 필요한 게 있으면 말씀하세요. 당신이 원하는 한 언제라도. 외출은 얼마든지 하셔도 좋아요. 예쁜 아가씨를 만나 데이트를 하시든 친구들과 낮술을 드시든 초원의 집 무대에 다시 서든. 대신 외박은 삼가 주세요. 제발 부탁드리는 거예요. 당신이 이 집에서 함께 생활한다는 것은, 이 집에서 밤을 보내고 아침을 맞이하는 것으로써 끊임없이 증명돼요. 그렇지 않은 순간 당신은 이미 이 집 사람이 아닌 거지요. 이해하시죠?」

초라하게 한 짐 싸서 들어오던 첫날 문 여사님이 한 말씀입니다. 어려울 게 뭐 있겠습니까. 들어오지 말랄까 봐 걱정인 판인데.

신이 나더군요. 가만히 앉아 있어도 실실 웃음이 나더군요. 이놈의 상황이 꿈이거나 아직 벗어나지 않은 공상 속 그것은 정녕 아니길. 시간이 어떻게 가는지, 언제 하루가 가고 일주일이 가는지 영문을 모를 지경이었습니다. 모든 것이 넉넉하고 또 자유로웠습니다. 간섭이 없다는 것, 빈둥빈둥 하루해를 보내는 데 그만큼 젖과 꿀 같은 조건이 또 있겠습니까. 와인 한 병 들고 베란다 티 테이블에 나가 앉아 온종일 시간을 보낸다고 뭐라는 사람이 있나. 해가 중천에 뜰 때까지 늘어지게 잠자리 헤맨다고 깨우는 사람이 있나. 온수 콸콸 틀어 놓고 면도한다고 밥 많이 먹는다고 잔소리할 사람이 있나. 상선(上善)은 약수(若水)라. 노자 말씀인즉 바로 요런 생활을 두고 하는 말이었을 겁니다. 물론 나로서는, 물처럼 어디로 흘러가기보다는 그 자리에 영원토록 머물러 있길 바라는 입장이지만. 웅덩이에 고인 빗물처럼 동굴 바위틈의 석회수처럼.

보름 정도 지났을까. 시내에 잠깐 나갔다가 아파트로 돌아왔습니다. 저녁 식탁에 앉기까지 한참은 더 있어야 하는, 그런 시간이었습니다. 집안 분위기가 이상했습니다. 소리 없이 현관문을 열어 주는 가평 할머니의 얼굴에서 그런 기색이 엿보였습니다.

「일찍 오셨네. 어여 들어가 쉬세요 사장님.」

할머니는 그렇게 저를 불렀습니다. 가당치도 않게 말입니다.

「무슨…… 일 있나요?」

「전 잘 몰라요.」

거실 소파에 사람들이 앉아 있습니다. 여사님과 처음 보는 어떤 남자. 다소 뜻밖의 장면이었습니다. 베란다를 통해 말간 햇살이 들어오는, 그런 시간이었으니까. 현관 들어설 적부터 느껴지던 묘한 분위기는 이 때문이었던가. 어여 (방에) 들어가 (나오지 말고) 쉬라던 할머니의 당부도 그래서?

「어디 다녀오셨나 봐.」

「일찍 들어오셨군요. 예, 볼일 좀 보느라고.」

물러날 테니 말씀 나누시라는 의미로 고개를 까닥이고 돌아서는데, 그러려고 하는데 여사님이 저를 붙잡았습니다.

「괜찮으시면 앉아서 차 한잔 하세요. 아, 서로 인사하시죠.
여기 이분은 김영민 씨라고.」

옆구리를 찔린 것처럼 주춤 일어선 청년은 시무룩이 허리를
꺾었습니다. 안녕하세요. 순간 나는, 그가 내 시선을 조심스럽
게 피하고 있다는 사실을 감지했습니다. 민망하고 어색하여 어
쩔 줄 모르겠다는 기색으로 말입니다. 권유를 뿌리칠 요령이
없어 자리에 앉기는 했지만, 그 자리에 합석하는 게 왠지 마음
이 편치 않더군요.

대화에 끼어들 건덕지도 딱히 할 일도 없었던 나는 거의 자
동적으로 낯선 손님을 힐끔거리기 시작했습니다. 점잖은 색 양
복을 입고 있었지만 나이 어린 티가 팍 나더군요. 저보다도 최
소한 일고여덟 살은 아래로 보였죠. 정말이지 감탄이 절로 나
오는 미남이었습니다. 젊은 데다가 싱싱하고, 곱살한 데다가
잘생긴. 솜털 보송보송한 뺨, 귓불 세 군데에 앙증맞은 귀고리
를 한 청년은, 그런데 어딘지 불행해 보였습니다. 덧없이 흘러
가는 시간들이 몹시도 안타까운, 그럼에도 어찌할 방법이 없어
더욱 고통스러운. 그에 비해 문 여사님은 대리석처럼 평온했습
니다. 상대적으로 냉랭해 보일 정도였죠. 그러므로 둘 사이에,
어딘지 아귀가 맞지 않아 불편한 기운이 떠도는 것은 당연하지
않겠습니까. 베란다를 타고 넘어온 오후 햇살이 거실 벽을 타
고 구부러지고 CD 속 낭랑한 피아노 연주도 어느덧 멈추고.

과일 접시가 4분의 1쯤 비워지고 간간이 기억 못할 만큼 맥 빠지고 흥미 없는 대화 몇 마디가 오고 가고, 그렇게 알 수 없는 시간이 흘렀습니다. 문 여사님이 홀연히 일어섰습니다.

「난 좀 씻어야겠네.」

그것은 우회적이면서 또한 대단히 직설적인 의사 표현이었습니다. 이만 가보겠습니다, 라고 말한 적도 그런 기색도 없었던 청년은 끝내 울상이 되었습니다. 다시 받아 주세요. 전 아무 것도 남은 게 없어요. 제발 절 버리지 말아 주세요. 어떻게 된 일인지 제 귀엔, 청년의 무릎 꿇은 애원이 들려오는 것만 같았습니다.

「아이 피곤해. 저어, 이분 대신 좀 모셔다 주시겠어요?」

막내 아들뻘 되는 자신의 손님에게 짧은 눈인사를 던진 여사님이 몸을 돌렸습니다. 안방까지 길고 긴 복도 저편으로 뒷모습이 속절없이 멀어졌습니다. 상심 가득한 청년의 얼굴. 공연히 미안한 마음이 들었습니다. 어쩔 도리 없어 이렇게 말하지 않을 수 없었지만 말입니다.

「저어, 가시죠.」

천천히 구두 신는 모습을 지켜보고 현관 밖으로 나와서는 엘리베이터 버튼을 눌러 주었습니다. 그가, 어딘지 낯이 익다는 걸, 그때 비로소 깨달았습니다. 누구더라. 어디서 봤을까.

「선생님이 부럽습니다.」

맑은 벨소리가 울리고 28층까지 올라온 엘리베이터 문이 활짝 열렸습니다. 명확하지 않은 기억 속의 청년이 우물거렸습니다.

「부디 행복하세요. 그러길 빌겠습니다. 부디.」

저로서는, 실로 뭐라 할 말이 없었지요.

「감사합니다.」

「선생님이, 정말 부럽습니다.」

「안녕히 가세요.」

28에서 반짝이던 불빛이 한 번도 멈추지 않고 1을 거쳐 지하 주차장이 있는 B3에 멈춰 설 때까지, 그러고도 한동안, 멍히 서서 그 불빛들을 지켜보았습니다. 낯이 상당히 익은데, 혹시 저 기억 안 나십니까. 그렇게 묻지 않았던 게 조금 후회되었습니다.

그날, 밤늦은 시간이었습니다. 똑똑, 노크 소리에 이어 방문이 열렸습니다. 문 여사님이었습니다.

「잤어요?」

「아니, 아뇨.」

하얀 살갗이 아찔하게 비치는 잠옷. 부드럽게 살아 움직이는 몸의 곡선. 이불 속 내 몸의 일부가, 누가 시킨 것도 아닌데, 딱딱하게 열을 내기 시작했습니다.

「옆에 누워도 되죠?」

뭐라 대답하기도 전에 침대 위로 스륵 미끄러져 들어온 여사님이 민망한 손잡이로 변한 내 몸을 따뜻하게 잡아 쥐었습니다. 침대가 소리 없이 출렁거렸으므로 순간 깊은 강물 속으로 속으로 끊임없이 빠져드는 환상에 몸을 떨어야 했습니다.

「신경 쓰이나요.」

「……무슨 말씀이신지.」

「낮에 그 사람 말예요. 그 일 마음에 두고 있는 것 아닌가 해서.」

「전혀요.」

「다행이군요. 그래요. 아무 일 아니에요. 아무 일도.」

「그렇군요.」

당황스러웠습니다. 문 여사님의 표정이 침울했기 때문입니다. 깊은 상처를 받은 사람처럼.

「사실, 지금 좀 힘이 드네요. 이젠 나와 아무 상관없는 일이지만.」

「…….」

「나 좀 안아 줄래요?」

어쩔 수 없이 안쓰러운 기분이 들면서도, 한편 이치에 맞지 않는다는 생각을 어쩔 수 없었습니다. 아까 그렇게 무심한 태도로 일관한 게 누군데. 손님이 울상을 지으며 돌아가게 만든 사람이 누군데. 지금쯤 포장마차 같은 데서 죽을 것 같은 얼굴로 소주잔을 기울이고 있을 이가 누굴 텐데. 하지만 그렇게 따져들 마음은 없었습니다. 모르는 일이기 때문입니다. 두 사람의 문제, 내가 알지 못하는 그들의 사정에 대해.

　정체 모호한 파티가 한창이던 경평 호수 별장의 저녁 시간, 그때까지 세상에 있는지도 알지 못했던 그런 사람을 느닷없이 만나게 된 것은, 다름 아니라 내가 소설을 쓰는 사람인 때문이었다. 정황을 말하자면 이렇다. 구석 자리에 야단맞은 아이처럼 앉아 사람들 노는 꼴을 멀거니 구경하던, 아낌없이 나오는 술과 안주만 하염없이 축내던 즈음이다. 노래방 기계 반주 시끄럽던 옆방에서 술에 취한 두 사내가 어깨동무를 하고 건너온다. 내가 있는 소파 옆 자리에 풀썩 앉는다. 사진작가라는 강 누구와 또 한 명은 모르는 누구였다. 「뭐라? 아랫도리만 홀랑 벗고?」「그렇다니까. 홀랑. 정말 대단한 여자들이라고.」「헤헤, 이 작자 또 소설 쓰고 있다.」「소설 쓰는 거 아냐. 난 어디서 포르노 찍는 줄 알았다니까.」「고만 좀 해. 당신 툭하면 고따위 소설 쓰기 좋아하는 거 내가 모르나.」「정말이라니까. 소설은 젠장 내가 미쳤다고…….」 열나게 너스레를 떨던 사진작가, 문득 말을 멈추고 내 쪽을 바라본다. 그러더니 목소리가 커진다. 잃어버렸던 막내 동생을 찾은 사람처럼. 「뭐야. 진짜 소설을 쓰는 분이 여기 계셨잖아?」 동료의 어깨를 툭 친다. 「아이고 우리 완전히 실수할 뻔했고만. 이거 봐. 인저 나한테 소설 쓰네 마네 그딴 소리 말라고. 진짜로 소설을 쓰는 양반이 여기 계시니까. 크힛!」 그때다. 장식장 구석, 고물 오디오 앞에서 등을 보이고 있던 누군가 일어서더니 이쪽으로 다가온다. 오래전부터 거기 그렇게 쭈그려 앉아, 자기가 할 만한 일은 그것밖에 없다는 듯, 먼지 낀 LP 재킷들을 하염없이 뒤적이던 남자였다. 「저어, 소설…… 쓰는 분이세요?」
나는 물론이고 기세 좋게 떠벌리던 사진작가와 그의 동료도 멍
히 입을 다물고 말았다. 전직 코미디언이 서툰 외국어를 구사하
듯 자신 없이 웅얼거렸다. 「죄송합니다. 그런데 저어, 저한테 기
가 막힌 소설거리가 하나 있거든요.」

여름이 갔습니다. 28층 아래로 굽어보이는 강변 풍경에 가을
빛이 더해졌을 뿐 일상은 여전했습니다. 고요하고 풍요로우며
또 변함없이 자유로운 일상의 연속. 아, 달라진 게 하나 있긴
합니다. 언젠가 칫솔을 물고 거울을 바라보다가 깜짝 놀라고
말았지요.
허어, 이게 누군고?
얼굴이 참말로 통통해졌더군요. 아기 돼지처럼 뽀얀 피부에
늘어진 빰과 턱살. 분명한 내 얼굴이 내 얼굴 같지 않았습니다.
에헤, 세월 한번 좋구나.
베란다에 서면 저편 도심지를 유유히 가로지르는 물살이 보
입니다. 더욱 깊어진 가을 강물 위로 하늘을 헤엄치는 철새 떼
가 비칩니다. 밤이면 검게 반짝이는 수면 위로 유람선 불빛이
열아홉 살 꿈처럼 미끄러져 흐릅니다. 생의 정점. 가슴 서늘하
도록 아름다운 풍경들을 한가로이 좇다 보면 밑도 끝도 없는
조바심으로 가슴 울렁입니다. 다가올 삶에 대해서는 알 수 없
지만, 지금, 생의 어느 정점 위를 조심히 걷고 있는 것만큼은 아

무래도 확실하다고. 그런 것 같다고.

「여기 온 지 얼마나 되셨더라.」

어느 날. 밤늦게 귀가한 여사님이 저를 불렀습니다. 새 나라의 어린이처럼 일찌감치 자리에 들었던 저는 졸린 눈을 비비며 거실로 나갔습니다. 여사님이 한없이 인자한 미소로 저를 반깁니다. 취하신 것 같더군요.

「석 달째 되어 갑니다.」

「어머나, 벌써?」

「시간 참 빠르죠.」

「어떠셨어요 여기 생활.」

「행복합니다.」

「내가 만날 바깥일에 매여 사느라 신경도 못 써주고. 늘 미안해서.」

가평 할머니가 과일을 내오자 여사님은 술을 청했습니다. 그러고는 한씨 아저씨까지 호출했지요. 밤늦은 술자리에, 온 식구가 모여 앉았습니다.

「아, 당신. 코미디언이라고 했지요.」

「그랬었지요.」

「안타까워라. 난 당신이 무대에 선 모습을 한 번도 보지 못했는데.」

「그렇지 않을 겁니다.」

「그렇지 않다고?」

「처음 뵈었을 때 여사님이 그러셨지요. 당신의 개그를 봤어
요. 아니 참, 코미디라고 했던가?」
「내가?」
「재미있었다고. 재주가 많은 분인 것 같다고.」
「그랬던가. 내가 요즘 정신이.」
문 여사님이 빙그레 웃었습니다.
「저기, 코미디 한번 보여 주실 수 있어요?」
「물론이죠, 언제든지 원하신다면.」
「지금. 바로 여기에서.」
「……예?」

가평 할머니가 짝짝짝 박수를 쳤습니다. 포크로 사과 조각을
찍던 한씨 아저씨가 아랫입술을 잡아 빼고 휘익, 휘파람을 불
었습니다. 황당했습니다. 쪼그만 꼬추를 드러낸 채 어른들 앞
에서 동요를 불러야 하는 기분이었습니다. 조명 화려한 무대가
아니라 고작 세 사람이 눈을 말똥거리며 모여 앉은 거실에서,
그것도 자다 깨서 느닷없이. 거절하고 싶지는 않았습니다. 제
가 누굽니까. 헬렐레 술 취한 손님들을 즐거이 웃고 손뼉 치게
만들었던, 초원의 집 간판 코미디언 아니겠습니까.

　자리에서 일어섰습니다. 가슴이 조금 두근거렸습니다. 나를
향한 눈동자 여섯 개가, 수백만 관중의 함성보다 뜨겁더군요.
한 차례 숨을 골랐습니다. 뭐가 좋을까. 처음부터 확실하게 사
람들을 사로잡으려면. 궁리 끝에 평이하지만 가장 대중적인 레

퍼토리 '소리 흉내'를 시작했습니다. 인민군이 쓰는 따발총 소리. 칙칙폭폭 뿌우 기차 소리. 쉬유우우우 콰앙 포물선을 긋는 곡사포 소리. 쉐에엑 창공을 가로지르는 쌕쌕이 소리. 뚜우우 뱃고동 소리. 더운 입김 묻어 끈적해진 손을 풀고 가쁜 숨을 고르며 반응을 살폈습니다. 어리둥절한 표정들. 웃는 사람은 없었습니다. 누군가 묻습니다. 다…… 끝난 건가요? 무대 경험 적은 이들이 눈앞 까매져서 당황하는 게 바로 이런 순간입니다. 어떻게 분위기 수습하고 어떻게 좌중을 환기시켜야 할지 모른 채 그냥 울고만 싶어지는 거죠. 하지만 전 당황하지 않았습니다. 내 코미디의 운명이 관객들에게 달려 있는 게 아니라 그들의 웃음이 내게 달려 있다는 사실을 잘 알고 있었으니까.

「끝나긴요. 이제 시, 시작입니다.」

'마른오징어 굽기' 아시나요? 수험생들의 좋은 친구. 가난한 연인들의 영양 간식. 빨간 연탄불 위에서 오그작 오그작 몸을 꼬며 맛나게 구워지는 오징어 말이죠. 〈전국 노래자랑〉에서 출연자들이 가끔 흉내 내곤 하는. 한 마리 천 원짜리냐 이천 원짜리냐에 따라 구워지는 속도와 모습이 달라집니다. 서서히 어깨가 뒤틀리고 두 다리가 꼬이고 입술이 돌아가고 손목이 뒤틀리고. 뜨거운 연탄불에 뼈가 휘고 살이 구워지듯 고통스럽게. 맛나게 노릇노릇. 사람들이 소리 죽여 웃습니다. 쿡쿡 쿡쿡. 그러면 그렇지. 분위기 놓칠까 바로 '경운기 발동 걸기'에 들어갔습니다. 여름날 뙤약볕 쨍쨍한 시골길. 벌겋게 낮술 잡순 농부 아저씨, 비틀거리며 다가와 경운기 발동을 겁니다. 모터에 연결된 줄을 쭈욱 잡아당기는 거죠. 그런데 약주가 과했는지 엔진이 낡았는지 여간 힘겨워 보이지 않습니다. 털털. 털털털털. 푸시식. 털털. 털털. 푸시시식. 자꾸만 꺼지는 모터 소리에 농부 아저씨 얼굴이 더욱 빨개져서 씩씩거립니다. 털털 털럭털럭 털털털털 아이고 죽겠다, 이놈 왜 이렇게 말을 안 들어? 너 술 췄니? 털털털털 털럭털럭 헥헥.

히히힛! 한씨 아저씨가 웃음을 터뜨렸습니다. 가평 할머니도 입을 가리고 홍홍 홍홍, 합니다. 뿅 맞은 가수처럼 힘이 솟았습니다. 답례로 '홍시와 엿'을 선보입니다. 서울 사는 딸네 집 찾아 먼 길 떠나던 할아버지. 지친 다리도 쉬어 갈 겸 요기도 할 겸 나무 그늘에 앉아 봇짐을 푸십니다. 말캉말캉한 홍시를 꺼내는군요. 똥 싸는 자세로 쪼그려 앉은 할아버지, 이제 감을 잡숫기 시작하는 겁니다. 달달달 체머리를 흔들어 가며 감꼭지를 요렇게 따서는 혓바닥으로 요렇게 낼름 핥습니다. 아이고, 성한 이가 몇 개 남아 있지 않네요. 이제 본격적으로 감을 빨아드십니다. 쪼옥. 쪼오옥. 쪼글쪼글한 양 볼이 오목하게 빨려 들어갑니다. 푸하하하. 문 여사님이 소녀처럼 박수를 칩니다. 홍시를 맛나게 드시고는 할아버지 또 봇짐 속을 뒤적거립니다. 주먹만 한 갱엿 조각을 꺼내네요. 저 단단한 놈을 어떻게 드시려나. 억지로 입에 쑤셔 넣기는 했는데 도무지 어찌해 볼 도리가 없어 눈만 껌벅껌벅, 불룩 튀어나온 한쪽 볼이 매우 거북한 모양입니다. 별수 있나. 잇몸으로 사알살 우물거려 봅니다. 턱 주가리를 크게 움직여, 아래위로 맷돌질을 하듯 힘겹게. 그럴 때마다 주름진 얼굴 거죽이 흉하게 씰룩이고. 우하하하. 사람들이 소파를 두드리며 웃습니다. 하지만 거기에 신경 쓸 겨를이 없습니다. 그 즈음 나는 내가 아니라 나무 그늘에 앉아 입 안의 엿 조각과 씨름하는 어느 할아버지였으니까. 아울러 사람들이 깔깔거리며 주시하는 대상 역시, 연기에 열중하는 제가 아니라 그 할아버지였고. 그래요. 두 세계와 네 개의 자신, 바로 그거죠. 목을 길게 늘어뜨리고 꾸울걱, 힘겹게 엿을 삼킨 할아버지가, 내가, 똥 싸는 자세를 풀고 일어섰습니다. 휴우. 이마에 촉촉이 밴 땀을 닦으며 꾸벅 인사했습니다. 브라보! 세 명의 관객이 환호의 박수를 쳐주었습니다.

그가 거듭 말하던 '두 세계와 네 개의 자신'이란, 기억나는 대로 소개하자면 이렇다. 여기 무대로 올라가는 계단이 있다. 심호흡 한 차례 하고, 혹은 입술 끝으로 첫 대사를 달싹이며 무대에 올라서는 순간 연기자는 전혀 다른 시공간으로 진입한다. 순간 이동 장치에 몸을 맡긴 우주인처럼. 그것은 박수를 받으며 무대에서 물러서는 때에도 마찬가지이다. 무대 뒤 좁은 통로를 경계로 두 개의 세상이 존재한다. 무대 안과 밖. 여기서 중요한 것은 시공간이 다를 뿐 둘 모두가 엄연히 존재하는 실제 세계라는 점이다. 이를테면 플라톤의 동굴 이데아 따위로 뭉뚱그려지는, 한 세계가 다른 세계의 허상이거나 모방이거나 종속되는 관계가 아니라는. 그리하여 네 개의 자신이라는 개념이 다시 탄생한다. 하나. 평상시의, 그렇게 믿어지는 나. 둘. 무대에 서서, 그 세계의 역할에 따라 행위하고 인식하고 사고하는 나. 셋. 두 번째 나를 주시하는, 관객석 어느 눈동자 속에 투영된 나. 네 번째 나,는 잘 기억나지 않는다. 뭐였더라. 어쨌거나 그런 식으로.

며칠이 지났습니다. 그날 밤. 아아, 그날 밤. 앞으로 생이 얼마나 주어질지, 그 와중에 무슨 순간들이 찾아올지 알 수 없지만, 맙소사, 단 한시도 잊지 못할.

하루 종일 비가 내렸습니다. 때 아닌 가을비는 자정 지나서까지 멈추지 않았습니다. 불을 끄고 누워 블라인드 사이로 스며드는 빗소리를 엿듣던 즈음이었습니다. 문 여사님이 귀가하는 기척이 들렸습니다. 나가서 밤 인사를 할까 하다가, 자는 셈치기로 마음을 굳혔습니다. 그렇지 않아도 피곤할 텐데 인사 주고받느라 공연히 성가시게만 할 것 같았기 때문입니다.

똑똑. 빗소리를 타고 잠깐 잠이 들었던가. 방문을 노크하는 소리가 들렸습니다. 여사님이셨습니다.

「주무셨나 봐.」

「아닙니다. 들어오세요.」

여사님과의 사랑은 늘 이렇게 예고치 않았던 계제에 찾아옵니다. 선택이 아니라 주어지는. 처음 만남이 그랬듯, 준비할 수도 기다릴 새도 없는.

　밤비 소리가 아득히 창문을 두드립니다. 여사님의 입술은 부드럽고 따뜻합니다. 미끄럽고 촉촉한 혓바닥에서는 잘 익은 포도주 향기가 감미롭습니다. 그 향기에서, 무수한 흔적과 흔적들을 느낍니다. 사람. 사람들. 여사님 옆구리를 고단히도 스쳐 지나갔을 숱한 그림자들.

「당분간 못 보겠네요.」

「아니 왜요.」

「아메리카 가요. 일 때문에.」

「아.」

　여사님의 손길에 부끄러움 많은 하체가 침대 밑으로 자꾸 가라앉습니다.

「피곤해. 살 수가 없어. 언제나 맘 편히 쉴 날이 올까.」

「언제 가시나요.」

「내일 아침 첫 비행기.」

「…….」

「한 달, 어쩌면 그 이상 걸릴지도 몰라요.」

　따뜻한 손바닥이 벗은 가슴을 어루만집니다. 오래된 상처에 약을 발라 주듯.

「행여 내 걱정은 말아요. 어디서건 잘 지낼 테니까.」

「무슨, 문제가 있는 건 아니죠?」

「왜 아니에요. 언제나 문제투성이지. 여기도 거기도. 떠나도 그렇지 않아도. 혼자 있어도 사람들을 만나고 다녀도.」

「힘내세요.」

「그동안 고마웠어요.」

「왜 그런 말씀을.」

「한동안 못 만날 테니까.」

「고마운 건 오히려 전데요.」

「아메리카 가서도 그거 보고 싶으면 어떡하나.」

「그거, 요?」

「참 좋았어요. 이제야 하는 말이지만, 정말 즐거웠어요.」

「뭐가…….」

「당신 코미디 쇼. 며칠 전에 보여 준.」

「아아. 그.」

「잊지 못할 거예요. 고작 세 명의 관객 앞에서 진지하게 연기하던 당신 모습. 감동적이었어요.」

비가 내립니다 비가 내립니다 어두운 창밖으로 가을비가 밤새 그치지 않고. 옆 자리의 아름다운 여인은 숨죽여 속삭입니다. 정점. 생의 알 수 없는 어느. 훗날 한없이 모호한 기억으로 남겨질. 바람 불듯 가슴이 저렸습니다.

「그래서 고민을 좀 했어요. 어떻게 답례할까.」

「에이, 답례는 무슨.」

「뭐가 좋을까. 나도 뭘 보여 줬으면 좋겠는데. 그래서 어설픈 대로 준비를 해봤지요. 화답 공연이라고 해야 하나.」

「화답 공연이라뇨?」

「코미디 쇼.」

「어…… 그게 무슨.」

「코미디 말예요. 당신 전공.」

「그 코, 코미디를 말하시는 건가요.」

「뭘 그렇게 놀라요? 사람 부끄럽게.」

어둠 속에서 여사님이 몸을 일으키셨습니다. 침대가 출렁, 흔들렸고 방 안 가득 불이 켜졌습니다. 시린 눈 속에 들어온 것은 여사님의 밤색 고운 브래지어와 팬티였습니다.

「문 좀 잠글게요.」

「문? 어, 예, 그러시죠.」

딸깍. 잠금단추를 느르고 돌아서더니 이마 뒤로 머리칼을 넘기며 수줍게 웃더군요. 엉겁결에 입맞춤을 당하고 만 중학생 소녀처럼.

「저기, 나랑 약속해요.」

「무슨 약속을.」

「아무한테도 말하면 안 돼요. 절대 비밀이에요. 창피하니까.」

「그러죠.」

「그리고, 이건 혹시나 해서 하는 부탁인데, 너무 크게 웃지 말아 주세요. 혹시 제 코미디가 웃긴다고 해도 말예요. 다른 사람들이 눈치를 철지도 모르니까.」

「명심하겠습니다.」

얼떨떨했습니다. 지금, 도대체 무슨 일이 벌어지려는 것인가. 이 오밤중에, 천하의 문 여사님이, 나만을 위해, 덜렁 빤쓰 부라자 바람으로 서서, 웬 세상에, 코미디 쇼를?

「해도 될까요?」

「예, 준비되셨으면.」

「비웃지 마세요. 너무 형편없어도.」

「무슨 말씀을.」

차렷 자세로 선 여사님이 어깨로 숨을 쉬었습니다. 지긋이 눈 감고, 고개를 살며시 쳐들고, 입술을 가볍게 오므려 천천히 숨을 고릅니다. 실기 시험장 문 앞에 선 예체능계 수험생 같습니다.

「……시작할게요.」

이윽고 눈을 뜬 문 여사님. 얼굴이 조금 이상합니다. 다른 사람 같습니다. 어찌 된 일일까. 실로 다른 사람 같아진 여사님이, 조금씩, 변하기 시작합니다.

등을 꾸부정히 웅크리고

목을 앞으로 뽑아 턱을 내밀고

겨울나무처럼 뒤틀린 팔과 손목과 무릎

구부정 휜 허리

잔뜩 찡그린 입가와 콧잔등

아, 저것은. 병신 육갑춤의 대가 공옥봉 여사의 작품 '지랄 원숭이' 첫 자세 아닌가! 생의 절망이라는 벼랑 끝, 슬픔의 극한을 넘어선 춤꾼만이 표현해 낼 수 있는 육체의 해학적 언어라는. 저걸 여사님이 어떻게?

뒤틀린 채 굳게 다문 입술. 이마 위로 잔뜩 치켜 올라간 눈썹과 방향을 잃고 좌우로 뒤룩거리는 눈알. 섬뜩하게 변모한 얼굴의 주인공이 춤을 추기 시작합니다. 근육이 경직되고 관절이 마비된 듯 불편하고 우스꽝스럽고 슬프고 이상한 춤을 덩실덩실. 다시 덩실덩실.

그러다가 우뚝, 멈추어 섭니다.

시간만이 숨죽인 채 천천히 흐릅니다. 4초. 5초. 6초. 숨쉬기가 덩달아 조심스러워집니다. 7초. 8초. 9초. 낯선 춤꾼의 얼굴이 조금씩 붉어집니다. 15초. 16초. 17초. 빨개집니다. 새빨개집니다. 검붉어집니다. 숨을 참습니다. 예, 척 보면 알 수 있습니다. 지금 숨을 참고 있는 중입니다. 연기를 위해, 연기의 한 극적인 과정으로서 말이지요. 지켜보는 나까지 덩달아 고통스러워집니다. 말리고만 싶습니다. 누군가 눈앞에서 부들부들 떨며 숨을 참고 있는, 그만큼 숨 막히는 장면이 또 있겠습니까. 55초. 1분. 1분 20초. 제발 그만! 그렇게 외치고 싶습니다. 달려가서 경직된 몸을 흔들어 달래고 싶습니다.

오른손을 쳐듭니다. 쳐든 손을 천천히, 팽팽하게 긴장된 방안 공기가 흐트러질세라 조심히, 어깨 뒤로 뻗습니다. 허공에 머문 오른팔. 뾰족함을 드러내고 잔뜩 물러선 권총 공이 같은. 가슴이 두근거립니다. 새로운 긴장이 시작되고 있습니다.

　한순간. 잔뜩 물러선 오른팔이 휘익, 허공을 가릅니다. 뒤통수를 세차게 내려칩니다. 터질 듯 긴장되어 있던 얼굴 근육이 일순 폭발합니다.

「꺽!」

　곤혹스러운 비명과 함께 벌어진 입에서, 기다란 혀와 가지런한 이와 붉은 잇몸이 와락 쏟아집니다. 핏발 선 눈알이 덩달아 10센티미터 정도 튀어나옵니다. 엉겁결에 흠칫 물러서고 말았습니다. 정말이지 끔찍하고 충격적인 장면. 막 교통사고를 당하고 처참하게 일그러진 사체 같은. '위험! 절대로 따라 하지 마세요.' 그런 자막이라도 붙어야 할 것 같은. 뒤통수에서 물러난 손이, 손바닥이, 앞이마를 대여섯 차례 두드립니다. 턱턱, 턱턱. 흉물스럽게 튀어나온 눈알과 이와 잇몸과 혀가 조금씩 제자리를 찾아 들어갑니다. 이윽고 연기자는, 제가 아는 아름다운 문 여사님의 얼굴로 돌아왔습니다. 그게 도대체 말이 되는 소리냐고 따지지 마세요. 상식적으로나 과학적으로 절대 불가능한 일이라는 것은, 시종 그 꼴을 지켜보았던 저 역시 잘 알고 있으니까. 더욱 놀라운 것은 섬뜩하기 이를 데 없는 그 장면이, 꿈에 볼까 두려운 한편 엄청나게 우스웠다는 점이었습니다.

「우하하하하하하핫!」

　침대에서 굴러 떨어진 나는 배를 잡고 방바닥을 굴렀습니다. 낄낄낄낄 낄낄낄낄. 개미 떼 같은 웃음이 입가를 타고 끊임없이 기어 나왔습니다. 문 여사님이 질겁을 하며 다가와 입술 가운데에 집게손가락을 갖다 댔습니다.

「쉿! 조용히! 제발 쉿.」

「아이고. 으흐흐. 푸히히.」

「아이 참. 사람들 깬단 말예요.」

매트리스에 얼굴을 박고 한참을 꺽꺽거렸습니다. 웃음에 체한 기분이었습니다. 한참 만에야 미칠 것 같은 웃음을 겨우 끊어 낼 수 있었습니다. 그렁그렁 맺힌 눈물을 닦고 고개를 들었습니다. 밤색 브래지어와 팬티 차림의 문 여사님이, 조금은 상기된 얼굴로 나를 내려다보고 있습니다.

「저기…… 웃겼어요?」

「웃기다마다요! 허리가 끊어지는 줄 알았네.」

「정말? 나 기분 좋으라고 그러는 거 아니고?」

「아이고, 억지로 이렇게 웃을 수가 있나요. 정말 최곱니다.」

진심 어린 박수를 쳐주었습니다. 짝짝짝짝짝.

「튀어나오는 눈알! 정말 대단해요. 어디서 그런 연기를?」

「아까 말했잖아요. 답례로 뭘 보여 줬으면 좋겠다 싶어서, 그래서 어설픈 대로 준비 좀 해봤다고. 방문 잠그고 거울 앞에서도 연습하고 샤워하면서도 연습하고 차 안에서도 잠깐씩 발가락 꼼지락거리며 몰래.」

문 여사님의 놀라운 코미디 쇼는 거기서 끝이 아니었습니다. 시작이었습니다.

두 눈꺼풀을 홀라당 까뒤집고, 아랫입술을 늘여 당겨 콧잔등을 덮고, 왼팔을 머리 뒤로 돌려 왼손 중지로 오른쪽 콧구멍을 야무지게 쑤시고, 쩍 벌린 입 안에 주먹을 쑤셔 넣고, 그걸 빼는데 빠지지가 않아 낑낑거리는 시늉을 하고. 저는 쉴 새 없이 배를 잡고 낄낄거리며 방바닥을 뒹굴었습니다. 끊임없이 놀라고 감탄했으며 또 감동했습니다. 감히 말하지만 그날 밤 도저히 잊을 수도 생생히 기억해 낼 수도 없는 그날의 밤 시간. 여사님은 내가 모르는 누군가가 되어 세상에 그런 게 있는지도 몰랐던 내 생애 최고의 코미디 쇼를 보여 주었습니다. 삼류다 통속이다 저질이다 따질 필요도 이유도 없는, 원초적이고 위대한 몸의 예술을.

「놀랍습니다. 못 잊을 겁니다.」

「좋게 봐줘서 고마워요. 다른 사람들에겐 절대 비밀이에요. 약속.」

「약속, 입니다. 나중에 또 감상할 기회가 있을까요?」

「물론이죠. 너무 늦었네. 건너갈게요. 쉬세요.」

「예, 안녕히.」

덕소산 별장의 밤이 깊었다. 새벽이 가까워 오고, 사람들은 벼랑 끝을 향해 달려가는 바람 같았다. 계단 구석에 술 냄새 지독한 토사물을 게워 놓는, 웃통을 벗고 춤을 추는, 한시도 쉬지 않고 떠벌려 대는, 욕설을 내뱉으며 주먹다짐을 하는, 마룻바닥을 뒹굴며 거친 사랑을 나누는 사람 사람들. 남자의 이야기도 허덕허덕 고갯마루를 넘어서고 있었다. 왜 내게 이런 이야기를 하는 걸까. 소설가라는 사람은, 누구나 그 앞에 가서 자기가 하고 싶은 말을 지껄여도 되는 부류라고 믿는 것인가. 그런 짜증이 무뎌질 즈음이다. 뜻밖의 의심이 옆구리를 쿡 찔렀다. 이 사람 혹시 소설을 쓰고 있는 것 아냐? 그리하여 여태까지 들은 이야기들이, 죄다 꾸며 낸 거짓말인지도.

새벽 3시가 넘은 시간. 불을 끄고 자리에 누웠지만 잠은 오지 않았습니다. 잠들고 싶은 생각도 없었습니다.

눈 감으니 검은 각각 너머로 지난날이 어른거렸습니다. 느닷없이 말입니다. 지난날들. 이제는 그렇게 불러 마땅할, 그렇게밖에는 말할 길 없는 알지 못할 시간 너머의 어느 흔적들. 한 세계를 향해 종적 없이 사라지고 만.

양등포 거리에 처음 발을 들여놓던 때입니다. 극장식 유흥 주점 초원의 집에 무작정 찾아가 거두어 달라고 무릎 꿇는 제게 선배 연기자들은 대뜸 그랬죠.

「새끼 옷 입은 뽀대 하고는. 어깨에 뽕 좀 봐. 니가 김승진이냐?」

「꼴에 구창모 파마를 했네. 생긴 건 배철수 같아서.」

「인마, 집에 돌아가. 평생 후회하지 말고.」

더럽고 힘들고 애틋했던 막내 시절. 쉬는 날이면 동기 몇과 어울려서 아톰표 본드를 샀죠. 라면 봉지에 몽땅 짜 넣고 돌아가면서 쿵쿵 마시고 헤헤 웃고 새가 되어 하느작거리고 거북이가 되어 버르적거리고. 비 오는 날이면 짱깨집만 한 데가 없어요. 천오백 원 하던 짬뽕에 군만두 시켜 놓고 25도짜리 막소주를 마시면 좁은 홀에 파리가 마구 날고 천장에 매달린 끈끈이에 그놈들이 새까맣게 붙어 있고 선반의 고물 TV가 내내 지직거리고 배 나온 주인아저씨가 러닝셔츠만 입고 돌아다녀도 즐거웠으니. 밤거리 어슬렁거리는 학삐리들 삥 뜯는 재미도 쏠쏠했지. 당산 공고 다닌다고 했던가, 새 나이키 농구화 뺏긴 새끼 엉엉 울 것 같은 표정하고는. 나중에 지배인 형에게 들켜서 죽도록 얻어터져야 했지만. 그래. 그땐 정말 그랬어, 그때를 아련히 추억하는 이런 새벽 시간이 있으리라고는 꿈에도 상상하지 못했던, 멀고 먼 그때. 눈 밑이 뜨끈해졌습니다. 콧잔등이 시큰거렸습니다.

비 오는 동네 중국집의 파리 떼처럼 느닷없이 달려드는 지난 기억들. 신경통처럼 느닷없이 찾아온 한 시절에의 그리움. 그 진원지인 양등포를 찾아 나서기로 마음을 굳힌 것은 날이 밝아오던 즈음이었습니다. 문 여사님이 아메리카로 떠나시던 바로 그날이었죠.

자고 나면 뒤바뀌는 게 도심지 풍경이라더니 몇 개월 만에 찾아간 양등포 시장은 묘하게도 낯이 설었습니다. 백화점 건너 지하철 4번 출구에서 시작되는 꽃가게 길이며 지하에 대형 수입 상가가 있는 호프 집 건물과 먹자골목 초입의 24시간 원조

감자탕집에 골목 안쪽으로 다닥다닥 붙은 여관들까지, 눈 감고도 훤하고 뻔한 그 풍경들이, 왠지 내게서 일정한 거리를 두고 서먹하게 물러서 있는 듯한. 기분이 그런 거겠죠?

극장 식당 초원의 집! 아, 그 냄새. 지하층 특유의 퀴퀴하고 콤콤하고 들큼하고 퇴폐적이면서 또 포근한. 제 젊은 한때가 곰삭았던 그 냄새에 잠시 넋을 잃고 말았습니다. 주책없이 나오려는 눈물을 주먹으로 틀어막고 싶더군요.

「어라, 이 새끼 누구야?」

「안칠현이!」

「형님들 나와 보세요. 여기 누가 왔나.」

옛 식구들이, 중동으로 시집갔다가 놀러 온 딸자식 대하듯 저를 반겨 주었습니다. 모두들 여전하더군요. 드럼 치는 태지 형이 그제야 잠 깼는지 사타구니를 득득 긁으며 나타나 웃어 주었고 삼룡이 용필이 씨발 영록이 모두 건강한 얼굴로 달려와 제 팔을 끌어안았습니다.

「호메, 기름기 잘잘 흐르는 거 봐.」

「어떠냐 강변 문 여사. 잘 빨아 줘?」

「아파트 존나 넓다매? 화장실이 열두 개라고 하던데.」

반가운 얼굴들끼리 둘러앉아 맥주를 마시며 이런저런 이야기꽃을 펑펑 피워 올렸습니다. 참말로 흥겹고 유쾌했습니다. 엇비슷한 추억을 간직한 이들과 함께 이제는 사라진 날들을 눈앞에 끌어내 실컷 들쑤시고 주무르고 만지작거린다는 것은.

그 동네 여전하더군요. 관할 형사 새끼들 툭하면 공술 처먹으러 와서 팁 삼천 원 내놓고 빤쓰 걸들 밤새 주무르고, 민요 부르는 킴카나리아 아줌마한테 홀딱 반한 노인네 새끼 분장실까지 쫓아 들어와서 소란 일으키고, 만취한 손님 새끼 테이블에 올라가 춤추다가 떨어져 눈퉁이 깨진 게 지난주에만 두 명이고. 같이 웃고 재잘거려야 할 딸딸이 주일이가 옆에 없는 것이 조금 허전했습니다. 제 동기거든요, 같이 코미디 배우던. 툭하면 어디론가 사라져서 딸딸이 치다가 들켜 얻어터지곤 했지만 참 좋은 놈이었는데. 지난달에 느닷없이 영장이 나왔다더군요. 씨발놈. 딸딸이만 치지 말고 연락 좀 하지.

날이 밝았다. 아침은 놀랍도록 고요했다. 별장 관리인이 마루에 들어서더니 외치기 시작했다. 식사 준비되었습니다. 일어들 나서 해장하세요. 셔틀버스가 8시 반에 출발합니다. 온천 가실 분들 서두르시고요. 아휴, 술 냄새. 밤새도록 알 수 없는 파티를 즐기던, 새벽이 오면서 애벌레가 되어 구석 자리에 웅크렸던 사람들이 하나 둘 꿈틀거린다. 한없이 괴롭고 구슬픈 얼굴들로 몸을 일으킨다. 전직 코미디언이 우물쭈물 제안했다. 「식사……하러 가시죠? 밤새 떠들었더니 배고프네.」 이 남자는 누굴까. 여태 들었던 이야기가 죄다 거짓말이었다면. 밤새 들려준 내용이 실은 처음부터 끝까지 완벽한 허구였다면, 그렇다면? 있지도 않은 이야기를 밤새 떠들어 대는 이유는 무엇일까. 내게 바라는 무엇이 있는가. 그것이, 자기가 지껄이는 거짓 이야기들과 어떠한 관계가 있다고 믿는 것일까.

저녁 시간이 되었습니다. 같이 술 먹던 옛 동료들이 아쉬운 표정으로 하나 둘 일어섭니다. 주방에서 안주 만드는 양념 냄새가 번지고, 막내들은 분주하게 테이블 치우고 대걸레질을 하고, 무대에서는 또 나름대로 공연 준비가 바쁩니다. 초원의 집의 하루는, 그래요, 바로 이렇게 시작되는 겁니다. 저도 가만히 있을 수 없었죠. 바삐 단장님을 찾았습니다.
「무대에 서겠다고? 당신이?」
「예.」
「아니 왜에?」
「왜라뇨. 저도 코미디언 아닙니까.」
「한때 그랬지. 과거에.」
「전 여전히 코미디 쇼를 사랑하고 있습니다. 진심으로.」
「누가 뭐랬나. 그런데 당신, 강변 문 여사와 헤어진 거야? 그 집에서 쫓겨난 거냐고. 난 오늘, 그냥 놀러 온 건 줄 알았는데.」
「무슨 말씀이세요. 헤어지다니.」
「아니면 다행이고. 그런데 왜 갑자기 무대에 올라가겠다는 게야?」
「그러고 싶으니까요. 제발요. 10분짜리 한 타임만 할게요.」

「거참…… 아니, 그런데 왜에?」

「코미디 쇼를 사랑하니까요. 단장님은 제 코미디 쇼를 좋아
하지 않으셨나요?」

그런 게 기억날 리 없다는 표정으로 빨부리 담배를 빡빡 빨
던 단장은, 검지 손톱을 세워 앞이마를 득득 긁었습니다.

「알아서 해. 모르는 사이도 아니고. 하지만 뒤에 가서 딴소리
하기 없기야?」

「감사합니다.」

「출연료는 오늘 먹은 맥주 값으로 쳐줄게. 아아, 제발 고맙단
소리는 마.」

대기실에 들어가서 의상을 골랐습니다. 빨간 반짝이 파란 반
짝이 은색 반짝이. 한동안 잊고 있었을 뿐 참으로 친숙한 그 감
촉들. 가슴이 조금 두근거렸습니다. 거울 앞에서 분장에 열중
하던 이들이 한마디씩 뱉습니다. 올라가려고? 에이. 술이나 마
시고 놀다 가지 무슨. 하여간 대단해. 나 같으면 아무리 부탁을
해와도 거절하겠구만. 아무리 한솥밥 먹었던 옛 동료들이지만
이해하기가 쉽지 않겠지요. 하지만 언젠가는 그들도 깨닫지 않
겠습니까. 이 세계 떠나 있어 보면, 그토록 지겹고 힘들던 무대
위가 그리워 신경통이 도질 지경이라는걸.

첫 공연이 시작되었습니다. 쿵쿵거리는 베이스 음, 신나게 때
려 부수는 드럼 소리, 관악기의 기름진 음색, 트로트 가수의 간
드러지게 찢어지는 가창에 이어 사람들의 박수 소리가 무대 쪽

나무 벽을 왈랑왈랑 흔들어 댑니다. 덩달아 제 가슴이 왈랑거립니다. 비감해진다는 말을 그럴 때 쓰기도 하나요? 8시 20분 제 순서를 얼마 안 남겨 놓고, 그런 느낌이 삶은 계란을 통째로 넘긴 듯 목구멍 가득 미어졌습니다.

드디어 찾아온 순서. 무대 뒤에 서서 기다리는 장딴지가 달달 떨렸습니다. 박수 소리가 쏟아지고 있습니다. 제가 아니라 열창을 끝내고 물러서는 중현을 위한 박수입니다. 발그레 상기된 얼굴로 계단을 내려오던 중현이 알은체합니다.

「칠현 형 차례네? 잘해요. 오늘 분위기 좋다.」

사회 보는 정호 형이 마이크를 잡은 모양입니다. 예, 감사합니다. 아아, 진정하세요. 저어기 저기, 춤 못 춰서 환장한 누나 손님, 그래요, 빨강 레자 입은 언니, 잠깐만 앉아 주세요. 예예, 감사합니다. 자. 많이 기다리셨습니다. 여러분들 오늘 운 참 좋으십니다. 특별 순서어, 그렇습니다, 예정에 없던 스타가 지금 저어기 뒤에서 이 시간을 준비하고 있습니다아, 동남아 순회공연을 막 마치고 돌아온……. 고맙게도 그렇게 분위기를 띄워 주지 뭡니까. 힘이 났습니다. 무대로 뛰어 올라갔습니다. 심장의 피가 펄펄 끓었습니다.

스탠딩 마이크를 잡았습니다. 순간 온몸이 뻣뻣하게 경직됩니다. 와들와들. 사지가 미친 듯 떨렸습니다. 모가지가 덜그럭덜그럭 춤추고 으어어어, 돼지 목 조르는 신음이 절로 쏟아졌습니다. 놀란 사람들이 작은 비명을 질렀습니다. 사고다! 감전이다! 예상했던 반응입니다. 잠시 뜸을 들인 저는 나직한 멘트를 내뱉었습니다.

「별일 아니니까 안심하세요. 배가 고파 전기를 좀 먹었습니다. 동남아 기내식이 부실하더군요.」

까르르, 웃음소리가 장내 가득 술렁입니다. 그러리라 생각했습니다. 그런데 잠잠합니다. 아무 반응도 없습니다. 도대체 저게 무슨 수작인가, 하는 표정들. 젠장 실패네. 이럴 땐 다른 거 없습니다. 빨리 잊고 분위기 바꿀 방법을 찾아야지요.

「여러분. 이 다 빠진 호호백발 할아버지가 엿 드시는 거 보신 분 있나요. 아니, 나이 자신 분들한테 엿 먹어라 망발하는 게 아니구요. 정말 먹는 엿 말입니다. 못 보셨다구요? 좋습니다. 그럼 이 자리에 할아버지 한 분 모시겠습니다.」

기억하시죠? 거실의 단출한 관객들을 소파를 치며 웃게 만들었던 그 레퍼토리. 딸네 집 찾아 먼 길 떠나던 할아버지. 나무 그늘에 앉아 봇짐을 풀고. 달달달 체머리를 흔들며 주먹만 한 갱엿 조각을 억지로 입에 쑤셔 넣고. 불룩 튀어나온 한쪽 볼이 매우 거북해서 눈만 꿈뻑꿈뻑. 그러고는 힘겹게 우물우물. 턱주가리를 크게 움직여, 아래위로 맷돌질하듯 힘겹게. 아랫입술을 뒤틀며 맹렬히 얼굴 거죽을 씰룩이던 나는, 힐끔 객석의 반응을 살폈습니다. 그러고는 턱 놀림을 스륵 멈추고 말았습니다. 멍한 눈빛. 다큐멘터리 영화를 감상하듯 진지한 그 얼굴들. 키득거리기는커녕 미소 짓는 사람 하나 없습니다.

「아휴, 우리 할아버지 배탈 나시겠다. 거 엿 한번 먹기 힘드네. 그렇죠? 감사합니다. 자, 박수 좀 부탁합니다.」

이마에 밴 땀을 닦았습니다. 김빠진 박수 몇 차례 나오다 멈추더군요. 안되겠어. 비장의 무기를 꺼내야지. 악단 쪽에 신호를 넣었습니다. 전주가 시작됩니다. 빰빰 빰빰 빰빰 빰빰 빰빰 빰빰 빰빰 빰빰 빠암. 〈신라의 달밤〉입니다.

「조옷습니다. 노래 한 곡 땡기고 가겠습니다. 아흐아, 신라하에헤 다흐알바흐암이여.」

음악 코미디! 〈신라의 달밤〉 한 곡으로 가수 10여 명이 총출동하는 겁니다. 메들리 모창이라고도 하죠. 푸흘국싸흐에 조옹쏘오리, 들리여허온다으. 주인공 현인 선생이 한 소절을 부르면 송창식이 다음 소절을 받고 곧이어 서유석이 한 소절. 그렇지, 관중들이 반응을 보입니다. 음악 따라 어깨를 들썩이더니 일어서서 춤을 추고 손뼉으로 4분의 2박자를 맞추고 흥얼흥얼 노래를 따라 부르고. 요절 가수 배호가 마이크를 잡습니다. 이문세가 뒤를 따르고 연달아 신승훈 김건모까지 등장합니다. 생음악 반주 따라 분위기 한껏 달아오릅니다. 무대와 객석이 하나 되어 빙글빙글 춤을 춥니다. 노래흐르으을 불, 러흐으으라, 시이일, 라, 에헤, 밤, 노호레헤를. 빠바밤 빰빰 빰 빠바바바바바암. 노래가 끝났습니다.

아니. 이게 웬일인가.

자리에서 일어나 그토록 열광하던, 반주에 맞추어 아싸아싸

지루박을 돌리던 인간들은 다 어디로 사라졌는가. 적막. 죽음 같은 적막. 노래가 끝나자 얌전히 제자리에 돌아가 앉는 이들. 집단 최면에 빠진 것처럼 일사불란한 움직임. 환호는커녕 박수도 없고 웃음도 없습니다. 진지하고 진지한 눈빛으로, 그렇게 뚫어지게 내 쪽을 주시합니다.

당혹스럽기 이전에, 높은 벽 앞에 가로막힌 듯한 막막함 이전에, 두렵더군요. 난생처음이었습니다. 초짜 시절에도 떨리긴 했지만 관중들이 두려웠던 적은 없었거든요. 눈앞이 캄캄했습니다. 어떻게 사태를 수습해야 할지 요만한 생각도 나지 않았습니다. 이상한 새끼들 같으니. 허파를 집에 두고 왔단 말인가. 연기도 그럭저럭 된 것 같은데, 서유석 모창도 잘 먹힌 편이었는데, 어째 킥킥 웃어 주는 새끼 하나 없다니. 통로 구석에 선정호 형이 연신 손바닥을 세워 목 자르는 시늉을 합니다. 어서 판 접으라는 신호죠. 온몸에 힘이 빠졌습니다. 마이크를 잡고 꾸벅 고개를 숙였습니다. 순간, 문 여사님의 그 놀라운 코미디가 떠오르는 건 왜일까요.

「감사합니다. 계속해서 좋은 시간 되십시오.」

눈앞 캄캄해져서 어떻게 무대를 내려왔는지 기억도 나지 않습니다. 하얀 옷에 먹물 세례를 받은, 그보다 더 기분 더럽고 비참했습니다.

「내가 알고 있는 안칠현이 지금 눈앞의 안칠현이 맞나 상당히 궁금하군.」

「면목 없습니다.」

「그것 봐. 얌전히 술이나 빨면서 놀다 가랬더니만.」

단장님은 딱하다는 표정으로 시옷 자 수염을 배배 꼬았습니다.

「세상이 얼마나 빨리 변하게. 자넨 그걸 놓친 거야. 관중들이 언제나 자네 편일 줄 알았어?」

「…….」

「됐어 됐어. 질펀하게 엎어진 물을 이제 어쩌겠어. 잊어버리고 술이나 마셔. 그리고 제발 부탁인데 앞으로 무대 올라가겠다는 소리 무조건 삼가 주셔. 우리 극장 문 닫는 게 소원이 아니라믄 말야.」

「저는 여기서 지하철 탑니다.」「저기, 명함 같은 거 없으시죠? 하긴 소설가라고 하셨으니까.」 덕소산에서부터 얻어 타고 온 밴 승용차가 시 경계선을 막 지난 동네에 잠시 멈췄다가 멀어져 갔다. 그와 내가 남았다. 「시간 나면 연락 한번 드릴게요.」 전직 코미디언의 얼굴은 까칠했다. 밤새 쉬지 않고 나를 못살게 굴었던 탓이다. 조금은 무뚝뚝하달 수 있는 목소리로, 나는 마지막 인사를 내뱉었다. 「그럼 또 뵙겠습니다.」「아, 안녕히.」 작별 인사도 제대로 못하고 어색하게 손 쳐드는 그에게서 등을 돌렸다. 일요일 오후가 흐느적흐느적 가라앉고 있다. 연락드릴 시간이나 또 뵙게 될 일 따위는 물론 없을 터였다.

초원의 집 다녀온 날 저녁부터 이상하게 몸이 아프더군요. 충격이 컸던 탓일까. 몸살감기 걸린 것처럼 열이 오르고 술 잔뜩 마신 다음 날처럼 속이 메슥거리고 뭇매 뚜드려 맞은 사람처럼 팔다리 허리 어깨가 저리고 쓰렸습니다. 밤새 앓았습니다. 어쩌면 다행스러운 노릇이었는지 모릅니다. 간만에 찾아가 고집 부리듯 올라갔던 무대, 사무치게 그리웠던 그 자리에서 뜻밖에 맛본 절망의 기억으로부터 조금은 놓여날 수 있었으니까. 독한 몸살감기약을 세 알이나 털어 넣고 자리에 누웠습니다. 자다 깨다 내내 땀 흘리며 뒤척이며 비몽사몽 밤을 보냈습니다. 죽을 것 같았습니다. 정말 죽는 거 아닌가 싶었습니다. 문 여사님이 보고팠습니다. 그 얼굴 그 목소리 그 품이 그리웠습니다. 문 여사님의 코미디 쇼를 한 번만 봤으면. 눈물이 날 것 같았습니다. 비어 있는 여사님의 방에 들어가 바닥에 납작 엎드리고 싶었습니다. 몸 아플 때 곁에 없는 누군가 간절히 그리워지는, 그 고통을 아시는지요.

다음 날. 정오가 지나 자리에서 일어났습니다. 몸살감기 증세는 여전했습니다. 온몸이 무겁고 열이 오르고 어지럽고 하는 일도 없이 피곤했습니다. 수저를 들 힘도 없었습니다.

「사장님, 많이 편찮으신 거예요?」

비루먹은 병아리처럼 비실거리고 있는데 가평 할머니가 다가왔습니다.

「에이그. 얼굴이 말이 아니시네.」

「몸살인가 봐요. 곧 나아지겠죠.」

「약은 드셨어요? 뭘 좀 잡숫고 약을 드셔야지.」

「고마워요 할머니. 저 좀 잘게요.」

한없이 다정한 분. 공연히 서러웠습니다. 몸이 아프면 마음
도 여려지기 쉬우니까.

「사장님.」

「예?」

할머니. 저 사장님이 아니라 칠현입니다. 그렇게 불러 주세
요.

「저어, 무슨 마음고생 같은 거 하시는 거예요?」

「아니오.」

「괜찮아요 사장님.」

「……」

「누구나 그렇지요. 세상 사람들 누구나. 우리들이 잘 몰라서
그렇지, 돌이킬 수 없이 괴로운 일 한두 가지씩을 속에 품고
살아간대도요. 그걸 입 밖에 내지 않고 또 알려고도 하지 않
아 잘 모를 뿐이지만.」

할머니의 얼굴을 바라보았습니다. 여태 한 번도 그런 적 없
었던, 그럴 생각도 가지지 않았던 얼굴을.

「할머니도요?」

「그럼요.」

「……」

「말씀드리지요. 사실 제 고향은 인천이랍니다. 대대로 인천 토박이지요. 가평엔 가본 적도 없는.」
「정말요?」
「정말이고말고요.」
「아니 그런데 왜.」
「괴로운 일 때문이지요. 남들은 모르는. 그래서 인천 출신이면서 30년 동안 가평 아줌마로, 다시 가평 할머니로 살아야 했던 것이지요.」
「아아.」
「그러니 어서 일어나세요. 모두가 아픈 친구들이니 혼자 우울해하시지 말고.」

찔끔찔끔 나오는 오줌은 핏물처럼 탁하고 거울 속 얼굴은 죽은 나무껍질 같았습니다. 베란다를 넘어서는 가을 햇살이 몹시 고통스러웠습니다. 하루 사이에 몸무게 4킬로그램이 빠졌더군요. 하고 싶은 일도 생각나는 것도 없었습니다. 모든 게 귀찮았습니다. 저녁나절에 겨우 일어나 죽 몇 모금을 뜨고, 내내 속 뒤틀려 괴로워하다가 자정 무렵 고스란히 게워 내고 말았습니다. 도대체 왜 이러지. 정말이지 죽을 때가 된 거야.

새벽녘에 문 여사님 꿈을 꾸었습니다. 꿈속에서도 너무 반갑고 행복한 나머지 꿈이 아니었으면 꿈이라도 깨지 말았으면 깨더라도 조금만 늦게 깨어났으면 기도를 올리고 싶었습니다. 하얀 선녀 옷을 입은 여사님. 머리 위에 무지개빛 광채가 찬란히 빛나고, 하늘하늘한 잠자리 날개 옷 사이로 밤색 고운 팬티 브래지어가 얄밉게 어리비쳤습니다.

잘 지냈어요?

여, 여사님.

어서 일어나요. 아프면 안 돼요.

목이 메었습니다. 소리치려 했지만, 당신이 그리워 참을 수 없었다고 외치고 싶었지만 말이 되어 나오지 않았습니다.

보고 싶어요. 언제 오실 건가요?

조금만 참아요. 조금만.

뜨거운 먼지바람이 세차게 불어왔습니다. 아름다운 여사님의 모습이 조금씩 사라지고 있었습니다.

저, 이러다 죽을 것 같아요. 자신이 없습니다. 어쩌다 이 지경이. 예전엔 이런 적 없었는데.

당신을 사랑해요. 그러니 용기를 내요.

다음 날. 기막힌 꿈에도 불구하고 차도는 없었습니다. 열은 좀 내린 것 같은데, 여전히 피곤하고 몸에 힘도 없고 속이 울렁거렸습니다.

고민 끝에 결정했습니다. 병원에 가보기로. 괜찮다고 몇 번을 사양했지만 한씨 아저씨가 굳이 바래다주겠다고 따라나섰습니다. 문 여사님이 그러셨다더군요. 혹시 집안에 무슨 일이 생겨 차를 써야 하면 그래도 좋다고. 거참, 문 여사님은 그렇다면 이미 알고 계셨던 것일까요? 당신이 떠나고 없는 새에 내가 이렇게 골골 앓으리라는 것을?

보건소도 양호실도 아닌 병원에, 다른 사람 병문안도 아니라 제 몸 돌보자고 찾기는 난생처음이었습니다. 입맛 썼습니다. 살다 보면 뜻하지 않게 이런저런 일 겪게 마련이라지만, 참으로 씁쓸했습니다.

진찰 접수하던 때입니다. 원무과 아가씨가 고개를 갸우뚱거립니다. 접수증에 적은 인적 사항을 볼펜 끝으로 콕콕 두드립니다.

「저기요. 주민 번호 이거 맞으세요?」

「그럼요.」

「이상하다. 안 뜨네. 보험 카드 다시 줘보세요.」

「여기.」

「보자……. 그렇지. 뒷자리가 틀렸네요.」

「틀리다뇨?」

「보세요. 546인데 564로 적으셨잖아.」

「546?」

「환자 분 주민 번호 끝자리 말예요.」

「546? 아닌데?」

「아니긴요. 여기 그렇게 나왔는데.」

「어어, 그게.」

「접수 제대로 됐습니다. 다음 분.」

이상하다. 참말 이상하다. 접수증을 받아 들고 돌아서는데 고개가 절로 뒤틀렸습니다. 546이라? 아닌데. 아닐 텐데. 지갑을 꺼내 뒤졌습니다. 웬걸, 내 사진 박힌 주민 등록증 한가운데에 ○○○○546이란 숫자가 영락없이 찍혀 있더군요. 이런 쌍. 내가 지금 제정신이 아닌가 봐. 주민 등록증에 왜 잘못된 번호가 적혀 있는 거야. 아니 아니, 여태 내가 주민 번호를 잘못 알고 살았던 건가?

3층 외래 진찰실에 가서 이리저리 똥개처럼 불려 다녔습니다. 피 뽑고 혈압 재고 체중계에 올라가고 증상에 대해 묻는 대로 대답하고 혀 내밀고 눈을 위로 치켜떴다가 아래로 내리떴다가, 그러고도 한참을 기다렸습니다. 오후가 홀랑 지나갔습니다. 온종일 물 한 모금 먹지 못한 채. 앉아 있을 힘도 없었습니다. 대기실 소파에 털벅 드러눕고 싶었습니다. 키 작고 여드름 난 간호사가 허공에 대고 외쳤습니다.

「안칠현 님 들어오세요.」

「앉으세요.」

젊은 의사가 컴퓨터 모니터에 대고 소곤소곤 말했습니다.

「처음 오시는 거네요.」

「예? 아, 예.」

주기도문 외듯 높낮이가 없는, 알아듣기 매우 힘든 말투였습니다.

「몸살감기 걸린 것처럼 열이 오르고 술 잔뜩 마신 다음 날처럼 속이 메슥거리고 뭇매 뚜드려 맞은 사람처럼 팔다리 허리

어깨가 저리고 쓰리고. 오늘은 열이 좀 내렸는데 속이 여전
히 울렁거리고.」

간호사들에게 몇 차례나 반복했던 자각 증세를, 그의 입을 통
해 고스란히 되받았습니다.

「맞습니다.」

「전에도 이런 증세 있으셨어요.」

「처음입니다.」

「어, 입원하시는 게 좋겠어요. 상태가 안 좋아요.」

「어떤 상태,가요?」

내 쪽은 단 한 차례도 쳐다보지 않고 고개 숙인 채 대화 내용
을 기록하려는지 열심히 자판을 두드리던 의사가 길고 복잡한
외국 말을 섞어 몇 마디 지껄였습니다. 알아들을 수 없는 그 단
어들이, 아마도 제 '상태'에 대한 설명이었을 겁니다.

「A형 간염일 확률도 없지는 않은데, 정확한 사항은 더 검사
를 해봐야 알겠네요.」

「입원을, 꼭 해야 하나요.」

「저기요. 솔직히 말해 지금 대단히 위험한 상태입니다. 몸살
감기 정도가 아니라고요.」

「……」

「간 기능이 이 지경이 되도록 어떻게 견디셨나요. 지금이라
도 이렇게 찾아오셨으니 망정이지. 그렇게만 알아 두세요.」

덕소산 호숫가 별장에서 전직 코미디언이 밤새 들려주었던, 실제 체험담인지 생판 거짓말인지 그 중간 어디쯤인지 알지 못할, 그런 이야기를 컴퓨터 모니터도 4백 자 원고지도 아닌 이면지 위에 두서없이 기록하는 지금 엉뚱한 기억 하나가 떠오른다. 30분 전만 해도 좀처럼 기억나지 않던, 그러나 흐릿한 기억을 복원하기 위해 애써 머리를 짜낼 필요성을 못 느껴 넘어가고 말았던 어떤 이야기의 작은 조각이, 어째서 갑자기 기억의 수면 위로 불쑥 고개를 내밀었는지 나는 알지 못한다. 두 세계와 네 개의 자신. 이른바 무대 예술인이 즐겨 말하는 경지라는, 전직 코미디언의 견해. 하나. 평상시 무대 밖의 나. 둘. 무대 위의 나. 셋. 어두운 관객석 어느 눈동자 속의 나. 그리고 네 번째. 무대 위도 무대 뒤도 객석도 아닌 곳. 거기가 네 번째 나의 자리입니다. 아니, 어디에도 존재할 수 있다는 편이 좋겠네요. 가장 자유롭지요. 심지어 세 가지 역할 중 하나 또는 둘 이상의 '나'와 함께할 수도 있으니까. 중요한 것은 그 역할입니다. 이를테면 세 종류 '나'의 존재감을 규정하고 확장하고 또한 완성시키는, 그 창조적인 분야가 바로 '네 번째 나'의 역할인 것이지요.

병원에서 나와 정신 나간 사람처럼 홀로 걸었습니다. 왠지 그래야 할 것 같은, 그런 기분 아실 겁니다. 30분이 지나고 한 시간이 지나고, 갈 데도 없으면서 해 떨어지고 날 저물고 어둠이 내려앉을 때까지, 멈춰 지친 다리를 쉴 새도 없이 아무 생각도 없이 혼자 그렇게. 우울했습니다. 심하게 거덜 난 인생 말년을 미리 들여다보고 만 때처럼, 그 이상으로.

여기가 어디고 지금이 몇 시인가. 아직 병원 주변의 저녁인가. 새벽녘의 양등포 시장 근처인가. 장딴지가 부었는지 발목이 부러졌는지 감각이 없더군요. 대단히 위험한 상태라니. 간 기능이 이 지경이라니. 말이나 되는 수작인가. 평생 동물 병원 근처에도 가본 적 없는 몸인데. 나쁜 짓 나쁜 생각 한 번 허투루 안 하고 살아왔는데. 정말로 웃기고 있군. 주민 등록 번호까지 헷갈리다니. 도대체 뭐야. 초원의 집 무대에서의 일 때문인가. 난생처음 맛본 끔찍스러운 망신에, 그 충격이 너무 지랄맞아, 그래서 몸이고 정신이고 이렇게 엉망이?

등나무 벤치가 모여 앉은 광장. 분수대 주변으로 도심의 어둠이 예쁘게 내려앉았습니다. 삼삼오오 모여 서성이는 사람들. 아, 여기는? 시립 문예 회관입니다. 고색창연한 석조 건물의 고고한 옆모습이 눈에 들어옵니다. 사람들이 많군요. 어쩐지. 매표소 앞에 길게 줄 서 있습니다. 멋진 공연이라도 열리는 모양이지요. 환한 색 정장을 입은 이들의 표정이 밝습니다. 젊고 화사합니다. 꽃다발을 들고 카메라를 메고 공연 팸플릿을 말아 쥐고 둘씩 셋씩 조잘거리는 모습에 제 기분까지 가벼워지는군요. 어둠 속에서, 그들에게 조심히 말을 건넸습니다. 여러분. 잠깐만요. 술 취한 농부가 경운기 돌리는 모습 보신 적 있나요. 엄청나게 웃긴데. 예, 감사합니다. 다음은 박격포와 따발총 소리를 들려 드리겠습니다. 모두 박수!

밤이 깊어 갑니다. 지친 어깨에 선득하게 밤이슬이 내려앉고 있습니다. 밤바람이 살랑살랑 식은 이마를 만지고 달아납니다. 온종일 아무것도 먹지 못했지만 그런대로 견딜 만했습니다. 대리석 계단에 풀썩 주저앉았습니다. 잠들고 싶었습니다. 이미 잠이 든 건지도 모르겠습니다. 속이 메슥거리는 몸살감기 증세도 더 이상은 저를 괴롭히지 않습니다.

빛이 있습니다. 밝은 빛이 이편으로 다가옵니다. 사람들이 그 빛을 따라 소란스레 모여듭니다. 매표소를 향해 구불구불 이어지던 대열이 조금씩 흐트러집니다.

검은색 리무진입니다. 헤드라이트 불빛이 사람들을 흥분시키고 있습니다. 분노가 아니라 환호입니다. 차 뒷문이 열리고, 누군가 사뿐 내려섭니다. 와아! 어둠 속에 도사리고 있던 카메라 라이트가 연달아 터집니다. 수백 명의 사람들이 휘파람을 불고 박수를 치고 꽃다발을 던집니다. 오늘 공연의 주인공인 모양입니다. 바닥에 손을 짚고 힘겹게 일어섰습니다. 한 발 한 발 계단을 내려가서 그들 쪽으로 다가갑니다. 불빛에 눈이 부십니다. 오늘의 주인공이 살랑 손 흔들어 환호에 답합니다. 사람들이 비명에 가까운 괴성을 지릅니다.

「아니, 저?」

정신이 번쩍 들었습니다. 새하얀 모피 코트 자락이 발목까지 내려온, 새하얀 털모자에 살짝 가린 얼굴. 낮이 익습니다. 발

동동 구르는 팬들을 향해 활짝 웃어 주는 오늘의 주인공. 다름 아닌 문 여사님이었습니다.

「문, 무……. 여, 어.」

혀가 굳더군요. 말린 버섯처럼 뻣뻣하게. 복받치는 감정에 목구멍이 콱 막혔습니다. 반가웠습니다. 눈물이 핑 돌았습니다. 아메리카에서 언제 돌아오신 거지, 하는 의문은 떠올릴 새조차 없었습니다. 힘차게 달려갔습니다. 다리가 덜덜 떨렸습니다. 문 여사님, 저예요! 겹겹이 쌓인 사람들을 밀치고 한 발 두 발 다가갔습니다. 죄송합니다, 잠깐만요, 잠깐만. 똑같은 팬의 입장으로서 미안했지만 달리 방법이 없었습니다. 문 여사님 여기요! 여기 좀 봐주세요, 내가 왔단 말입니다! 마침내 두터운 사람들 무리를 뚫고 나아갔습니다. 가슴이 터질 것 같았습니다. 환호의 함성과 카메라 플래시 세례가 쏟아지는 리무진 앞. 문 여사님을 향해 힘차게 달려갔습니다. 어젯밤 꿈에 보았던 반가운 얼굴, 하늘하늘 잠자리 날개 옷 사이로 곱게 어리비치던 밤색 팬티 브래지어, 여사님을 힘껏 끌어안았습니다. 그러려는 찰나였습니다. 어둠 속에서 튀어나온 그림자 둘이 거세게 제 몸을 밀쳐 냈습니다. 무전기를 들고 검은 양복을 입은 사내들이었습니다. 대리석 바닥에 쓰러진 제 몸을 내리누릅니다. 뭐야, 피신시켜! 다른 새끼 없나 확인해! 이 개새끼 가만 안 있어? 무기 없나 어서 뒤져 봐. 억센 힘에 두 팔이 등 뒤로 뒤틀립니다. 뜨거운 연탄불 위의 오징어 다리처럼 말이죠.

둥글게 모여 섰던 군중이 짧은 비명을 지릅니다. 입을 막고 수군거립니다. 이내, 경호원들의 민첩한 행동에 박수를 보냅니다. 문 여사님! 저예요, 저라니까요! 어깨뼈가 꺾이는 고통에 숨이 막혀 한마디 말도 뱉어 낼 수 없었습니다. 억센 힘에 질질 끌려 어둠 뒤로 퇴장하면서 저는 보았습니다. 불의의 소란에 놀란, 다소 난감해진 표정의 문 여사님이, 그래도 격려해 주는 팬들을 향해 가벼이 손 흔드는 것을. 검은 양복 입은 사내들의 호위 속에서 박수를 받으며 계단 뒤쪽으로 사라지는 모습을.

밤이 깊었습니다. 매표소 근처는 한산합니다. 쇼가 시작된 모양이지요. 기쁜 얼굴로 줄을 서서 표를 사던 사람들 모두 공연장으로 자리를 옮겼을 겁니다. 춤과 음악과 화려한 조명이 쏟아지는 무대. 박수와 환호의 열기 뜨거운 관객석. 그립고 아름다운 정경을 그려 보며 차가운 대리석 바닥에 한참을 누워 있었습니다. 수많은 사람들에게 차이고 밟혔던가. 온몸이 아팠습니다. 보나 마나 옷자락 여기저기 찢어지고 멍들고 피가 났을 겁니다. 졸음이 밀려옵니다. 대리석 바닥에 달라붙은 잔등이 조금씩 식어 가고 있습니다. 정점. 생의 알 수 없는 어느. 훗날 한없이 모호한 기억으로 남겨질. 낯설고 생경한 단어를 아득히 웅얼거려 보았습니다. 저편 찻길 너머, 빌딩 전광판이 달빛처럼 쏟아졌습니다.

「잠들면 안 돼요.」

「누구…….」

「일어나세요. 어서.」

반짝이는 구두가 보이고 잘 다림질한 양복바지 주름이 보였습니다.

「당신은.」

가련한 얼굴로 나를 내려다보는 사람.

「당신이, 당신이 여기 어떻게.」

「…….」

「다 보았군요? 그렇죠?」

「그렇습니다. 아까부터. 먼 곳에 서서.」

언제이던가. 168평 아파트 생활을 시작한 지 얼마 안되었을 때, 문 여사님과 함께 거실에 앉아 있던 청년. 안녕하세요, 우물쭈물 인사를 뱉으며 내 시선을 조심스럽게 피하던.

「죄송합니다.」

「뭐가…….」

바람이 불었습니다. 밤바람에서 먼지 냄새가 났습니다. 서럽고 반갑고 부끄러워 구토가 쏟아질 것 같았습니다. 절로 고개를 떨어뜨렸습니다. 왼쪽 가슴에 큼직한 구두 발자국이 찍혀 있었습니다. 이상하고 야릇한 무늬처럼.

「도와주고 싶었지만 그럴 수가 없었지요. 제가 나설, 그럴 만한 자리가 아니어서.」

청년의 얼굴은 우울했습니다. 여전히 곱고 싱싱하고 아름다운 얼굴 위에 알 수 없는 수심이 가득했습니다. 쫓겨 나듯이 아파트 현관을 돌아 나서며, 당신이 부럽습니다, 중얼거리던 그 표정.

「맞아, 당신은.」

몸 불편한 거지처럼 길바닥에 드러누운 채 잠꼬대하듯 입술을 달싹였습니다.

「이제 기억이 났어. 세상에.」

현관 밖에서 함께 엘리베이터를 기다리다가, 어딘지 낯이 익던, 어디서 봤더라 싶었던, 혹시 저 기억 안 나십니까 묻고 싶던 그 정체를 비로소 기억해 냈던 겁니다.

「당신…… 당신은 가수왕 신지군요. 그렇죠?」

청년의 시무룩한 얼굴이 흐트러집니다. 부끄러운 미소를 짓더군요.

「맞았어. 아, 이런.」

「하지만 지금은 아두도 그렇게 부르지 않아요.」

「몇 년 전만 해도. 스포츠 신문에 당신 얼굴 안 나오는 날이 하루도 없을 정도였는데.」

「일어나세요. 밤공기가 쌀쌀해요.」

겨우 몸을 일으켰습니다. 온몸 마디마디가 죄다 분리되어 삐걱거리는 것 같더군요. 그의 부축이 아니라면 한 걸음도 옮기지 못했을 겁니다. 부디 행복하라고 빌어 주셨는데, 참으로 면목이 없네요. 하지만 이해해 주세요. 그간 내게 무슨 일이 일어났는지 안다면, 당신도 이런 제 꼴을 이해하지 않을 수 없을 테니까. 참, 이건 비밀인데, 혹시 문 여사님의 코미디 쇼를 본 적 있으신가요? 그런저런 말들이 입 안에 맴돌았지만, 몹시 고통스러웠으므로, 입을 열 수가 없었습니다.

밤거리의 행인들이 한데 엉켜 걷는 우리들을 멀찌감치 피해 갔습니다. 묵묵히 걷던 전직 가수왕 신지가, 뭔가 생각난 듯 걸음을 멈추었습니다. 뒤돌아서더니 어딘가를 가리킵니다. 웅장한 시립 문예 회관 건물이 푸른빛 조명을 받아 허공에 둥실 떠올랐습니다.

「저도 저 무대에 선 적이 있었어요. 그날, 정말 대단했었는데.」

차이와 반복, 요컨대 TV적인 것과 리모컨적인 것이란

「도대체 어디 간 거야.」

「발이 달린 것도 아니고. 날개나 바퀴가 붙어 있는 것도 아니
고.」

「발 달리고 날개 달린 물건만 없어지나.」

「잘 찾아봐. 믿음을 가지고.」

「무슨 믿음.」

「없을 리가 없다는 믿음.」

문제가 생긴 것은 주와 함께 골프를 친 이가 숙소로 돌아온
직후이다. 아니다. 정작 문제랄 만한 사건은 필경 그 이전에 발
생했다. H 리조트. 그 안에 먹고 자고 놀고 쉬고 돈 쓰고 세월
보낼, 이를테면 스키장에 나인 홀 골프 코스에 실내 수영장 경
비행장 열기구 체험장 인라인 스케이트장 볼링장 전자오락실
을 비롯해 24시간 문을 닫지 않는 편의점과 노천카페 스카이라

운지 식당 주점 전통 찻집 따위 시설이 변두리 도시의 교회 십자가들처럼 가득 차서 넘치는. 이와 차, 정과 주. 넷이 방 두 개짜리 23평형 콘도 6103호에 여장을 푼 것은 어제 늦은 오후다. 어영부영 흘러간 2박 3일 여행의 마지막 저녁나절. 샤워 마친 이가 젖은 머리칼을 털며 나왔고 정과 차가 따라 일어섰다. 리조트 밖으로 나가 저녁을 먹을 참이다. TV 속 빨간 장갑을 낀 여자는 꼿꼿이 허리를 펴고 걷는다. 핸드백에서 뭔가를 꺼내 들며, 만족스럽기 그지없는 미소. 신용 카드 CF를 1.8초 가량 지켜보던 차는 생각지 못했던 난감함에 물큰 빠져든다. TV를 끄려는데, 그러려고 하는데, 그럴 수가 없다. 어디 갔지? 없다. 손 가고 눈 가는 어디에도 보이지 않는다. 일련의 상황은 차를 심히 난감하게 만들었다.

「리모컨 본 사람 있어?」

물론 몇 걸음만 움직이면 TV에로 다가가 어렵지 않게 전원 버튼을 누를 수 있었지만 말이다.

「리모컨이라니.」

「TV 리모컨 말야?」

현관에 선 정과 이는 조금 귀찮은 얼굴이다.

「그럼 냉장고 리모컨이겠어.」

사건 혹은 문제의 시작이 그 시점이었다는 단정은 어쩌면 옳지 않다. 예의 난감함이 차 앞에 성큼 나타났던 것은, 그때가 처음이 아니었으므로.

「그게 어디 갔는데.」

이, 짜증이 울컥 넘어오는 얼굴, 누군가 6층 베란다 아래로 리모컨 집어 던지는 장면을 목격한 사람처럼.

「몰라.」

「모르다니. 없어졌다고?」

「모르겠다고. 없어진 건지 사라진 건지. 누가 배가 고파서 먹어 치웠는지.」

「도대체 무슨 개 뼉다구 같은 소리야. 멀쩡한 리모컨이 갑자기 왜.」

「나한테 따지지 마. 내가 리모컨을 지키는 사람이야?」

「너야말로 그렇게 말하지 마. 꼭 카인처럼.」

아니, 제가 아우를 지키는 사람입니까? 왜냐하면 리모컨이란—특히 TV를 앞에 두고 벌렁 드러누운 사람에게는—그 이상을 생각할 수 없는 안락과 자유의 상징이자 실체니까. 하여 별다른 이유 없이 다만 그 안락과 자유를 지속적으로 확인하고자 공중파와 유선 방송 포함한 채널 수십 군데를 이리저리 돌려보는 버릇까지 선사하곤 하는. 그토록 견고한 안락과 자유를 신뢰하는 세상 모든 사람들에게 한편 리모컨은 뜻밖에 위협적인 불안과 불편의 원인체가 되기도 하는 법으로, 아까의 경우가 그랬다. 2시에서 3시 사이. 누구는 지하 라운지의 PC방에 가고 누구는 방에 들어가 노곤한 낮잠에 빠져 있던. 소파에 늘어진 차는 깡통 맥주를 홀짝거리며 TV를 보는 중이었다. 변화무쌍

한 화면과 음향을 연신 쏟아 내는 TV 앞에 7할 가량 넋을 놓고 늘어져 있었다,고 해도 무방하겠다. 그러다가 갑자기 채널을 돌리고 싶어졌다. 갑자기는 아니다. 일없이 한 번씩, 이를테면 국가 대표 축구 경기가 생중계되지 않는 이상, 채널을 이리저리 돌려 보고 싶어지는, 말했듯 그건 TV 앞에 벌렁 드러누운 이들 대부분에게 운명처럼 짐 지워진 버릇의 한 가지니까. 차 역시 그렇게 소파에 파묻혀 맥주를 마시며 땅콩 조각 박힌 과자를 씹으며 최소한 열세 번 이상은 무심코 채널을 돌려 댔으니까. 그랬을 테니까. 그런데 리모컨이 보이지 않는다. 맥주 깡통과 신문과 과자 봉지가 어질러진 테이블. 주황색 천으로 누빈 1+3인용 소파 위. 마룻바닥. 없다. 이게 어디 갔지. 손 가고 눈 가는 어디에도 리모컨이 보이지 않는다는, 그런 깨달음은 차를 원치 않던 불편과 불안 속에 빠뜨렸다. 3회 초 원 아웃 2루 주자가 나간 봉황대기 고교 야구 16강 경기가, 그저 그런 흥미 속에 무심히 지켜보던 중계방송이, 별안간 꼴도 보기 싫어진다. 잠시 할 일을 잊고 눈만 깜박이던 차는, 놀랍게도, 그 포근하던 소파 등받이에서 냉큼 상체를 일으켰다. TV 앞으로 다가갔다. 고이 무릎을 꿇었다. 손을 뻗었다. 브라운관 아래 버튼을 꾹꾹 눌러 마음껏 채널을 돌렸다. 이상하네, 얘가 어디 갔어, 중얼거렸지만 그다지 구체적이거나 집요한 종류는 아니었다.

「찾아보자. 어디 있겠지.」

정이 운동화를 벗어 던지며 마루에 올라섰다. 방 두 개짜리

23평형 콘도엔 화장실이 하나요 거실엔 소파와 나무 탁자, 좁은 부엌엔 4인용 식탁이 있고 그로부터 마루를 가로질러 통창이 난 베란다까지 실내는 뻔하다. 두 번 세 번 둘러볼 건덕지도 없다. 소파 쿠션을 들추고 서랍들을 일일이 열어 본다. 장식장을 통째로 들어 옮겨 뽀얗게 먼지 내려앉은 마룻바닥을 살핀다. 커튼 자락을 들추고 방 안과 화장실 구석구석을 기웃거린다.

「헤헤, 여기 있네.」

작은 탄성. 누군가의 손에 들린, 검고 길둥그런 물건.

「찾았어?」

「저기, 이불 밑에 들어가 있더라고.」

「그럼 그렇지. 제 놈이 도망을 쳐봐야.」

목소리들이, 표정들이, 이내 밝아진다.

「누가 그걸 거기 쑤셔 넣었나 그래? 이불 속에 TV가 있는 것도 아니고.」

「그러게.」

「아이고 배고프네. 밥 먹으러 가자. 리모컨 거기 잘 놔둬.」

일인즉 그렇게 전개되어야 마땅할 노릇이다. 당연히 말이다. 실상은 그렇지 못했다. 리모컨은 좀처럼 나타나지 않았다. 이상하게 말하자면 '점점 더 보이지 않'았다. 냉장고를 열어 보고 싱크대 아래 포개진 냄비들을 뒤적인다. 거기 그런 물건이 있으리란 기대도 가질 새 없이 텅 빈 전기밥통 속을 살피고 양변기 저수조를 들여다본다. 현관의 전원 차단기 뚜껑을 열어 보

고 묶어 놓은 음식물 쓰레기봉투 속을 뒤적인다. 거기서 리모
컨이 발견된다면 누군가 깜찍하지 못한 장난을 친 것이라고 결
론 내리지 않을 수 없는 기상천외의 구석들까지.

「도대체 어디로 사라진 거야.」

「금반지도 아니고 돈지갑도 아니고, 어느 정신 빠진 도둑님
이 국 끓여 먹으려고 훔쳐 갔나.」

8시가 가까워 오고 있다. 객실 구석을 어슬렁거리는 얼굴들
위에 흐릿한 기색이 한 켜 두 켜 내려앉는다. 왜냐하면 23평형
콘도 객실이란, 리모컨 아닌 무엇이라 해도, 세 명의 눈 밝고
사지 멀쩡한 사람들이 한 시간 가까이 그것을 찾아 헤매기엔
턱없이 비좁은 장소였다. 베란다 쪽으로 창이 난 큰방과 현관
쪽의 작은방. 양변기와 세면대와 샤워 시설이 있는 화장실. 큰
방보다도 좁은 마루와 그보다 좁은 부엌. 베란다. 현관. 그리고
또 어디? 이제 세 사람은 그놈의 리모컨이 어디 있을까 어느
구석에 꼭꼭 숨어 있을까, 보다는 여태 자신이 들쑤시지 않았던
새 장소를 물색하는 데에 더욱 신경을 쓰고 있다. 이를테면 전
기밥통이나 양변기 저수조를, 아무리 감쪽같이 사라진 물건을
찾는 중이라지만, 두 번 세 번씩 열어 살필 수는 없는 노릇이니
까. 그리고 그것은 종적 없이 사라진 리모컨을 찾는 만큼이나
쉽지 않은 일이었다. 지치고 다리 아프고 짜증이 난다. 무엇보
다 배가 고팠다.

「없나 봐.」

차가 시무룩이 중얼거렸다.

「뭐야?」

「없는 것 같아.」

「어째서 그렇게 단언하는 거지?」

「뻔하잖아.」

「뭐가 뻔한데.」

「쓰레기통도 뒤지고 두꺼비집까지 열어 봤어. 소파 쿠션은 세 번이나 들춰 봤고.」

이가 싸움 걸듯 한다.

「그래서? 그래서 뭐?」

「생각해 봐. 지금까지 이 안에, 우리의 손이 닿지 않은 곳은 없을 거야. 있을 수 없지. 뒤지고 들쑤시고 헤치고 한 시간 넘게 그 짓을 했으니.」

「리모컨이 아니라 볼펜 뚜껑이나 찌그러진 탁구공이라도 몇 번은 찾았겠지.」

중얼거린 정이 손바닥을 펴 보인다.

「난 백이십 원 주웠어. 저기 장식장 밑에서.」

「아이 씨발. 도대체.」

이가 소파에 풀썩 몸을 던졌다. 잇몸 아픈 사람처럼 잔뜩 상을 찌푸린다.

「마지막으로 본 사람 누구야? 생각 좀 해봐.」

그런 게 기억날 리 있을까. 값비싼 물건이나 돼서 중하게 다

루었을 리 없고, 리모컨에 발이 달렸는데 경비가 허술한 틈을 타 도주할지 모르니 사전에 주의를 기울이자고 입을 모은 적도 없다. 도대체 리모컨이라니.

「기억들 좀 해봐. 멍히 그러고 있지만 말고.」

「멍히 있는 거 아냐. 힘 빠져서 그래.」

「왜 우리만 닦달하는 거야.」

「그러게. 이, 넌 생각 안 나?」

「내가 TV 보는 거 봤나.」

「뭐라고?」

「난 기껏 놀러 와서 TV 앞에 죽치고 있는, 그런 짓 안 해.」

「무슨 소리야.」

「그놈의 리모컨이 어떻게 생겼는지도 모른다고.」

오가는 말씨가 조금씩 거칠어진다. 이유라면 여러 가지가 있겠지만 가장 중요한 하나는 배가 고프다는, 점점 더 고파진다는 점이다.

「누가 들고 나간 거 아냐?」

「들고 나가다니.」

「정신 빠진 도둑님이 다녀간 게 아니라면. 발이 달리고 날개가 달려 혼자 도망간 게 아니라면.」

우리 중 누군가, 몰래 리모컨을 숨겨 들고 현관 밖으로 나가, 남들 눈에 띄지 않는 어딘가에 슬그머니 던져 놓고는 돌아왔다? 그러고는 지금껏 자신의 범행을 태연하게 잡아떼고 있다?

그런 일이?

「내 말은, 모르고 그럴 수도 있다 이거지. 예를 들어.」

「예를 들어.」

「추리닝 바지 주머니 같은 데 리모컨을 넣고 있다가, 그걸 잊은 채 밖으로 나간 거야, 그러다가 어디 잠깐 앉았는데 주머니에서 쏙 빠졌다던가.」

「소설 쓰네.」

「내가 대가리 총 맞았다고 소설을 쓰냐. 그러고 보니까 정, 아까 PC방 간다고 나간 적 있잖아.」

「그런 소리 마. 이메일 확인하러 잠깐 다녀왔을 뿐이야. PC방 가는데 미쳤다고 리모컨을 들고 가?」

개중에 짜증이 가장 날카롭게 돋은 쪽은 이다. 그 이유를, 배고픈 것 말고 하나 더 들자면, 돈 때문이다. 딱히 돈 때문이라고 말하기 뭣하다면 돈과 관련 있는 비정상적인 사건이 재차 발생했다는.

어제 저녁이다. 밥 짓고 슈퍼마켓에서 사온 포장 김치로 찌개 끓이고 삼겹살 구워 밥에 술에 질탕 먹고 마시고는, 누구는 너저분한 식탁을 치우고 누구는 베란다로 나가 담배를 피우고 누구는 화장실 문 활짝 열어 놓은 채 쪼르륵 오줌을 누고 누구는 소파 탁자 위에 서 술판을 차리고. 그러던 와중이다, 쨍그랑! 유리잔이 깨졌다. 하나도 아니고 둘이다. 열심히 술과 안주를 가져다 나르던 주가 순간 어어, 머쓱한 표정이 된다. 하나는

세 조각으로 날카롭게 갈라지고 하나는 세로로 기다랗게 금이
갔다. 설거지에 열중이던 이가 팩 돌아서며 미간을 찌푸렸다.
아이 그 새끼, 조심 좀 하지!

맥주 판이 벌어지나 싶더니, 오래지 않아 술병과 과자 봉지가
탁자 옆으로 부스럭부스럭 밀쳐진다. 그 위로 네모반듯 개켜진
담요가 슬그머니 올라앉는다. 1시까지만 치자. 오케이? 그건
그때 정하고 어서 돌려. 딴 사람이 내일 저녁 사기다. 화투장이
돌고, TV 떠드는 소리와 딱딱 패 맞는 소리뿐 실내는 애 재우
는 집처럼 조용해졌다. 빠른 속도로 네댓 차례 판이 이어졌다.
정이 광을 팔고 물러났다. 만 이천 원 날아갔네. 냉장고에서 음
료수를 꺼내며 투덜거린다. 화투 쳐서 돈 잃었다는 소린가 싶
었는데 아니다. 싱크대 왼쪽의 주방 벽. 거기 적힌 뭔가를 쳐다
보는 중이다. 그렇게 비싸? 도둑놈들. 주가 떨떠름한 표정을
짓고 이는 아무 말이 없다. 혼자 감 못 잡은 차가 정에게로 다
가갔다. 숫자와 글자가 빼곡히 적힌 종이 한 장이 코팅되어 벽
에 붙어 있다. 메뉴판인가 했다. 이게 뭐지? 음식점이었다면
메뉴판 아닌 무엇으로 의심할 여지가 없었을 종이 위엔 분실
및 파손 시 비치 물품 단가표,라는 제목이 붙었다. 분실 및 파
손이라. 목록 중에는 주가 깨먹은 유리컵도 있었는데, 놀랍게
도 개당 육천 원이다. 2 곱하기 6은 12. 만 이천 원 날아갔다는
정의 투덜거림은 그런 의미였다. 그렇게 비싸? 도둑놈들, 떨떠
름하던 주의 표정도 그래서였고 유리잔 깨지는 소리에 설거지

하다 말고 고개 돌린 이 역시 그런 종류의 신경질을 터뜨렸던
것이다.

「이상하네. 참말로 이상해. 세상에 잊어버릴 게 따로 있고 잃
어버릴 게 따로 있지. 아이고 배고파.」

「정리 좀 하자. 나눠서 생각해 보는 거야. 두 가지 경우로.」

차, 생각이 미처 정리되지 않은 얼굴.

「어떤 두 가지.」

「리모컨이, 이 안에 여전히 있다는 거지. 그게 한 가지 가정이
야. 어딘가 분명히 숨어 있는데 우리가 아직 못 찾아냈다는.」

「두 번째는 알겠네. 리모컨이 여기 없다?」

「그래. 어떻게 된 일인지는 알 수 없지만, 하여간, 밖으로 빠
져나갔다는.」

이가 여지없이 미간을 찌푸린다.

「그래서 뭘 어쩌자고. 머릿속 귀찮게.」

「모르니까.」

「뭐?」

「모르잖아. 우리가 그 두 가지 중 어느 경우에 속해 있는지,
그조차 모르고 있잖아.」

「그 말이 내 말이야. 아니, 내 말이 그 말이야. 모른다고? 맞
아. 우린 몰라. 전혀 모르지. 그놈의 리모컨이 언제 없어졌는
지. 왜 없어졌는지. 어떻게 없어졌는지. 그래서 지금 어디 있
는 건지. 하지만, 그래서 어떻다는 거야. 어쩔 수 없는 일이잖

아. 알아낼 방법이 없으니.」

　차가 일어섰다. 냉장고를 열고 찬물을 한 모금 마신다. 마시며 벽에 붙은 분실 및 파손 시 비치 물품 단가표,를 살그미 살핀다. 리모컨은 과연 지금 분실 및 파손 상황인가. 수저 삼천 원(개당), 밥그릇 사천오백 원, 접시 작은 것……, 탁자 십삼만 오천 원, 밥솥 팔만 원…… 콘도에 머물다 가면서 탁자나 밥솥을 잃어버리는 사람도 있나? 전등갓 이만 팔천 원, 현관 거울……, TV…… 오, 여기 있군. TV용 리모컨 삼만 오천 원. 뭐야, 삼만 오천? 차는 버럭, 소리를 지른다. 지를 뻔한다. 세상에. 정신 빠진 도둑님이 바로 여기 계셨네. 흔해 빠진 리모컨 하나가 뭐 어째? 용산 남대문 세운상가 가면 발에 차일 물건이 세상에 얼마? 순간적인 분노와 절망에 철퍼덕 발목 빠졌다가, 별수 없이, 젖은 발을 조심히 빼낸다. 말 그대로 별수 없는 일이다. 삼만 오천 원이 아니라 삼십오만 원이라 해도 그렇다. 부당하다 싶으면 리모컨을 찾아내면 될 일이다. 콘도에 묵고 가는 이들 모두가 방 값에 더해 리모컨 분실 요금을 물고 가는 것은 아니니까. 딱딱하게 굳은 이의 얼굴을 다시 쳐다보게 된다. 이는 리조트 회원권을 가지고 있다. 애초에 여행 계획 잡을 때, 회비며 일정이며 교통편이며 정할 때, 넷이 묵을 방 두 개짜리 콘도 객실료는 그래서 이가 맡기로 했었다. 어제 만 이천 원. 지금 삼만 오천 원. 내일 체크아웃 때 이는 사만 오천 원이란 생돈을 더 부스러뜨려야 한다. 정과 차가 그 부분의 돈을 거

두어 줄 수 있지만 이의 성격상 그것을 받아들이지는 않을 터이다. 짜증 낼 만도 하군. 딱히 돈 때문이 아니라면, 돈과 관련 있는 비정상적인 사건이 재차 발생했다는 사실만으로도.

「그래, 주!」

정이 호들갑을 떤다. 문지방에 세차게 발가락을 찧은 사람처럼. 주머니에서 리모컨을 발견한 사람처럼.

「주가 왜?」

주는 이미 떠났다. 아까, 이와 골프를 친 뒤 차 몰고 곧바로 올라갔다. 그러기로 되어 있었다. 그러잖아도 넷 중에 가장 바쁜 친구였고 아니나 다를까 어제 저녁 여장을 풀자마자 회사로부터 급한 전화를 받고 말았다. 내일 아침에 직장 동료 대신 인천 공항으로 나가 독일 바이어를 맞아야 한다는 것이다. 간만에 여행이라고 와서, 그것도 고작 2박 3일인데, 급한 호출 받고 먼저 떠나야 하는 그 처지가 안쓰러웠다. 그런데 지금은 그가 부럽다. 밥 먹으러 가다 말고 한 시간 넘게 리모컨을 찾아 헤매는, 도대체 언제 어디로 어떻게 사라졌는지 알 도리가 없는 물건을 찾아 비좁은 23평형 객실 안을 하염없이 들쑤셔야 하는 재앙에서 완벽히 자유로운 그가.

「걔가 가져갔어? 그 새끼가?」

이가 발끈한다.

「아니, 그게 아니라.」

「그럼 주가 뭐? 주가 왜?」

「내 말은, 그런 실수를 할 수도 있지 않을까 하는 거지.」

「무슨 실수? 남은 사람들 존나게 엿 먹어 보라고 물건 들고 도망가는 실수?」

「혈관 터지겠다. 흥분하지 말고 내 말 들어 봐.」

떠나기 앞서 짐을 챙기다가, 전기면도기니 휴대 전화 충전기니 여행용 세면도구 세트니 옷가지니 부랴사랴 여행 가방 안에 쑤셔 넣다가, 마침 옆에 놓인 검고 길둥그런 플라스틱 물건이 뭔지도 모른 채 제 것이겠거니 챙겨 넣고 지퍼를 잠그고는, 가방 들고 유유히 콘도를 나섰다는. 그럴듯하다. 그렇다면 리모컨이 없어진 시점은 둘이 골프를 치러 객실을 나서던 두어 시간 전이 될 것이다. 그렇던가? 정이 전화기를 쳐들었다. 권총에 탄창 갈아 끼우듯 열나게 열한 자리 버튼을 눌러 댄다. 손바닥만 한 전화기를 뺨에 갖다 붙이고 띠리리리, 막 시작된 통화 연결음에 귀 기울이는 그 표정은 우습도록 심각하다.

「음, 주야. 어디니.」

이가 벌떡 일어섰다. 정에게로 다가간다.

「아직도? 막히는 모양이네. 오자마자 가서 어떻게 하냐. 응. 그래. ……우리? 아직 안 먹었어. 그냥. 이제 나가 보려고. 응. 그렇게 됐네.」

전화기 저편을 상대하는 정의 목소리는 평소와 다름없이, 그 이상 호의적이다. 문지방에 엄지발가락을 찧은 것처럼 호들갑을 떨 때와는 다르다.

「……피곤하겠네. 들어가라. 운전 조심하고. 그래. ……알
았어.」

몸 닳고 애달파서 바짝 붙어 선 이는 전화기를 빼앗아 들 기
세다.

「잠깐만. 저기 있잖아. 뭐 하나만 물어보자. ……그래. 너한
테 말야.」

어렵게 본론이 기어 나온다.

「저기, 리모컨 있잖아. ……안 들려? 리! 모! 컨! 그래, TV 켜
고 끄는. 아니, 우리 집 물건 이야기가 아니라, 여기, 콘도 리
모컨 말야. 그게 도통 보이지가 않아서 그러는데. 무슨 이야
기냐 하면…… 맞아, 없어진 것 같아서.」

고속도로 달리는 운전자를 상대하는, 도무지 요령이라곤 없
는 상황 설명.

「열나게 찾아보고는 있는데 도대체 나와야 말이지. 여기 어
디 처박혀 있는데 우리가 못 찾는 건지 밖으로 흘러 나간 건
지, 차가 하는 소리처럼 그것도 확실치 않다니까. ……혹시
기억이 안 나나 해서. 아니, 네가 가져갔다는 말이 아니라.
……오해하지 마. 그래서 내가 처음에 그랬잖아. 뭐 하나만
물어보겠다고 말야. 내 말 들어 봐. 우리가 있잖아, 지금 한
시간도 넘게 그걸 찾고 있거든. ……그래. 밥 처먹으러 나가
려다 말고! 물론 아직도 못 찾았지. 그래서 이놈의 물건이 어
디로 사라졌을까 이런저런 궁리를 해보다가, 네 생각이 난 거

야. 그래. 네 짐 가방 속에 그게 딸려 들어간 거 아닐까…….
여보세요. ……뭐라고?」
정의 난처한 얼굴이 신문지처럼 구겨진다.
「아니 아니. 좆 대가리 분질러지는 소리가 아니라. ……에이
참. 오해하지 말라니까. 지금 너한테 뭘 어떻게 하라고 들이
대는 게 아니잖아. ……들어보라고. 결론적으로 말해서 지금
무슨 좆 대가리 분질러지는 소린가 하면.」
지지부진 덜컥대던 통화가 끝났다. 이와 차가 정의 입술을
물끄러미 노려본다.
「뭐래, 있대? 가지고 있대?」
「기억 안 난다는데.」
이가 기다렸다는 듯 쏴붙인다.
「이런 젠장. 기억날 리가 있나. 기억나도 난다고 하겠어?」
「그럼 뭘 어떻게 하라고?」
「찾아보라고 했어야지. 짐들 죄 까뒤집고.」
「하이고. 혼자 고속도로 달리는 애한테? 짐들도 죄다 트렁크
에 실었다는데?」
「휴게소 들어가면 되잖아.」
「스크루지 같은 소리 좀 하지 마. 바쁜 일 있다고 놀지도 못
하고 돌아가는 애한테 그런 소릴 어떻게.」
투덕거리는 와중에도 한없이 빡빡하던 분위기는 숨 쉴 여유
를 조금씩 찾아가고 있다. 그럴 만한 구멍을 찾은 것이다. 주가

여행 가방 안에 리모컨을 쑤셔 넣고 떠났다는, 그것은 참으로 만족스러운 가정이었다. 사실로 확인되지도 않았고 확인하나 마나 필경 그럴 것이라고 단정 지을 무엇도 없었지만.

「가만, 이거 몇 시야? 세상에. 식당 문 다 닫겠네. 아이고 배 고파.」

차가 벗어 둔 점퍼를 슬그머니 집어 들었다. 정이 냉큼 화답 한다.

「냉장고 속에 먹을 거라곤 어제 먹다 남은 상추랑 깻잎뿐이 야. 라면 반 봉지하고. 잘못했다간 밤새 굶겠네.」

「이러고 앉아 있다고 숨어 있던 리모컨이 나 여기 있지롱, 고 개를 디밀지도 않을 테고.」

「옳거니. 보물찾기나 하자고 강원도 산골까지 놀러 온 것도 아니고 말씀이지.」

주에 대한 혐의. 그 놀라운 효과가, 그때 나타났다.

「그래. 나가자. 여기 계속 있다간 머리통 터지겠다.」

눈물 나게 고마운 결정을 내린 이가 일어섰다. TV 앞으로 다 가간다. 허리를 숙이고 손가락을 뻗는다. TV가, 한 시간 전부 터 미친 사람처럼 혼자 떠들어 대던 물건이, 톡, 숨을 놓았다. 아까, 리모컨 찾아 두리번거리던 차가 그런 식으로 TV를 껐더 라면, 상황은 참으로 많이 달라졌을 것인가.

어떤 사건의 발생 가능성이 희박하면 그럴수록, 거기엔 더 많은 정보

가 담겨 있게 마련이다.

—예외성(improbability)의 함수

　1층에 내려앉은 엘리베이터가 활짝 문을 열었다. 그러려고 한 지 정확하게 한 시간 23분 만이다. 주차장으로 앞장선 정이 운전석에 앉았다. 꽁무니 앞세우고 커다랗게 원을 그린 차가 주차장을 벗어났다. 날은 완전히 어두웠지만 리조트 불빛들은 그 어둠을 가득 채우고 남았다. 조경 잘된 잔디밭 사이 찻길을 내처 달려 리조트를 빠져나온다.

　마을로 이어지는 산길. 좁고 가파르다. 검은 산의 잔등이 느릿느릿 길 주변을 뒤따라 흘러내리고 있다. 사위는 놀랍도록 어둡고 고요하다. 잠깐 사이 산 마을은 그만 수천 년의 세월이 지나간 것만 같다. 말을 잃은 정과 차와 이가 시선을 돌리고 차창 밖 낯선 어둠을 응시한다. 투둥 투두둥. 잔돌 깔린 흙길 위로 차바퀴 소리만 내내 굴러간다.

　농협 사무소와 연쇄점과 빵집과 조그만 통닭집이 있는 마을 삼거리. 그럴 시간이 아님에도 깊은 잠에 빠진 것만 같다. 불켜진 가게가 드물고 지나다니는 사람도 드물다.

「시골은 시골이다. 9시도 안됐는데 오밤중이네.」

「어디로 갈까.」

「저기 보니까 고깃집 하나 있던데. 횡성 제일 한우.」

「고기 싫어. 어제 삼겹살 먹은 거 아직 소화도 안됐어.」

「좋겠다. 난 배고파 뒈지겠는데.」

「다른 거 없나.」

「조금 더 가보자고.」

밤의 시간. 경계 없는 어둠과 정적이 흐린 날 강가에 고인 바람처럼 눅눅하다. 삼거리 끝에 다다라서이다.

「아, 저기.」

차가 낮게 속삭인다.

「할머니 토종…… 토종 손두부?」

길가. 검은 벌판을 등지고 선 단층 건물은 가옥을 겸한 식당이다. 식탁과 의자가 아니라 입구에서 신발을 벗고 올라와 앉는 자리. 자리를 차지한 사람들 숫자가 뜻밖에 적지 않다. 문열고 들어서자 저들끼리 왁자하게 술잔 주고받던 불콰한 얼굴들이 잠시 이편을 힐끔거린다. 척 봐도 외지인 행색이 아니다. 이쪽으로 앉으세요. 현관에 서서 잠시 머뭇거렸던가, 초록 앞치마를 두른 여인이 고단한 낯으로 자리를 안내한다.

이것저것 음식과 술을 바삐 시킨다. 크고 넓적한 접시에 간장 양념 끼얹은, 김 모락모락 나는 날두부가 먼저 나온다. 몹시 굶주린 이와 정과 차가 군말 없이 젓가락을 집어 든다. 구석 자리에 놓인 대형 TV에서는 프로 야구 중계가 엄청난 소리로 떠들고 있다. 정신이 없을 정도다. 그리고 뒷자리 사람들은, 지금 잠실 야구장 내야석에 모여 앉은 것만 같다. 이 지방 사투리로 술 취해 떠드는 게 모두 야구 이야기다. 두부전골이 나오고 밥이 나온다. 술잔과 밑반찬이 착착 놓인다. 밤의 시간. 보이지 않는 바람의 속도. 유리문 밖은 한없이 어둡다. 지나다니는 차도 사람도 없다. 정과 차와 이는 묵묵히 먹고 마시는 일에 열중한다. 생전 얼굴 한번 보지 못한 노인의 영안실에 조문 온 문상객들처럼.

「어디 아프니?」

이가 묻는다. 차는 고개를 들지 않는다.

「아프긴.」

「그런데 왜 그래.」

「내가 뭘.」

「슬픔에 빠진 사람 같아. 알아? 너, 여기 들어와서 한마디도 하지 않았다고.」

「한마디 했어. 물수건 달라고 아까.」

「지랄 말고.」

「지랄 아닌데.」

「이러지 마. 우린 한배를 탄 사람들이야. 적어도 여행 끝나는 내일까지는.」

별수 없어진 차가, 머쓱한 얼굴로, 웅얼웅얼 실토한다.

「그냥. 기분이 좀 이상해서.」

「그 정도는 알아. 내 말은, 기분이 왜 이상하냐고.」

「이상해서.」

「뭐가.」

「리모컨.」

「뭐?」

「리모컨이? 리모컨의, 뭐가?」

「리모컨뿐이 아냐. 다 이상해. 리모컨이 사라진 것도 이상하고. 가뭇없이 사라진 물건이 하필 그놈의 리모컨이라는 사실도 이상하고. 도통 보이지 않는 리모컨 때문에 세 사람이 좁아 터진 방 안을 한 시간 넘게 헤맸던 것도 이상하고. 고작 30분 전에 그런 일이 있었다는 것도 이상하고. 그게 몇 년 전 일처럼 멀게만 느껴지는 것도 졸라게 이상하고.」

「네가 더 이상해.」

입 안의 것을 씹으며 정이 웅얼거린다.

「주의 가방 속에 있을 거야. 분명히.」

「아니면?」

「뭐야. 꼭 그러지 않기를 바라는 것처럼.」

「난 바라는 게 없어. 단지 어리둥절할 뿐이야. 알 수 없는 일들 때문에.」

「애 정말 알 수 없는 소리만 씹고 있네.」

리모컨은 사라졌는가. 알 수 없다. 콘도 안 어느 기상천외한 구석에 꼭꼭 숨어 있건만 끝내 찾아내지 못했는가. 알 수 없다. 누가, 이를테면 어느 정신 빠진 도둑님이 철사로 현관문을 따고 들어와 그 물건만 슬쩍해 갔는가. 알 수 없다. 리모컨 홀로 꼼지락꼼지락 제 몸을 움직여 문밖 어디로 도망갔는가. 역시, 마찬가지로, 알 수 없다. 검고 길둥그런 — 이제는 그 형태조차 소상하게 기억나지 않는 물건이 제풀에 스르르 녹아 없어지는 장면을 상상한다. 가능한가? 얼음이 녹고 식탁에 흘린 우유가 말라 자국으로 남으며 저금통 속 십 원짜리 동전에 녹색 끈적한 구리 녹이 슬고 오래된 식빵이 딱딱하게 상하고 창가의 토막 촛불이 힘없이 꺼져 가는, 그런 경우와는 많이 다른. 펄서(pulsar). 맥동성. 은하계 내에서만 이미 60여 개가 발견된 괴이하고 끔찍한 별. 진화의 마지막 단계에 이른 백색 왜성이 끝내 폭발을 일으키는 순간 바깥층 물질은 우주 밖을 향해 초속 5천만 킬로미터의 속도로 해체되는 반면 중심부의 물질은 순식간에 급격한 수축을 시작한다. 그 속도와 규모가 상상을 초월한다. 한때 지구보다 수천 배 컸던 별이 지름 15킬로미터의 소행성으로 붕괴하기도 한다. 중성자별. 부피를 잃는 대신 밀도는 무섭게 증가한다. 이 별에서 테니스공 크기의 돌멩이 하나는 계산상 2백 톤의 무게를 넘는다. 놀라운 밀도는 끊임없는 자기 붕괴를 초래한다. 수축하고 수축하고 다시 수축하고, 부피가 0에 이르고 밀도는 무한대로 늘어나며 모든 힘과 운동은 단지 중력의 절대적인 지배를 받는다. 슈바르츠실트 임계반지름을 넘어선 이 천체는 주변 시공간과 심지어 빛의 운동마저 왜곡시키는 블랙홀의 실체를 상상할 수 있게 한다. 밀도와 관련한 펄서의 또 한 가지 특징은 엄청난 속도로 회전을 한다는 점이다. 초당 6천 회의 자전운동을 하는 펄서도 확인되었다. 이 과정에서 규칙적인 주파수의 전파가 발생하는데, 현대 물리학이 처음 펄서의 존재를 발견한 것도 바로 이 맥동파(脈動波)를 접하면서부터이다. 1960년대 영국 케임브리지 대학 천문대. 정확히 1.3초 간격으로 수신되는 우주의 신호에, 과학자들은 흥분과 경이 속에 이것을 외계인이 보내는 메시지라고 믿었다. 리모컨. 탁자 위 혹은 소파 옆 마룻바닥에 얌전히 놓인 물건이 소리 없이 꿈틀, 움직인다, 잠든 고양이가 들어 있는 종이 상자처럼, 누군가 손끝으로 톡 건드린 것처럼. 천천히 움직이더니, 스르르 한 바퀴를 맴돌고, 멈추지 않고, 속도가 조금씩 빨라지며, 이내, 선풍기 날개보다도 빠른 속도로 회전한다. 형체가 보이지 않을 만큼 빠르게, 회전하며 회전하며, 은밀히, 소리 없이, 작아지고, 모른다 승강장에 열차 들어올 때보다 무시무시한 굉음이 그때 있었지만 아무도 그 소리를 듣지 못했는지도, 점점 작아지고, 수축하고, 붕괴하고, 끝내는 흔적도 없이 사라져 간다.

「아, 잘 먹었다.」

전골냄비도 바닥이 보이고 밥도 술도 다 먹어 간다. 이가 느른한 얼굴로 담배를 집어 든다. 그러다가 움찔, 목덜미를 집어넣는다. 뒷자리에서 울컥 터져 나온 함성 때문이다. 9회 말. 엘지 6번 타자 정채일이 투 볼에서 친 타구가 서치라이트 불빛을 가른다. 가르다가, 잠시 후, 삼성 유격수 백해성이 뛰어오르며 담장에 등을 기대고 잡아낸다. 엘지를 응원하는 그들이 안타까운 함성을 쏟아 낸다. 아니다. 리모컨은 있다. 6103호 방 안 어딘가에 고스란히. 그렇지 않은가 사라지다니. 어떻게 그런 일이! 상상들. 알 수 없이 이어지는. 이를테면 소파 팔걸이에, 4인용 식탁 위에 혹은 TV 선반에, 거기 죽은 쥐처럼 얌전히 놓여 있는 리모컨, 그 물건을 찾아 실내를 온통 들쑤시며 돌아다니는 남자들, 하지만 소파 팔걸이나 4인용 식탁 위 혹은 TV 선반에 버젓이 놓인 리모컨을 통 알아보지 못하고 매번 무심히 지나치는, 투명인간을 뒤쫓는 사람들처럼 눈치조차 채지 못하는.

가능한가. 알 수 없다. 반대의 경우는 얼마든지 있다. 존재하지 않는 허깨비가 눈에 생생히 보이는. 혹은, 시각을 제외한 어떠한 능력으로 현존하는 사물을 식별해 내는. 1차 세계 대전 직후 프랑스의 쥘 로맹은 맹인 수천 명을 대상으로 실험을 벌여, 빛과 어둠을 구분하는 소수의 맹인을 발견했다. 로맹은 그들의 감광 신경이 콧잔등과 인중에 있는 것으로 생각했다. 1956년 로사 쿨레쇼바는 러시아 과학 아카데미의 전문가들이 보는 앞에서 단단히 눈을 가린 채 손끝으로 더듬는 것만으로 삼각형 사각형 등 도형을 구분하고 신문의 글자를 읽는 능력을 선보였다. 그런 경우들처럼, 반대로, 두 눈 멀쩡히 뜨고도 눈앞의 물건을 알아보지 못하는, 그런 일도 가능하지 않을까. 알 수 없다. 알 수 없는 일, 지역과 역사를 초월해 세상에 늘 존재해 왔던. 쿠푸 왕 피라미드. 세미라미스 공중 정원. 아르테미스 신전. 크로이소스 거상. 마우솔로스 영묘. 파로스 등대. 한 세기 전만 해도 마을 뒷산에 어둠이 내리면 나무들이 저희끼리 대화를 주고받으며 풀과 꽃의 정령들이 달그림자 아래에서 노래하고 춤춘다는 이야기를 의심하는 사람은 많지 않았다. 구름의 모양이나 혜성의 출현이 국가와 왕의 미래를 예견하는 자연의 목소리라고 믿던 시절도 있었다. 지금도 어느 나라에서는 소를 신성한 동물로 여긴다. 흰 깃털 가진 새의 피를 사악한 물질로 여기는 부족도 존재한다. 강신술과 다우징과 도플갱어와 늑대 인간을, 부적이나 나뭇잎 점괘의 영험을 성경 글귀만큼이나 신뢰하는 사람이 있고 그렇지 않은 사람이 있다. 알 수 없는 일. 알 수 없는 영역. 리모컨은 어디로 사라졌는가.

「아까 있잖아, 열나게 방 안 들쑤시던 때 말야.」

정이다.

「우리 할머니 생각이 막 나는 거야. 한참 동안 그 생각만 했어.」

빈 접시 가득한 상 위는 한바탕 지저분한 태풍이 몰아친 것만 같다. 경기가 끝났다. 삼성의 4대 3 승리이다.

「새끼들. 한마디 물어봐야 하는 거 아냐? 할머니 생각이 갑자기 왜 났냐고.」

뒷자리가 소란스럽다. 잠실 야구장에서 돌아온 남자들이 투덜투덜 일어서고 있다.

「왜, 할머니한테 리모컨으로 맞은 일 있어?」

「그건 아니고. 아이, 씨팔 새끼. 좀 진지해 봐.」

「말해 봐. 들을 준비 됐으니까.」

정의 얼굴, 옛날 이야기를 어떻게 시작하면 좋을까, 야릇해
지는.

「그러니까 그게 15년도 더 된 이야기네. 돌아가시기 전이지.
하긴 세상 뜬 다음의 이야기일 리는 없지만. ……어느 날인
데, 느닷없는 소리를 하시는 거야, 갑자기 노망나신 것도 아
닌데.」

「무슨 느닷없는.」

「물건이 당신 말을 안 듣는다나.」

귀이개이다. 빨간 술이 달린, 머리 부분은 은색 쇠붙이이고
손잡이는 나무로 된. 정은 그 물건을 잘 알고 있었는데 바로 자
신이 몇 해 전 지하철 노점에서 사드린 것이기 때문이다. 그 귀
이개가 보이지 않았다. 어제 저녁에 쓰고 나서 경대 사물함 두
번째 서랍에 분명히 넣어 두었는데, 오늘 찾으려니 없었다. 이
상했다. 쓸 때를 제외하고는 늘 거기 넣어 두던 물건이었다.

「우리 할머니 정리 정돈 잘하는 선수였거든. 이불은 요렇게
저렇게 세 번을 접어서 모서리가 보이지 않게 가로로 장에
넣고. 틀니 담는 그릇은 머리맡 왼쪽, 구석에서 2센티미터 정
도 떨어진 장소에 항상 놓여 있어야 하고. 손톱깎이는 어디
에. 돋보기는 어디에. 방바닥에 신문 한 장이라도 흩어져 있
으면 큰일 나는 줄 알고. 익숙하게 손끝이 기억하는 위치마
다 집 안 사물 정리해 놓고 사는 장님처럼.」

참 이상도 하지. 혼자 사는 늙은이 집에 어느 망령 난 귀신이

찾아와 그 물건만 쏙 빼내어 사라졌다는 말인가. 귓속 가려운 것도 잊고 방 안 여기저기를 살피던 할머니는, 이윽고, 경대 사물함 두 번째 서랍에 귀이개가 없다는 사실을 발견했을 때와는 비교도 되지 않을 만큼 놀랐다. 경대에서 얼마 떨어지지 않은 곳, 화장대 거울 아래. 빨간 술이 달린 귀이개가 바로 거기 놓여 있었다.

정아, 너 지금 무슨 말을 하고 싶은지 할머니가 안다. 착각을 하셨다고. 처음부터 거울 아래에 귀이개를 놓고는, 그걸 깜빡했던 거라고. 물건에 발이 달리거나 망령 난 귀신이 찾아오지 않았다면 필경 그렇게 된 일 아니겠느냐고. 그래. 그렇게 생각하는 게 마음 편할 게야. 괴상한 생각에 잡혀 지낸다고 없는 기억이 생겨날 것도 아니고, 거울 아래 놓인 귀이개가 서랍 속으로 쏙 들어갈 것도 아니고.

정은 아무 말 하지 않았다. 할 말이 없었다.

하지만 할머니가 분명히 기억해. 어제 저녁 8시 넘어서 그 물건을 경대 서랍에서 꺼내 썼고, 그러고는 있던 자리에 분명히 집어넣었단다. 그 후로 다시 귀이개를 만진 적도 없고 말이야.

말을 끊었던 할머니, 비교적 편안한 얼굴로 말을 잇는다.

누구라도, 내 말이나 기억력보다는 귀이개가 놓여 있는 위치를 훨씬 믿을 만한 것으로 생각하겠지. 그리고 할머니가 더 똑똑하고 더 젊은 사람이었다면 아마도 다른 가능성에 대해 한 번쯤 궁리했을 거야. 식구 중에 누가 이 방에 들어와서 그 물건

에 손을 대었다던가. 봐라 정아. 나이가 이렇게 문제구나. 물건
이라는 게 사람 나이를 알아본단다. 가끔 장난질을 친다니까.
죽을 날 얼마 남지 않은 사람을 상대로 말야.

「괜찮겠지?」

「세 잔밖에 안 마셨어. 아니. 세 잔 반.」

밤공기가 차갑다. 운전대 잡은 정이 큰소리를 쳤다.

「요 앞인데 뭐. 이 산골에 숨어서 음주 단속을 할 미친 짭새
는 없겠지.」

부르릉. 깊은 어둠에 잠들었던 차가 환히 눈뜬다. 울퉁불퉁 주
차 공간을 벗어나 길 위에 들어섰다. 왔던 길을 거슬러 달려간
다. 밤기운 혼곤한 마을 삼거리를 벗어나자 저편에 리조트로 올
라가는 산길이 보인다. 산 그림자가 멀리서 가만히 꿈틀거린다.
바람도 없고 소리도 없다. 정적이 있고 어둠이 있다. H 리조트.
장님도 알아볼 만큼 요란스러운 출입구를 지나자 진입로 주변
으로 불빛 불빛들이 이어진다. 잠에 빠진 저편 마을에서의 짧았
던 기억이 아득히 멀어져 간다. 수천 년 세월을 재차 건너선다.

주차장에 차를 댄 차와 이와 정은 6층 객실로 올라가지 않는
다. 숙소에 들어가 잠을 청할, 그럴 시간이 아니다. 지하 라운
지는 놀라울 만큼 소란스럽다. 잠들지 않은 사람들. 남자와 여
자와 어린아이와 젊은 부부와 나이 든 여자들과 배 나온 남자
들이 24시간 편의점과 인형과 비누와 팬티 세트를 경품으로 주
는 공기총 사격장과 볼링장과 나이트클럽과 프라이드치킨을

파는 맥주집과 전자오락실과 어둠 축축한 노천카페 주변을 서성이고 있다.

노래방에 들어갔다. 빈방이 없다. 20분을 기다려야 한다고 했다. 요금도 서울 시내보다 두 배 가까이 비쌌지만 나가자는 의견은 없다. 이 시간 객실을 제외한 리조트에서 세 사람이 익숙한 여흥을 즐기기에 그만한 곳은 없었다. 카운터 앞 소파에 앉아 얌전히 차례를 기다리는데 몇 무리의 사람들이 더 찾아와서 빈방을 묻고, 일부는 예약을 하고 물러갔다. 마이크에 대고 한껏 악쓰는 소음들이 복도에 뒤섞여 쏟아지고 있다. 마침내 14번 방 입장이 허락되었다. 제법 넓고, 어둡고, 방향제 냄새 달큰한 방 안은 앞 손님들이 남기고 간 열기로 눅눅하다. 맥주 있죠? 가짜 말고. 그러자 마이크 덮개 갈고 재떨이 치우고 테이블 훔치던 여자가 한 병에 오천 원이요, 세 병 가져와요, 한다. 정이 먼저 일어서서 노래를 부른다. 고등학교 때 유행했던 가요다. 벌컥벌컥 잔을 비운 이가 모니터 앞으로 다가가 어깨동무를 한다. 고래고래 목청을 높인다. 차는 고시 공부하는 사람처럼 진지한 얼굴로 노래 목록 책자를 뒤적인다. 예약곡이 네 곡으로 늘었다가 세 곡으로 줄고 다시 다섯 곡으로 늘어난다. 맥주 두 병이 새로 들어왔다. 탬버린을 쥐고 흔들며 차가 이상야릇한 춤을 춘다. 이가 담배 연기를 푸푸 내뱉으며 웃는다. 아득하게 벨소리가 들렸다. 무엇엔가 짓눌린, 억압된, 그런 소리. 정이 다급하게 제 몸을 뒤진다. 바지 주머니에서 휴대 전화를 꺼내 든다. 가만, 이게 누구더라. 문자창에 뜬 발신자 번호를 잠시 지켜보다가 전화기를 연다.

「여보세요. ……아아, 주. 주로구나!」

양 손바닥으로 뺨을 감싸듯 전화기를 귀에 붙이고 소리를 높인다. 마침 새로운 예약곡의 전주가 나긋나긋 흐르고 있다. 조용해진 가운데 정의 목소리만 노래방 안을 정정 울린다.

「이제 집이라고? 엄청 막힌 모양이네. 고생했다. ……우리? 응, 노래방이야. 밥 먹고 아까 와서, 응, 맥주 한잔 하고 있지. 뭐라고? 아직 못 찾았어. 아까 너랑 통화 끝내고 바로 나왔거든. 그러고는 지금까지 안 올라갔으니까. ……어어, 그러니? 알았다 알았어. 뭐라고? 아냐. 우리가 알아서 할게. 그래, 그럼 끊자. 올라가서 연락할게.」

전화기를 접어 주머니에 넣은 정이 무너져 앉았다. 새우깡 한 줌을 집어 우적우적 씹는다.

「없대. 가방이고 옷이고 다 살펴봤는데, 없더래.」

홀로 노래하는 기계 반주음. 분위기가 순간 어색하게 굳었던가. 제법 술 취한 이가 손사래를 쳤다.

「야 씨발, 관두자 관둬. 그놈의 리모컨 타령 이제 지겹다.」

마이크를 잡는다. 막 시작된 2절 반주에 맞춰 노래를 부르기 시작한다. 놓칠세라 탬버린을 집어 든 차가 챙강챙강 박자를 맞춘다. 맥주 두 병을 더 시켜 마시고, 예약된 한 시간 끝에 서비스로 준 15분까지 알뜰하게 춤추고 노래 불렀다. 적당히 지치고 흥거운 상태로 노래방을 나오니 11시가 넘었다. 그만 잠자리에 들어도 좋을, 한편 더 마시고 놀고 싸돌아다니기에도 딱 좋을 시간. 지하 로비는 아직 잠자리에 들 준비가 되어 있지 않은 사람들이 밤늦은 소란 속을 둥둥 떠다닌다. 노천카페에 자리를 잡았다. 화사한 조명에 잇닿은 자리와 그렇지 않은 구석에 이미 적지 않은 사람들이 둘씩 셋씩 모여 있다. 술과 안주를 시켰다. 그리고, 여태껏 술과 안주를 전혀 입에 대지 못한 것처럼, 열심히 먹고 마셨다. 정과 이와 차가 취했다. 정과 이와 차가 매우 취했다.

새벽. 6103호에 돌아온 세 사람. 열쇠로 문을 따려는 차가 꽤 애를 먹었을 것이다. 형광등이 어두운 실내에 껌뻑껌뻑 쏟아진다. 이가 세차게 등 떠밀린 사람처럼 화다닥 현관에 들어선다. 화장실로 뛰어간다. 아아 죽겠네, 술 마시자! 정이 외친다. 라면 끓여서 한 잔씩 더 할까? 양변기를 붙들고 허리 꺾은 이가 웩웩 묽은 것을 게워 놓고 있다. 아 씨. 나 오줌 마려운데. 차가 길을 막고 선 이를 비껴 화장실 안으로 들어간다. 세면대에 줄줄 오줌을 싸기 시작한다. 마루에 TV 소리가 시끄럽다. 술 취한 정이 뭐라고 투덜거린다.

「재미있는 것 좀 안 해주나.」

TV 앞에 무릎을 꿇고 있다. 손끝으로 꾹꾹 채널을 돌린다.

「순 연속극에 스포츠에…… 이렇게 채널이 많은데 포르노 틀어 주는 데 하나 없어?」

휴지로 입가를 닦던 이가 픽, 웃는다.

「여기가 천호동인 줄 아냐.」

정이 따라 웃는다. 웃다가, 슬그머니 웃음을 거둔다. 입가가, 눈가가, 얼굴이, 딱딱하게 굳는다, 차갑게 얼어붙는다. 풀밭에 피 흘리고 죽어 있는 사체를 발견한 등산객처럼, 조심조심, 무릎걸음을 한다. 덩달아 나무토막이 된 이와 차, 숨죽여 그 동작을 지켜본다. TV 아래편 마룻바닥. 얌전히 누워 있는 물체. 정이 조심스럽게 손을 뻗는다. 리모컨이다. 검고 길둥그런. 모두 할 말을 잃는다. 뭔가에 아득히 질린 얼굴들. 참으로 낯설기 그지없는 물건을 손에 든 채, 정이 멍청하게 중얼거린다.

「이게, 쓰발, 도대체 이게 어디서 났지?」

메모리즈 아 메이드 오브 디스

913호에 남자가 멈춰 선 그날 오후 7시 20분. 낮의 길이가 밤 시간보다 네 시간 이상 긴 6월 하순이었다. 9층 복도에는 채 가시지 않은 대낮 기운이 뿌옇게 서성거렸다. 남자는 깊은 밤을 쉬지 않고 걸어온 사람처럼 피곤했다. 피곤하고 배가 고팠고 살갗에 찐득하게 달라붙은 땀 기운이 불쾌했으며 또 졸렸다. 집에 들어서면 남자는 먼저 할랑할랑 옷을 벗으며 목욕탕으로 향할 작정이다. 오줌을 누고 샤워를 한 뒤 알몸으로 싱크대에 서서 되는대로 저녁을 준비한다. 식사를 마치고 이를 닦은 다음 베란다 창문 앞에 서서 느긋하게 담배 한 대를 피운다. 그리고 알몸 그대로 잠자리에 들어 TV를 켠다. 날이 저물기 전까지 계획된 일과들은 따분하다. 남자의 얼굴을 보는 듯하다.

현관문 앞에 선 남자의 표정이 흐려진다. 바지와 상의에 붙은 주머니 다섯 군데를 차례로 더듬은 뒤 들고 있던 손가방의 지퍼를 열어 내용물을 뒤적인다. 길게 한숨을 뱉어 낸다. 913이라 적힌 명패를 망연히 지켜보다가, 그 언저리에 세차게 정수리를 처박는다. 쿵. 점심시간 내내 허벅지를 불편하게 만들었던 열쇠 꾸러미를 바지 주머니에서 꺼내어 사무실 책상 서랍에 집어넣었다. 때를 놓친 기억이 남자를 아프게 한다. 집 앞에서 맞이할 수 있는 최악의 상황에 갇혀 잠시 머뭇거리던 남자는 굳게 닫힌 현관문으로부터 몸을 돌렸다. 마을버스와 지하철을 갈아타고 회사로 돌아가야 할 것인가. 어쨌거나 굳게 잠긴 문과 마주 서서 종일 시간을 보낼 수는 없는 일이다.

110동과 관리 사무소 샛길을 지나면 단지 정문으로 향하는 내리막길이 왼편으로 굽어 있다. 핏빛 보도블록이 엇갈리며 수 없는 마름모꼴들을 만들어 내는 중이다. 저녁 시간을 맞은 임대 아파트 단지는 새벽하늘처럼 고요하다. 길모퉁이, 나이 많은 굴참나무 가지와 그 잎들이 그늘을 이뤄 놓은 쉼터. 그 어름을 지나칠 때이다. 나무 의자 쪽에서 어떠한 움직임이 시작되었다. 그 기척이 남자의 왼쪽 관자놀이를 건드린다. 편의상 움직임이라고 했지만 그것은 소리나 빛이 아니었다. 소리나 빛이 아니었으므로, 설령 눈이나 귀를 사용할 여유가 있었더라도, 관자놀이를 통해 한순간 접했던 이상의 구체적인 느낌을 접할 수는 없었을 것이다. 걸음을 멈추었다. 소리나 빛이 아닌 그 움직임은 예컨대 약한 바람결에 흔들리는 나뭇가지나 그 위를 타고 오르는 흑갈색 청설모의 꼬리와는 달랐다. 짧은 순간. 눈썹 한 차례 깜

빡이는 시간을 7만 8,750으로 나눈 순간이 그때 아찔하게 흘러
갔다. 남자는 고개를 돌렸다. 환절기가 거기 있었다. 나무 의자
에서 막 일어선다. 하늘색 니트 밖으로 드러난 팔뚝은 다듬어
놓은 파 줄기처럼 희고 싱싱하다. 저벅 저벅 저벅 정확히 여섯
걸음 반 만에 남자 앞에 멈추어 선다.

「어디 가는 거야?」

두려움 없는 목소리. 그래서 남자는 꼼짝없이 외칠 뻔했다,
리자 버틀렛을 너는 닮았구나.

「열쇠 가게.」

「열쇠 가게? 열쇠 사려구?」

「현관 열쇠를 회사에 놓고 왔거든.」

「그렇구나.」

「잠긴 문을 열어야지. 아니면 어디 가서 밥이라도 사 먹어야
겠어. 배가 고파.」

「그런데.」

남자를 빤히 바라보던 여자가 미간을 찌푸렸다.

「어디 아픈 거야? 안색이 안 좋아.」

「으응.」

늘 조금씩 남자는 아팠다. 언제나 그랬다. 위가 좋지 않아 역
겨운 맛이 나는 알마게이트 성분의 제산제(制酸劑)를 늘 가지
고 다녔고 그럼에도 속이 자주 쓰리고 배가 고팠으며 그때마다
노랗게 바랜 얼굴이 되어 주위 사람들에게 어디 아프냐는 소리

를 들었다.

「괜찮아. 가끔 이래.」

그때 기적이 일어났다. 앞이마에 달라붙은 머리칼을 쓸어 올리며 여자가 환히 웃는다. 그 웃음으로부터 열쇠의 불편한 부재감 따위는 훨훨 달아나고 있었다.

「저기, 나도 같이 가면 안될까? 열쇠 가게건 식당이건.」

열아홉 스물여섯. 두 사람이 처음 만나던 시간. 여자는 고등학교를 졸업한 지 채 5개월이 지나지 않았으며 남자는 대학 마치고 사회생활이라는 것을 시작해서 그보다 열 배는 길고 지루한 시간들을 보내고 있었다. 그리하여 바람 부는 날과 화창한 날과 비 오는 날과 비가 오지 않는 날 그들은 만나고 만났다. 40대 유부남과 나이 어린 여성 바텐더의 불륜 이야기가 나오는 TV 드라마가 주말 저녁마다 방송을 탔다. 배경 음악으로 쓰인 딘 마틴의 50년대 팝송 〈Memories Are Made Of This〉는 발빠르게 남성용 화장품 CF에 쓰이기도 했다. 아름답고 유능한 패션 디자이너를 아내로 둔 성민은 그날 스물두 살 세영과 강원도로 여행을 떠났다. 불쌍한 새끼, 저러다가 나중에 열라 깨질걸. 분식집에 앉아 깻잎 치즈 김밥을 우적거리며 여자는 중얼거렸다. 안 그래, 완?

「완, 이라고?」

「지금 막 생각났어. 이제 그렇게 부를 거야.」

「왜.」

「그러고 싶으니까. 그래도 되지?」

「알아서 해.」

남자의 이름 마지막 글자는 완이 아니라 환(煥)이었다. 여태 남자가 알았던 어느 여자도 남자를 완이라고 부른 적 없었고 완이 아닌 남자 또한 완에 대해 단 한 차례도 고려해 본 적이 없었지만 그렇게 남자는 완이 되었다.

「멋져.」

「뭐가.」

김밥 끄트머리를 젓가락으로 집어 들며 어깨를 으쓱, 한다.

「모르겠어? 완이 완이고 내가 완을 완이라고 부르는 거, 그게 우리의 의미라구.」

「복잡하네.」

「아아, 왜 진작 생각하지 못했을까.」

회현동에서 승객을 실은 밤 버스가 명동 쪽으로 출발했다. 환절기는 언제나 창가 자리에 남자를 앉게 했다. 그리고 남자가 이유를 물었을 때 자신 없이 대꾸했다. 난 바깥 자리가 더 좋거든.

「바보 같은 소리. 창 쪽보다 바깥 자리를 더 좋아하는 사람은 없어. 버스가 아니라 기차나 비행기라 해도 마찬가지고.」

「따지지 마.」

동대문 네거리를 지나친 버스가 신당동 방향의 초록 신호를 받았다. 여자는 앞 좌석 등받이에 붙은 비닐 광고판을 바라보았다. 펜타논 뷰티숍. 전문 피부·비만 관리. 여드름·모공 축소. 기미·주름·알레르기 피부. 체질 개선.

「실은 불안해서.」

「불안하다니.」

「창가에 앉았다가 깜빡 잠이 들면 어떡해.」

「이런.」

「그래서 내릴 때가 됐는데, 완이 나 깨우는 걸 잊어 먹고 혼자 내리면 어떡해. 한참 만에 눈을 떠 보니 버스 안엔 아무도 없으면, 시커먼 시골길 같은 데를 덜컹덜컹 달리고 있으면. 지갑에 돈도 한 푼 없고. 핸드폰도 안 터지고.」

「그만 해.」

주말 밤거리에 술집이 있고 여관이 있고 노래방이 있고 편의점이 있고 노점상이 있고 사람들이 있다. 여자는 남자의 왼손을 끊임없이 만지작거렸다. 왜소한 달빛이 고압 나트륨등 뒤로 노랗게 몸을 사렸다. 행인들에게 분홍색 꽃을 팔던 노파가 도로 턱 배수구에 탁, 침을 뱉었다. 술 취한 청년들이 욕지거리를 주고받으며 그들을 지나쳐 갔다.

「완은 취미가 뭐야?」

「취미?」

「좋아하는 거 말야. 선인장을 키운다거나 플라스틱 전투기를 모은다거나. 아마추어 무선 통신이나 스텐실을 한다든지.」

환 혹은 완은 그때 길 건너 2층 찻집을 바라보는 중이었다.

길게 머리를 기른 여자가 창가 자리에 기대어 담배를 피운다. 맞은편 남자에게서 무슨 소리를 들었는지 손뼉을 치며 웃기 시작한다.

「글쎄. 그걸 좋아하는 거라고 해도 될라나.」

「뭔데?」

「난 여자 생각을 자주 해. 섹스는 아니고, 뭐랄까. 꿈을 꾼다고 해야 하나.」

끊임없이 만지작거리던 남자의 왼쪽 손목을, 여자가 높이 쳐들었다.

「뜯어 먹고 싶어. 씨팔.」

35분 동안 밤거리를 돌아다닌 후 병맥주를 파는 지하 술집에 들어갔다. 얼음 넣은 우유를 남자는 마셨다. 발이 땅에 닿지 않을 정도로 키가 큰 의자는 불편했고 음악 소리가 너무 시끄러웠다. 여자는 고개를 건들거리며 두 병의 국산 맥주를 마시고 새우깡을 씹었다.

막차가 끊길 시간이었다. 찻길에 내려선 사람들이 소리쳐 택시를 잡고 있다. 집까지 바래다줄까. 환절기는 고개를 저었다. 혼자 갈 수 있어. 그런 일로 실랑이하는 것을 남자는 좋아하지 않았다. 좋을 대로 해. 보석 가게 구석 담벼락에 작은 키의 사내가 허리를 꺾고 있다. 소리 없이 구토를 쏟아 내는 어깨가 고통스럽게 흔들렸다. 정류장에 멈춰 선 여자가 말했다. 그 대신 여기서 나 타는 거 보고 가. 심야 할증 버스를 기다리는 시간은 길고 아득하다. 네거리에 신호가 바뀌었다. 행인들이 몰려들고 택시 몇 대가 어두운 길 위에 엉겼다.

「누구야.」

「응?」

「완이 생각하는 여자.」

남자는 목을 빼고 찻길 저편 어둠을 바라보았다. 1300-1번. 여자가 타고 갈 번호는 보이지 않았다.

「리자 버틀렛.」

남자는 출판사에서 편집 일을 했다. 저자가 발행 부수 전량을 사들이는 혹은 형식적으로 대형 서점 서너 군데에 몇 부씩 깔아 놓았다가 몇 달 후 고스란히 반품이 되어 돌아오는 자비 시집이나 수필집 따위를 찍어 내는 소규모 출판사였다. 월급 본봉 구십팔만 원은 혼자 사는 스물여섯 살 남자에게 우울하고 따분한 액수였다. 아파트 관리비를 내고 전화 요금을 내고 도시가스 사용료를 내고 신문 구독료를 내고 민간 자선 단체와 환경 운동 단체에서 매달 날아드는 삼천 원짜리 지로 용지를 처리하고. 그리고 남는 돈을 남자는 혼자 썼다. 혼자 영화를 보고 술을 마시고 위장약을 사고 차비를 내고 저녁을 사 먹었다.

「오늘은 뭐 했어?」

913호에 들어선 여자가 묵직한 비닐봉지 두 개를 식탁 위에 쿵, 올려놓는다. 아파트 단지 근처의 할인 마트 로고가 봉지 옆구리에 프린트되어 있다.

「일했지. 종일 빨강 플러스 펜을 쥐고서.」
「무슨 책인데?」
「티벳의 장례 풍습.」
「티벳의 뭐?」
「구역질 나는 글이지. 풍장 말야.」
검지에 묻은 빨간 잉크 자국을 엄지손가락으로 득득 문지른다. 집요하게.
「독수리들이 시신의 살점을 뜯어 먹으면 남은 뼈를 곱게 부숴. 그걸 밀가루와 함께 반죽해서 다시 독수리에게 먹이는 거야.」
「왜?」
「죽은 사람을 공기의 원소로 돌린다고.」
「하루 종일 그것만?」
「교정지 들여다보다가, 점심 먹고 또 일하다가, 화장실 가서 오바이트를 조금 하고.」
「그렇게 구역질 나는 글이었어?」
「나, 위가 좀 안 좋잖아.」
싱크대 앞에 선 여자는 장 봐온 것들을 다듬기 시작했다.
「텔레비전 보고 있어. 잊지 못할 요리를 만들어 줄게.」
「뭔데?」
낯설게 생긴 초록색 야채를 찬물에 씻던 여자가 살레살레 고개를 저었다.

「완, 재료도 다듬기 전에 그걸 말해 줄 것 같아?」

신비로운 동물의 세계가 끝나 갈 무렵 여자가 식탁으로 남자를 불렀다. 칠리 땅콩 소스에 튀긴 동태살을 버무린 거야. 이것부터 먹어. 굵은 멸치에 올리브와 버섯, 사과와 감자를 넣고 끓인 수프. 어때? 여자가 만든 음식은 대체로 남자의 입에 맞지 않았다. 된장찌개 같은데. 여자가 웃었다. 풀 냄새가 나는 건 카시오 카발로 치즈를 넣어서 그래. 그거 사려고 인터넷을 얼마나 뒤졌다고. 된장찌개 맛이 난다니까. 으응, 된장으로 간을 했거든. 식사를 마치고 설거지를 할 동안 남자는 양치질을 했다. 베란다에 서서 담배를 피우는 동안 여자는 남자의 칫솔로 이를 닦았다. 그리고 소파에 나란히 앉아 9시 뉴스를 보았고 이따금 키스를 나누었다. 지난달 초 투신자살한 홍콩 영화배우 장지영의 천도제가 오늘 오전 9시, 팬 3천 명이 참석한 가운데 강조 여래사에서 개최되었습니다. 김도언 기자가 전해 드립니다. 침 묻은 입가를 손등으로 쓱 문지른 여자가 고백했다.

「완은 내 첫사랑이야.」

남자의 얼굴을 양손으로 감싼다.

「그리고 나, 오래전부터 완을 알고 있었어. 처음 완을 봤을 때 그걸 깨달았다구. 아주 오래전부터.」

리모컨을 집어 든 남자가 이리저리 채널을 돌렸다. 리자 버틀렛을 너는 닮았어. 남자의 허벅지에 기대어 누워 있던 여자가 몸을 뒤친다. 나쁜 꿈을 꾸는 사람처럼.

「또 그 소리.」

「리자 버틀렛 안 좋아해?」

「별로야. 포르노 배우처럼 생겼어.」

「이런.」

「솔직히 그 여자가 소피아 로렌이나 오드리 헵번은 아니잖
아.」

남자가 여자의 뺨을 토닥거렸다.

「리자 버틀렛을 너는 닮았어. 처음 봤을 때 그래서 숨이 막히
는 줄 알았지.」

리자 버틀렛을 닮은 여자와 그렇지 않은 여자. 세상에 그런
식의 이분법은 짜증이 날 정도로 흔하다. 기상 이변을 유도하는
분자 변이 시스템으로 세계 지배를 꿈꾸는 악의 무리와 그들의
음모를 저지하는 제3 세계 첩보원들의 대결을 다룬 B급 SF 영
화로 아일랜드 출신 여배우 리자 버틀렛이 골든 레즈베리 영화
제에서 그해 최악의 주연 여배우로 선정될 즈음 남자는 리자 버
틀렛을 끔찍하게 닮은 여자를 만났다. 3년 전 4월이었다. 3년
전 4월. 그리고 1년 가까운 시간을 남자는 잃어버렸다. 놀랍도
록 빠른 속도로. 떠오르지 않는 기억 속으로. 3년 전 4월, 을 일
상에서 떠나보낸 이후 남자는 세 명의 여자를 만났고 다섯 명의
여자와 섹스를 했다. 함께 영화를 보고 야간 경기가 있는 야구
장을 가고 주말의 동물원에 가고 어두운 민속 주점에 마주 앉아
술을 마시고 공짜 표가 생긴 음악회를 찾아가고 도심지 고궁을

손잡고 걸었던 여자는 그보다 두 배 정도 많았다. 리자 버틀렛을 닮은 여자는 그 가운데 한 명도 없었다.

종일 비 내리던 날. 퇴근을 준비하는 남자에게 생각지도 않던 일이 떨어졌다. 급한 거야. 토요일 오전에는 필름 넘겨야 한다구. 나중에 밤새기 싫으면 오늘까지 반이라도 끝내 놔요. 북아프리카에 나간 선교사의 산문 원고를 받아 든 남자는 여자에게 전화를 해야 한다고 생각했다. 난데. 완. 완이구나. 저기, 오늘 약속 취소하면 안될까. 갑자기 일이 생겨서. 여자는 말이 없다. 전화기 너머 침묵을 접하며 남자는 여자의 굳은 얼굴을 떠올렸다. 많이…… 늦어? 오늘 꼭 보고 싶은데. 세 시간 뒤 약속 장소에서 보기로 하고 전화를 끊었다. 실은 그 시간을 맞출 수 있을지도 자신 없었다. 어둑한 창밖을 바라보며 담배 한 대를 피운 남자는 중국집에서 저녁을 시켰다. 3분의 1 정도 파먹던 볶음밥을 치우고 4층 화장실에 올라가 이를 닦고 찬물로 세수를 했다. 그리고 책상으로 돌아와 교정지를 노려보기 시작했다. 오자를 수정하고 뒤엉킨 띄어쓰기를 정리하고 문장을 다듬고 각 장(章)의 소제목을 뽑으며 인스턴트커피를 한 잔 마시고 빗소리를 들으며 세 대의 담배를 피웠다. 원고 속 '깊숙이'가 '깊숙히'와 혼란을 일으켜 두 번씩이나 사전을 뒤적이며 스스로에게 짜증을 냈다. 교정지에서 눈을 들어 세 번째로 시계를 볼 즈음 작업을 지시했던 편집부장이 자리를 비운 것을 확인했다. 8시 48분. 약속 시간까지 고작 10분이 남아 있었다. 책상을 정리하기 시작했다. 비는 그치지 않았다. 우산을 펼쳐 든 남자는 머릿속 지도를 꺼내 들고 약속 장소까지 가장 빨리 다다를 수 있는 길을 그려 보았다. 현관문을 밀고 바삐 걸음을 옮기려는 순간이다. 움직임, 소리나 빛이 아닌, 극히 짧은 순간 눈이나 귀가 아닌 왼쪽 관자놀이에 아찔하게 와 닿는.

「왔어 완? 아, 추워.」

비에 젖은 골목 귀퉁이. 비에 함빡 젖은 우산. 비에 함빡 젖은 우산 속 비에 함빡 젖은 머리칼과 콧등과 청바지.

「이런.」

「놀랐지?」

「어떻게 된 거야.」

「사실 아까 전화 통화할 때, 나 여기에 있었어. 여기 서서 완의 사무실을 올려다보고 있었다구. 완이 나오면 등 뒤에서 깜짝 놀라게 하려고 말이야.」

파래진 입술로 여자는 웃었다.

「두 시간도 넘게?」

「그럴 줄은 몰랐지. 안 그래? 완이 몰랐던 것처럼 나도 몰랐어. 처음부터 약속 장소가 아니라 여기 숨어 있다가 완의 등을 칠 생각이었거든. 그런데 완이 갑자기 전화를 했잖아. 그렇게 된 거잖아. 그래서 어떻게 할까 하다가, 어차피 완은 사무실 안에 있으니까, 그냥 여기 서서 기다리기로 한 거야. 달리 할 것도 없고.」

「도대체 너.」

「난 괜찮아. 비야 그러잖아도 종일 내렸으니까. 사실 완이 더 늦으면 어떡하나 걱정했거든. 그래도 제시간에 완은 나온 거잖아. 그러니 기다리길 얼마나 다행이야.」

「다행이라고?」

「완이 놀랐잖아. 완이 이렇게 깜짝 놀랐잖아.」

이따금 세찬 바람이 불어와 팔등과 뺨에 차가운 빗방울을 뿌렸다. 축축해진 여자의 어깨를 감싸고 남자는 걸음을 빨리 했다. 빈 택시는 좀처럼 눈에 띄지 않았다. 선교사 때문이야. 말리에 나가 있던 사람이 다음 주에 귀국한대지 뭐야. 그때까지 책을 만들어 줘야 하는 거지. 갑자기 그런 일이 생겨서. 사무실 부근 어디쯤에 여관 골목이 있는지 남자는 알지 못했다. 퇴근하자마자 여관을 찾아갈 일은 여태 한 번도 없었다. 그랬구나. 고마워. 자세하게 설명해 줘서. 완은 잘못한 게 없어. 이렇게 함께 있으니 된 거야. 비바람이 펄럭, 우산을 잡아당겼다. 그런데 지금 어디 가는 거야. 남자는 우산 손잡이를 쥔 손에 힘을 주었다. 큰길까지 나서자 증권사 건물 틈으로, 은하 모텔, 초록불 밝힌 글자가 보였다. 여관 가자. 젖은 몸을 말려야 해. 이대로는 아무 데도 갈 수가 없잖아. 여자의 차가운 팔목이 남자의 겨드랑이를 파고들었다. 알았어, 완.

축축하게 젖은 여자의 옷을 벗기기는 쉽지 않았다. 물먹은 청바지 호크는 손톱 끝이 아플 정도로 뻑뻑했다. 몹시 취한 것 같은. 정신을 잃을 정도로 술이 되어, 함께 있던 이들을 놓치고 갈 데도 모르는 채, 휘적휘적 밤거리를 헤매다가 홀로 여관방에 찾아들어, 귀가 먹먹하도록 몰려드는 취기에 새벽 내내 몸을 뒤치다가 낯선 화장실 바닥에 속엣것을 울컥 게워 내던, 그런 아뜩함. 나 추워. 젖은 옷이 잘 벗겨질 수 있도록 여자는 아랫도리를 비틀었다.

「곰돌이 빤쓰구나.」

남자는 쿡쿡 웃었다. 치모가 푸르게 어리비치는 하얀 면 팬티 위에 넓은 챙 모자를 쓴 곰돌이 인형이 둥실 나타났다. 점 세 개로 단순화된 두 눈과 코. 동화적으로 구부러진 시옷 자 입.

「왜 웃어.」

「곰돌이가 나를 보고 웃잖아.」

「……..」

「애들 잠옷 같다.」

「뭐야?」

「여자 빤쓰를 보고 웃긴 처음이야.」

빽빽하게 젖은 청바지 뭉치를 발목에 걸친 여자가 발딱 일어섰다. 말없이 남자를 쏘아보다가, 힘차게 가슴팍을 떠민다.

「변태 새끼.」

남자가 벌러덩 나자빠졌다. 침대 모서리에 세차게 뒤통수를 찧었다. 눈앞이 뿌옇게 흐려진다.

「내가 제일 좋아하는 속옷이라구! 완이 보게 되어서 다행이라고 생각했는데.」

씨근덕씨근덕 어깨로 화를 내며 여자는 남자를 타고 앉았다. 애들 잠옷이라니. 내 속옷 따위는 흥분도 되지 않는다 이거지? 거칠게 허리띠를 풀기 시작한다. 봐. 완은 뭘 입고 있는지. 도대체 뭘 입었길래 곰돌이를 비웃어. 딱딱한 침대 모서리에 뒷덜미가 눌려 남자는 아무 말도 할 수가 없다. 몹시 취한 것 같은. 정신을 잃을 정도로 술이 되어 갈 길도 잃고 깊숙이. 깊숙히. 깊숙이. 깊숙히. 뭐야 이거, 검은 줄무늬라니. 흥. 완은 그럼 얼룩말이야? 여자가 코웃음을 쳤다. 검은 줄 흰 줄이 사선으로 반복되는 남자의 팬티를 잡아 내리고 차돌처럼 딱딱해진 남자를 입속 가득 삼킨다.

「왕, 공고리커러 이어언 경 왕이아(완, 곰돌이처럼 귀여운 건 완이야).」

만 이틀 쉬지 않고 내리던 비는 3일째에 멈추었다. 아스팔트 바닥에 스며든 물기로 거리는 내내 습하고 후덥지근했다. 여자는 하루도 빠짐없이 남자에게 전화를 걸었다. 그리고 귀가 뜨거워지도록 길고 오랜 통화를 나누었다. 여자가 보내오는 휴대전화 문자 메시지는 하루에도 몇 차례씩 일상에 빠진 남자를 잠 깨웠다. 이메일 수신함에도 늘 새롭고 늘 똑같은 내용과 제목의 편지들이 매일 날아들었다. 남자의 시간들은 만남과 그 관성의 흔적으로 가득 채워졌다. 순간순간들, 순간의 순간과 순간들, 먼 세월 알지 못할 지점을 향해 쉬지 않고 멈추는 또 흘러가는, 견딜 수 없이 고단한 연속. 과거도 없이 미래도 없이 수천 년의 무지막지한 바위틈에 갇힌, 오래도록 그 자리 그 순간 속에 머물러 있는. 파편화된 착란들은 매번 남자를 따분하고 지치게 만들었다. 여자와는, 불행히도, 아무런 상관이 없이 말이다. 짧은 만남에서 시작된 변화의 조짐. 그것은 미처 예견 못한 일이었다. 운명에 갇히는 섬뜩함이란. 토요일. 옷 가게 골목 늘어선 여자 대학 후문에서 만나 차를 마시고 새우 살이 들어간 크림소스 스파게티를 먹고 나서 남자는 말했다.

「비디오방 가자.」

「비디오방?」

「응.」

「갑자기 무슨.」

「리자 버틀렛 영화 보고 싶어.」

「꼭 그래야…… 해?」

「응.」

얼굴이 하얘진 여자의 손을 끌고 남자는 거리로 나섰다. 길 건너 제과점이 있는 건물에 비디오방 간판이 보였다. 3층이었다. 여자가 인상을 찡그렸다. 천천히 좀 가. 숨차단 말야. 포이즌 아이비요? 코 옆에 점이 있는 카운터의 사내는 알 수 없는 한숨을 뱉었다. 모르겠는데, 액션인가요? 여자는 낙담한 얼굴의 남자를 빤히 쳐다보았다. 4년 전에 나온 겁니다. 리자 버틀 렛이 출연했던. 그러자 사내가 말했다. 여기가 골동품 가겝니

까. 하루에 쏟아지는 신프로만 몇 갠데. 남자는 낯모르는 사내
의 얼굴에 주먹을 날리는 상상에 빠져들었다. 저, 죄송하지만
이 근처에 다른 비디오방 있나요. 사내는 동전을 던지듯 대꾸
했다. 사거리 지나 중학교가 있거든요. 거기 한 군데 있을 겁니
다. 하지만 가나 마나일 텐데. 포이즌 뭐라구요? 3층 계단을 타
고 내려와 사거리에 다다르고 횡단보도를 건널 무렵이다. 여자
가 세차게 손을 뿌리쳤다.

「손목 아파 죽겠네 정말.」

「미안해. 네 걸음이 답답해서.」

「완. 언제부터 그렇게 걸음이 빨랐어?」

어서 오세요. PC방을 겸하는 비디오방에 들어서자 졸고 있
던 청년이 엉거주춤 일어섰다. 어둡고 조용한 실내에 네트워크
게임 배경음이 무표정하게 흐르고 있다.

「리자 버틀렛 영화 있습니까?」

손바닥으로 얼굴을 문지른 청년이 타닥 탁탁 키보드를 두드
렸다.

「두 개 있네요.」

「뭐죠?」

「어벤저. 웨딩 스트립.」

「제기랄!」

「뭐라구요?」

「……아니, 알겠습니다.」

어벤저. 리자 버틀렛이 골든 레즈베리 최악의 여우 주연상을 받아야 했던 것은 스테판 소더버그라는 삼류 감독 때문이었다. 그리고 웨딩 스트립이라니. 리자의 재능까지 빛을 잃게 만들었던 상대 배우 리차드 브라이트만의 멍청한 연기에 남자는 얼마나 속을 끓여야 했던가. 포이즌 아이비는 다르다. 데뷔 후 두 번째로 출연한 그 영화를 통해 리자 버틀렛이 아카데미상 여우 조연상 후보에 오른 것은 절대로 우연한 일이 아니다. 소신 있는 벙어리 교사 역을 훌륭히 소화했던 그녀의 청순함을 남자는 잊지 못한다. 그녀가 나오는 장면과 그렇지 않은 장면들의 대사 모두를 기억할 수 있다. 어벤저나 웨딩 스트립도 마찬가지긴 하지만. 그래서 남자의 책장 안쪽 자리에는 서른 번도 더 보았을 그 영화가 정품 DVD와 비디오테이프에 담긴 채 보관되어 있다. 거리는 화창했고 남자는 현기증을 느꼈다. 어지러워. 나 잠깐 앉을게. 도로 턱에 주저앉았다. 감은 눈을 뜨지 않고 천천히 담배를 피웠다. 밝은 표정을 한 주말의 행인들이 남자의 뒷모습을 힐끔거리며 지나쳐 갔다. 웅크린 남자의 뒷모습을 멀찌감치 지켜보던 여자가 다가왔다.

「괜찮아?」

「응.」

「정말?」

「몰라. 아마 그럴 거야.」

「왜 이러는 거야. 눈이 얼굴 속으로 10센티미터나 들어갔어.」

「미안해.」

「나 지금 울 것 같아. 아무 일도 아니라고 빨리 말해.」

맥주 박스를 가득 실은 트럭 한 대가 퉁명스럽게 그들 앞을 지나갔다. 노란 먼지바람을 일으킨다. 여자는 남자를 일으켜 세웠다. 손목을 잡힌 채 반 발짝 뒤처져 걷던 남자가 아랫입술을 깨물었다. 여관 가자. 앞서 걷던 여자가 멈춰 섰다.

「뭐라구? 못 들었어.」

「……비디오방 포기할게. 그 대신 여관 가. 하고 싶어.」

만 오천 원짜리 여관방은 한낮임에도 어둑했다. 두터운 커튼이 쳐진 때문이다. 더러운 창밖으로 옆 건물의 먼지 낀 에어컨 실외기가 보였다. 방 안에는 분홍 이불이 깔려 있고 노란 장판에서는 아득한 곰팡이 냄새가 났다. 남자는 말없이 서서 옷을 벗기 시작했다.

「어쩌면…….」

그렇게 훌렁훌렁 옷을 벗을 수 있지? 탈의실에 온 사람도 아니고. 여자는 그렇게 말하려다 말았다. 알몸이 된 남자가 이불 위로 쓰러졌다. 캐시밀론 이불깃은 부르튼 입술처럼 거칠다. 뒤로. 우리 뒤로 해. 여자는 눈을 감았다. 무릎과 손바닥을 짚고 엎드리는 일은 어금니가 아릴 만큼 어색하다. 두 번째 섹스는, 아프다. 사정은 되지 않았다. 다듬어 놓은 파 줄기처럼 희고 싱싱한 여자의 팔에 얼굴을 묻고 남자는 말 없는 눈물을 흘렸다. 남자는 아팠다. 여자를 만날 때도 만나지 않을 때에도 여자를 생각할 때에도 그렇지 않을 때에도, 머리카락 한 줌을 잡아 뽑듯 아팠고 문지방에 손가락을 세차게 끼인 것처럼 아팠다. 유리 조각에 발바닥을 벤 것처럼 아팠으며 딱딱한 잇몸에 주사 바늘을 꽂을 때처럼 아팠다. 그 모든 통증을 합친 것만큼 아팠고 그 이상 아팠다. 그래서 남자는 환절기의 하얀 팔뚝에 얼굴을 파묻고 소리 없이 울었다. 두 번째 섹스는 조금도 위로가 되어 주지 못했다.

「포이즌 아이비 때문이야?」

여자는 남자의 머리를 쓰다듬었다.

「넌 몰라. 내가 얼마나 아픈지.」

여자의 얼굴이 오후 7시 20분처럼 흐리다. 모든 것의 일부가 무참히 끝나 가는 중이다. 분홍 이불 틈에서 헝클어진 팬티를 집어 든다. 발목에 팬티를 집어넣는 등이 슬프게 굽어 있다. 손가락 끝에서 벗어난 팬티 고무줄이 아랫배 살갗에 붙으며 탁, 소리를 낸다.

「완은 나쁜 꿈을 꾸고 있어. 어서 깨어나. 부탁이야.」

이틀이 지났다. 사흘이 지났다. 여자에게서는 한 통의 전화도 오지 않았다. 닷새가 지났다. 오후 한차례 비가 내렸고 거리는 다시 눅눅해졌다. 한 줄의 문자 메시지도 이메일도 오지 않았다. 피서 시즌이 끝나 가고 있었다. 여름은 여전했다. 아내 승현이 교통사고를 당해 혼수상태에 빠져 있을 즈음 성민은 세영의 오피스텔로 찾아간다. 신산하게 뒤틀린 일상을 묵묵히 고백하는 그는 예전의 그가 아니다. 그러나 성민은, 여대생이 된 세영이 자신의 아이를 가졌다는 사실을 미처 모르고 있다. 주말 연속극 '메모리즈'. 남자의 인터넷 편지함에는 그간 여자가 보내온 이메일 수십 통이 고스란히 쌓여 있었다. 그로써 남자는 여자의 부재를 가까이 실감했다. 안경알을 닦다가 종이컵에 생수를 받아 마시다가 두루마리 화장지를 뜯어 코를 풀다가 담배를 사고 거스름돈을 받다가 남자는 문득 여자를 생각했다. 속이 불편했다. 참을 수 없을 정도는 아니었다. 1주일이 지났다. 여자를 알게 된 이후 그토록 멀리 여자를 떠난 적은 없었다. 그리고 전화를 걸었다.

「만나.」

여자는 말이 없다. 남자는 끈기 있게 침묵의 끝을 기다렸다.

「그래야 한다고 생각해?」

「몰라.」

수화기 저편은 조용했다. 여자는 지금 어디 있을까. 어디서 전화를 받고 있는 것일까. 어디 있는지 어디서 전화를 받는지 알 수 없는 여자가 완, 하고 자신을 부르지 않는 사실이 남자는 낯설다.

「이제야 전화를 하다니.」

여자는 성숙한 꼬마 아이처럼 한숨을 쉬었다.

「그러는 너는?」

「하여간 만나. 그 대신 명심해.」

「뭘.」
「이건 완이 완과 나를 위해 선택한 일이야. 잊으면 안 돼.」
「어디서 볼까.」
「서해 바다.」

처음 환절기를 만나던 때 남자는 늘 조금씩 아팠으며 피곤하고 배가 고팠다. 고작 1년을 알았던 여자와 헤어진 지 2년째 되던 무렵이었다. 길고 지루했던 2년 동안 남자는 세 명의 여자를 사귀었고 다섯 명의 여자와 섹스를 했으며 그 두 배 정도의 여자들과 함께 영화를 보고 야간 경기가 있는 야구장을 가고 주말의 동물원에 가고 어둑한 민속 주점 구석에 마주 앉아 술을 마셨고 공짜 표가 생긴 음악회를 찾았으며 도심지 고궁을 손잡고 걸었다. 리자 버틀렛을 끔찍하게 닮은 여자를 알게 된 이후 남자에게 세상의 여자는 리자 버틀렛을 닮은 여자와 그렇지 않은 여자로 나뉘었고 그런 분류법이 무색하게도 그들 중 리자 버틀렛을 닮은 여자는 한 명도 없었다. 다행히, 리자 버틀렛을 닮지 않은 여자들 속에서 남자는 문득 리자 버틀렛의 그림자를 발견하곤 했다. 아무리 리자 버틀렛을 닮지 않은 여자도 화가 났을 때의 옆얼굴이나 뜨거운 차를 마시는 입술 모양이나 블라우스 앞 단추를 여는 손가락 움직임 등 어느 한 군데는 비슷한 점이 있기 마련이었다. 리자 버틀렛을 끔찍하게 닮은 여자는 남자를 리자 버틀렛으로부터 자유롭게 만들어 주는 유일한 여자였다. 110동에서 아파트 단지 정문으로 굽는 핏빛

보도블록의 내리막길. 쉼터 그늘을 지날 때, 눈썹 한 차례 깜빡이는 시간을 7만 8,750으로 나눈 짧은 순간 나무 의자에서 여자를 처음 만났을 때, 남자는 잠긴 현관문이 철컥 쇳소리를 내며 열리는 환상에 빠졌다. 자이프렉사. 자. 이. 프. 렉. 사. 그날도 남자는 지루하고 따분한 저녁 일과를 해치우고 어서 빨리 자리에 눕고 싶다는 생각뿐이었다.

「오랜만이구나.」

「응.」

우체국 후문의 2층 찻집. 야윈 얼굴의 여자는 하얀 옷을 입고 있었다. 놀랍게도 남자는 거울을 보는 기분에 빠졌다.

「어디 아팠어?」

흐린 하늘. 동사무소 쪽에서 날아든 비둘기 몇 마리가 그 속을 종이비행기처럼 맴돌고 있다.

「1주일 동안 세 번을 죽다가 깨어났어. 때론 스무 시간도 넘게.」

「……」

「완은 어땠어?」

「할 말이 있어.」

실례합니다. 노란 앞치마를 두른 남자가 다가와 뜨거운 찻잔을 놓고 물러서다가, 남자와 여자의 무기력한 얼굴을 힐끔 쳐다본다.

「무슨 말인지 기대되네. 아냐. 사실은 두려워. 그러니까 우리, 아무 말 하지 말고 차 한잔 마시면 안될까?」

리자 버틀렛. 리자 버틀렛이자 리자 버틀렛을 끔찍하게 닮은. 그리하여 여자를 만난 뒤로 남자는 서른 번도 더 보았던 포이즌 아이비나 웨딩 스트립에서 잠시 놓여날 수 있었다. 4월. 3년 전 4월. 예상 못한 일은 언제나 빠른 걸음으로 다가온다. 낡은 습관처럼 리자 버틀렛을 생각할 때, 어느 날 백화점 건물에 걸린 대형 광고판 속 모델이나 TV 가요 순위 프로그램의 여성 진행자에게서 그 모습을 떠올릴 때, 참으로 낡고 오랜 습관처럼 그로부터 리자 버틀렛을 끔찍하게 닮은 여자를 찾아냈을 때, 남자는 전혀 예상 못한 사건에 어깨를 떨었다. 그것은 환절기였다. 그래서 남자는 고백하지 않을 수 없었다. 들어 봐. 내년이면 나, 스물일곱이 돼. 얼마 안 있어 스물아홉 살이 될 거고 그리고 30대 중반 아저씨가 되겠지. 이제 난 지쳤어. 따분해 죽을 것 같아.

「4월, 이라고?」

찻잔을 들어 올리던 여자가 움직임을 멈추었다. 2초. 3초. 4초. 5초. 딱딱하게 경직된 순간들이 산산이 흩어졌다.

「너무하네.」

남자는 아무 대꾸도 하지 않았다. 여자가 유령처럼 일어섰다. 돌아서서 찻집을 빠져나가는 뒷모습이 보이지 않게 흔들렸다.

기차역 주변에 눅눅한 바람이 방향 없이 떠돌았다. 장항선 기차표 두 장을 끊었다. 출발 시각까지 25분이 남아 있었다. 밥이나 먹자. 매표소 건너편, 손님 없는 일본식 우동 전문점. 여자는 유부국수를 반도 먹지 않았다. 시무룩이 플라스틱 젓가락을 만지작거리는 여자의 얼굴 위에 남자의 시선이 잠시 서성거렸다. 날이 저물어 갔다. 어두워진 선로 위로 주황색 무궁화호 열차가 길게 멈추어 섰다. 안으로 들어가. 남자가 창가 자리를 양보했다. 걱정 마. 잠들면 깨워 줄 테니까. 여자가 웃지 않았다. 어두운 플랫폼이 움직인다. 조금씩 역에서 멀어지고 있다. 남자는 등받이에 머리를 기대었다. 고무장갑처럼 힘없는 여자의 손을 잡았다가, 가만히 놓았다.

자이프렉사. 집 떠난 기차가 첫 번째 역을 지나쳤다. 안개 숲 같은 잠기운이 남자의 어깨를 무겁게 감쌌다. 하루 복용량 7.5밀리그램짜리 작고 하얗고 동그란 알약을 여자는 매일 한 알씩 먹어야 했다. 비전형적 광범위 정신 분열 치료제. 우울증 치료를 돕는다는 그 약은 오히려, 리자 버틀렛을 끔찍하게 닮은 여자의 정신과 육체를 황폐하게 만들곤 했다. 바보가 되는 기분이야. 목을 졸린 것처럼 온종일 잠이 쏟아지고, 깨고 나선 먹을 거 생각밖에 안 나. 도축용 돼지처럼 말야. 어쩌다 약을 거르는 날이면 아무도 믿어 주지 않는 고통에 밤새 쫓겨 다녀야 했다. 팔뚝에 내려앉은 머리카락이 살갗 속으로 꿈틀꿈틀 파고든다거나 어두운 방 안을 맴돌던 모기 한 마리가 귓속으로 쏙 들어온다거나. 혼자 있는 시간은 믿을 게 못 돼. 하지만 너까지 날 못 믿는 건 아니지? 아무도 믿지 못할 시간이 찾아오면 바늘

196

끝으로 팔뚝 살을 깊게 후벼 파거나 귓속에 석유 냄새 나는 방충제를 뿌렸다. 여자가 웃을 때는 남자에게서 리자 버틀렛에 대한 농담을 듣는 순간뿐이었다.

어떠한 흔적이나 기억으로도 남아 있지 않은 시간. 어둠 속에서 끊임없이 몸을 떨며 아파트 앞뜰에 이르렀을 때 여자는 없었다. 앰뷸런스와 경찰차 사이렌 소리 사이에 사람들은 불길한 목소리로 웅성거렸다. 천일홍이 어지러이 피어난 화단 옆 보도블록. 20층 높이의 베란다에서 시작된, 초록 풀잎을 짓이겨 놓은 흔적.

기차역을 나선 두 사람은 택시를 잡아탔다. 해수욕장까지는 다시 멀고 험한 시 외곽 도로를 달려야 했다. 바다. 별 한 점 없이 흐린 밤하늘에 잠겨 있는. 모래사장 쪽에서 소금기 머금은 파도 소리가 는개처럼 밀려들었다. 너무 늦게 왔구나, 남자가 중얼거렸다. 어스름 속 여자가 놀란 얼굴로 한 걸음 물러섰다. 그렇게 생각해? 먼 바다에서 어선 몇 채가 작은 불빛으로 일렁이고 있다.

해변을 벗어나자 숙박업소와 불 밝힌 술집들이 왼쪽 오른쪽 골목에 늘어섰다. 대천 제일 회 식당. 깨끗지 못한 수조 바닥에 여러 가지 바다 생물들이 고단한 기색으로 잠들어 있다. 주인 여자가 방문을 열고 나와 반기거나 귀찮은 기색 없이 메뉴판을 내민다. 나무 식탁은 끈적끈적하고 플라스틱 통에 담긴 물에서는 찝찔한 바다 냄새가 났다. 여자는 갈 길 바쁜 여행객처럼 술잔을 비웠다. 남자가 술을 채우자 쉬지 않고 잔을 입에 가져간다. 매운탕 냄비가 가스버너 위에 올라앉았다. 공장 폐수 같은 거품을 내며 끓기 시작하는 매운탕 국물을 수저로 뒤적이고 있을 때 여자가 다시 잔을 들었다. 빠르게 소주병 반이 비워졌다. 천천히 좀 마셔. 여자의 얼굴은 추위에 곱은 손바닥처럼 창백하다.

「너무 멀다.」

「뭐라고?」

「바다 말야. 정말 너무 늦게 왔나 봐.」

여자가 들고 있는 잔을 빼앗고 싶다.

「하긴. 더러운 기억을 가까운 곳에 만들 필요는 없으니까.」

「안주 좀 먹어.」

차가운 손바닥 같은 얼굴.

「끝까지 날 허깨비 취급하다니. 나쁜 새끼.」

옆 건물 층계참의 좁고 지저분한 변소에 다녀왔을 때이다. 여자의 자리가 비어 있다. 홀로 바글바글 끓고 있는 찌개 냄비를 망연히 내려다보았다. 어디 갔을까. 손가방은 그대로이다. 밖에는 어두운 바다와 파도 소리뿐인데. 드르륵 방문이 열리고 주인 여자가 얼굴을 내밀었다.

「도망갔어 그 아가씨.」

「어디로 갔나요.」

「내가 어떻게 알아. 아이고, 그러니까 사이좋게 좀 지내지 왜들 싸워.」

「……..」

「뭐 해. 얼른 찾아 나서지 않고.」

철 지난 해수욕장의 밤 시간. 희게 부서지는 파도 근처에 사람들 몇 명이 모여 서 있다. 남자는 걸음을 멈추었다. 모래사장으로 내려서는 계단가. 시멘트 난간에 여자가 앉아 있다. 멀리 횟집에서 밝힌 불빛이 여자의 옆얼굴을 창백하게 만든다.

「완이구나.」

쓰러질 듯 삐딱한 자세로 앉아 식당에서 가져온 소주병을 입에 물고 거침없이 고개를 젖힌다. 쉬익. 사람들이 모여 있는 모래사장에서 폭죽이 날아올랐다. 그 소리가 젖은 공기를 길게 가르며 한 점 불빛으로 치솟는다. 어두운 하늘에 여러 갈래의 불꽃이 되어 크고 작은 폭발을 일으킨다. 사람들은 함성을 지르지도 박수를 치지도 않는다. 소주병을 입에서 뗀 여자가 쿠우우, 얼굴을 찌푸렸다. 밤바다의 시간이 더디 흘렀다.

「하나만 물어보자.」

「말해.」

「완, 완은 내가 누군지 알아?」

여자의 목소리가 들큼한 술 냄새에 잠겨 있다.

「말해 봐. 내가 누구지?」

「너는.」

대답을 찾지 못한 남자가 잠시 머뭇거렸을 것이다. 여자가 한쪽 손을 높이 치켜들었다. 어두운 허공에 순간이 멈추었다. 과거도 미래도 없이, 순간의 순간들, 견딜 수 없이 고단한, 파편이 된 착란들. 잠시 멈추어 섰던 술병이 난간 모서리에 세차게 부딪친다. 퍽! 경쾌하지 못한 파열음에 남자는 눈을 감았다. 작은 유리 조각이 얼굴까지 튀었다.

「피. 피.」

아득하게 다급하게 속삭였다. 여자의 손등이 피에 젖어 번들거린다. 초록색. 풀잎을 짓이겨 놓은 듯한.

「알겠어? 이제 나를 알겠어?」

여자가 이를 악물었다. 남자의 귓속으로 위이잉, 모기 한 마리가 날아들었다.

「이런 피를, 본 적이 있는데.」

「난 전생에 풀이었어. 완은 나쁜 새끼야.」

쉬이익. 두 번째 폭죽이 젖은 밤하늘을 갈랐다.

「이제 끝났어. 완에게 내 피를 보이는 것은 그 때문이야.」

「아.」

「리자 버틀렛 따위는 문제가 아니야. 하지만 내 앞에서 4월 이야기를 꺼냈을 때, 더 이상 완에게 내 피를 속여야 할 이유가 없어졌어.」

와락 달려든다. 여자의 상체를 끌어안은 남자가 순식간에 중심을 잃는다. 뒤엉킨 두 몸이 난간 아래로 휘청 넘어갔다. 젖은 모래밭에 거세게 뒤통수를 부딪쳤다. 여자가 요동쳤다. 남자는 여자에게 두른 팔을 풀지 않았다. 피 냄새가 아찔했다.

「봐. 이거 봐.」

「이러지 마, 제발.」

「소용없어. 모두 완의 그늘일 뿐이야.」

파도 소리가, 쏴아아, 뜻밖에도 매우 가까운 거리에서 부서지고 있었다. 여자는 깊은숨을 몰아쉬었다.

「용서해야지. 그러지 않으면 날 모욕하는 거니까.」

세 번째 폭죽이 하늘을 갈랐다. 쉬이익. 상처 입은 손등의 짙은 액체가 남자의 뺨에 번졌다. 피가 끈적끈적하구나. 수분이 부족해서 그래. 이 피가 널 죽게 할지도 몰라. 남자는 여자의 손을 끌어당겼다. 길게 팬 상처를 조심히 핥기 시작한다. 이거 봐! 여자는 반항했다. 싫어, 이거 놓으라구. 푸득 푸드득 몸을 뒤친다. 남자는 멈추지 않았다. 함성도 박수도 없이 묵묵히 불빛을 쏴 올리던 사람들이 떠나간다. 저편 모래사장으로 천천히 멀어진다. 어두운 모래사장 구석에 얼크러진 남자와 여자는 숨가쁜 성행위를 하는 것 같다. 찝찔하고 향기로운 풀 냄새가 입술과 혀를 적시고 목구멍을 타 넘었다. 아, 아파. 온몸을 잔뜩 웅크리고 있던 여자가 스르르 힘을 풀었다. 젖은 모래밭 위에 길게 몸을 누인다. 쏴아아. 파도 소리가 어둠 너머에서 숨죽여 울고 있다.

「시험 기간이었어.」

긴 잠에서 깨어난 목소리.

「늦잠을 잤을 거야. 아니면 밤새워 공부한답시고 책상에 엎어져 잠이 들었던지. 씻지도 못하고 부랴부랴 가방 챙겨서 집을 나서다가 언니를 봤어. 거실 소파에 앉아, 언니는 아침 햇살이 뽀얗게 쏟아지는 창밖을 내다보고 있었어.」
「시험 기간. 시험 기간.」
남자가 부들부들 입술을 떨었다.
「그 눈. 언니의 눈 속에 완이 있었어. 너무 안쓰럽고 가련한 모습이었어. 언니의 눈 속에, 너무 슬프게. 내가 뭘 어떻게 할 수 있었을까. 모르겠어. 그때 난 고등학교 2학년이었고 그날 은 생물과 국사 시험이 있는 날이었어. 언니는 아무 말도 하지 않았어. 그렇게 나와 눈을 맞추고는 가만히 웃어 줬어. 그래서 난 생각했어. 언니가 자살을 할지도 모른다고 말야. 하지만, 난 등을 돌릴 수밖에 없었어.」
늦은 밤 바닷가. 젖은 모래밭 위의 시간들. 파도는 흐르고 멈추고 또 고인다. 풍장. 풍장. 알 수 없는 착란이 남자를 어지럽게 만들었다. 여자의 목덜미는 차고 끈끈했다.
「나를.」
남자가 머뭇거렸다.
「나를, 속였구나. 여태 네가 그랬구나.」
「아니야. 아무도 완을 숨기지 않아.」
「너. 너는. 너를.」
여자의 목덜미를 움켜쥔 남자가 죽음 앞에 놓인 바다 생물처럼 파닥거렸다.

「완을 속인 건 완이었어. 언제나 그랬어.」

「어, 어어.」

「이 손 놔. 숨 막혀.」

하루가 지나고 1주일이 지났다. 계절이 바뀌었을 때 남자는 한 여자를 보내고 한 여자를 보냈다, 더운 날씨에 차례로 곪기 시작하는 날계란처럼. 열쇠가 없는 오후 7시 20분. 때로 남자는 굳게 잠긴 현관문 저편을 생각했다. 하루 전날이나 1주일 전, 서해 바다의 마지막 저녁이 거기 있었다.

라면이나 생수를 사기 위해 관리 사무소에서 단지 정문 쪽으로 굽는 내리막길을 걷다가 문득 걸음을 멈춘 남자는 바보 같은 표정을 하고 길 주변을 살피곤 했다. 그러나 어떠한 소리나 빛의 움직임도 발견할 수 없었다. 남자는 늘 조금씩 아프고 피곤하고 배가 고팠으며 혼자 영화를 보고 술을 마시고 위장약을 사고 차비를 내고 집 근처 식당에서 저녁을 사 먹었다. 이제 남자는 스물일곱이 되고 스물아홉이 되고 머지않아 그보다 훨씬 많은 나이를 먹게 될 것이다. 리자 버틀렛이나 그런 이름을 가진 영화배우나 그녀가 출연했던 영화 제목을 사람들은 더 이상 기억하지 못한다. 메모리즈 아 메이드 오브 디스.

이메일

두터운 유리문을 밀고 들어섰을 때 구석 자리에서 일어서는 사람이 있었다. 어둑한 실내에 천 년의 고독이라는 음악이 흐르고 그는 젊은 남자이다. 20대 초반을 넘지 않았다. 낯설지 않은 얼굴에 파리한 긴장감이 머뭇거린다.

「실례지만 성함이.」

젊은 남자가 입속으로 웅얼거리고 남자는 대답했다. 성, 이, 철, 입니다. 이름 석 자가 허공에 날리지 않도록 한 자씩 꾹꾹 다져 밟듯. 아아, 그러시군요. 성이철 님. 젊은 남자가 작은 탄성을 터뜨렸다. 느닷없이 성함을 여쭌 게 불쾌하셨다면 사과드리겠습니다. 실은 알고 있었습니다. 그저 확실하게 해두려는 의미였죠. 그는, 어설프게 암호화된 대화로 접선자의 신분을 확인하는 적국의 첩보원 같다. 중요한 이야기는 아니지만, 젊은 남자는 말했다, 이름이 같군요. 선생님과 제 이름이. 믿으실 수 있습니까? 남자는 자신이 필요 이상으로 경직되어 있지는 않은가 생각한다. 글쎄요. 같다면 같겠죠. 하지만 믿고 말고를 고민해야 할 문제는 아닌 것 같군요. 젊은 남자는 송구스러운 표정을 짓는다. 그런가요. 쓸데없는 고민을 해서 죄송합니다. 젊은 남자에게 계속 존대어를 써야 할지 잠깐 생각한다. 만난 지 얼마 안되는 누군가에게 자연스럽게 반말을 사용하는 성격 은 아니다. 나이 차가 난다는 이유로 가까운 사이도 아닌 누군 가에게 반말을 하거나 듣는 것은 부당한 일이니까. 그런데 젊 은 남자는 다르다. 그에게 꼬박꼬박 경어를 사용한다는 게 어 딘지 어색하다. 거울 속 자신과 진지한 대화를 나누는 것처럼. 그럼에도 어쩔 수 없는 존대어로 남자가 물었다. 저어, 설명을 좀 해주실 수 있겠습니까. 오늘의 모임에 대해 말입니다. 젊은 남자가 놀랍다는 듯 되물었다. 설명,이라구요? 그렇습니다. 오 늘 제가 가야 할 곳에 대해. 도대체 어떤 모임인지. 어떤 사람 들이 참석하는지. 무슨 일들이 벌어질지. 천 년의 고독이 아득 히 길고 고독한 연주를 끝마쳤다. 그건, 젊은 남자는 천 년 전 의 먼지 낀 기억을 더듬는 얼굴이다, 직접 확인하시는 편이 나 을 것 같군요. 왜죠? 약속 시간이 얼마 남지 않았기 때문이죠. 젊은 남자는 여전히, 접선자의 신분을 확신하지 못해 안절부절 못하는 첩보원 같다. 이제 선생님과 저는 이 자리에서 일어서 야 합니다. 그러고는 설명이 채 끝나기도 전에 약속 장소에 도 착하겠죠. 그렇다면 설명을 드리지 않음만 못하지 않겠습니까.

젊은 남자가 황황히 일어섰다.

「나가시죠. 시간이 많지 않습니다.」

36. 그 같은 숫자를 하나씩 가지지 않은 사람은 세상에 없다. 죽은 사람이거나 영화 속 가상의 인물이라 해도 말이다. 36. 그 숫자 어디에 문제가 있었던 것일까.

「천왕성 이야기를 아십니까.」

횡단보도 앞에서 젊은 남자가 걸음을 멈추었다.

「우라노스. 천왕성의 영어 이름입니다.」

「기억납니다. 그리스 신화의 첫 장에도 그런 이름의 신이 등장하지요.」

대지의 여신 가이아는 태초의 혼돈 속에 스스로 생겨나 자신과 같은 크기의 하늘을 만들어 낸다. 그가 우라노스이다. 가이아와 우라노스는 결혼을 한다. 우라노스로서는 아내와 어머니를 동시에 얻은 셈이다. 둘 사이에 태어난 자식—후에 티탄족으로 불리는—은 하나같이 무시무시한 괴물들이었다. 자식들의 흉한 몰골을 싫어한 우라노스는 그들을 가이아의 몸인 대지 깊은 곳 타르타로스에 던져 버렸다. 덩치 큰 자식들의 괴로움은 가이아에게도 더할 수 없는 고통이었다. 견디다 못한 그녀는 남은 자식들에게 우라노스를 제거하자고 제안한다. 모두 겁에 질려 거절하지만 막내인 크로노스는 그 뜻을 받아들였다. 밤이 되고, 여느 때처럼 가이아 곁에 찾아온 우라노스는 편안히 잠에 빠져들었다. 이때 숨어 있던 크로노스가 아버지에게 덤벼들어 돌도끼로 그의 생식기를 제거한다. 결국 우라노스는 힘을 잃고 부부인 그 둘은 영원히 갈라서고 만다. 하늘과 땅이 더 이상 섞이지 않게 된 것은 그때부터이다.

「우라노스의 이야기에서, 저는 인간으로서 어쩌지 못할 비애를 느낍니다. 한심한 소리지만.」

초록색 외등이 켜지고 젊은 남자가 도로 턱에 내려섰다.

「자식들에게 성기를 잘리는 비애 말입니까.」

「자식들은…… 하나의 상징입니다.」

「상징, 어떤?」

「존재가 존재함으로 야기되는 모든. 출생에서 시작되는 개인적인 발자취, 기억이나 정신까지를 포함한.」

「그게 어쨌단 말입니까.」

「존재를 곤혹스럽게 하지요. 자식이 아버지를 거세하듯. 숙명적으로.」

아버지를 제거하고 통치권을 얻은 크로노스도 자식들로부터 자유로울 수는 없었다. 멀지 않은 미래에 자신의 아들에 의해 통치자 지위를 빼앗길 것이라는 신탁을 우연히 접한 때문이다. 고심하던 크로노스는 아내 레아와의 사이에서 자식이 생겨날 때마다 그네들을 족족 삼켜 버리는 전철을 밟는다. 크로노스가 전해 들은 신탁은 과연 거짓이 아니었다. 참다 못한 레아가 남편 몰래 낳은 사내아이를 빼돌렸으며, 소년은 용맹스럽게 성장해서 크로노스를 무찌르고 배 속의 형제들을 구해 낸 것이다.

그가 올림포스 시대를 활짝 연 제우스이다.

흐린 저녁 거리를 젊은 남자가 반보 정도 앞장서 걷는다. 퇴근 무렵 찻길의 움직임이 눈에 잡힐 듯 더디다. 부지런히 뒤를 쫓으며 남자가 물었다. 그런데 왜 갑자기 천왕성을? 그 질문을 기다렸을지도 모른다. 젊은 남자가 한숨 쉬듯 대답한다.

「저 길 끝, 사거리에 천왕성이 있거든요.」

고가 도로 밑을 지나 건어물로 유명한 재래시장 초입에 들어섰다. 3층짜리 건물이 엎어져 있다. 찌든 회색 외벽만큼이나 낡은 건물 1층에 엇비슷한 규모의 건어물상 몇 군데가 짐차와 용달 오토바이 사이로 길게 늘어섰다. 3층. 기역 자로 굽은 복도를 따라 당구장과 사진관, 수원 백씨 종친회 사무실을 지나자 조잡한 육각 홍등이 나타난다. 출입문 구석. 기다란 나무 간판에 '天王城'이라는 글자가 음각 되었다. 천왕성. 우라노스. 크로노스. 천왕성.

「어서 오세요.」

문을 밀고 들어서자 딸랑, 조그맣게 종소리가 울렸다. 카운터에 앉아 있던 여인이 일어섰다. 말할 시간이 된 자동인형처럼 뇌까린다. 모임에 찾아오신 분인가요? 오른팔을 들어 홀 안쪽을 가리켰다. 저쪽입니다, 룸으로 들어가십시오.

쇠 손잡이를 비틀어 열고 객실에 조심스레 들어선 남자는, 문득, 기이한 느낌에 사로잡힌다. 사위가 텅 빈 것 같은, 백합 무늬 벽지와 초록 잎사귀 길게 늘어진 화분과 수묵 산수화가 담긴 액자와 원형 식탁이 놓인 실내 풍경이 마치 칠흑 같은 어둠 속에 검은 칠을 한 듯 깊이 비어 있는. 그리하여 깊고 넓은 어둠 속에 선 자신도 어느새 그 일부가 되어 고요히 소멸하는. 그것은 대단히 독특하고 또 위험한 착각이었다. 비었다니. 조명 밝은 실내엔, 벽지와 화분과 액자 말고도, 이미 일고여덟 명의 사람들이 식탁에 둥글게 둘러앉아 남자의 등장을 빨아들일 듯 지켜보고 있었던 것이다. 가득 참과 텅 빔. 무엇이 그의 인식 체계를 혼란시켰는가. 입구에 멈추어 선 남자는 걸음을 떼놓지 못했다. 시선 때문이다. 낯선 자리에 홀로 처음 발을 들여놓았을 때, 분위기는 어려운 맞선 자리처럼 가라앉아 있는 데다가 특히 지금처럼 뭇사람들의 진득한 시선을 한 몸에 받고 있는 경우, 뒷머리가 뻣뻣해지고 손바닥에 진땀 배는 순간을 어떻게 넘겨야 하는지 남자는 알지 못한다.

「늦으셨군요.」

누군가 아는 척을 해왔다.

「하긴 한참 일에 바쁘실 나이니까. 앉으시오. 거기, 그 자리에.」

사람들이 앉은 채 의자를 조금씩 움직여 공간을 만들어 준다. 자리에 앉기 전, 가라앉은 실내 분위기를 향해 어떤 식으로든 자신을 소개해야 한다고 남자는 생각한다.

「안녕하세요. 저는.」

그러나 난감하다. 한두 마디로 자기 자신을 소개할 수 있는,

그런 요술 같은 말이 도대체 어디 있단 말인가.

「성이철이라고 합니다. 만나서 반갑습니다.」

반응이 없다. 형식적인 환영의 박수 따위를 바란 것은 물론 아니다. 그러나 남자의 말이 끝나고, 그들의 얼굴에는 뜻밖에도 난감한 그늘이 한 겹 내려앉기 시작한다. 경우에 어긋난 망발로 좋던 분위기가 일순 싸늘해지듯 말이다. 무슨 실수를 한 것일까, 남자가 불안해질 즈음 객실 문이 열렸다. 실례합니다. 남색 유니폼을 입은 여인이 사뿐히 들어선다. 찻잔들이 치워지고 크고 작은 접시와 술병과 잔들이 식탁 위에 가지런히 놓인다. 자리가 소란해진 틈에 누군가 입을 열었다. 그것참. 여기 성이철이 아닌 사람 있나? 아까 자기소개를 청했던 그 목소리이다. 크흐흐, 누군가 악의 없는 웃음을 흘렸다.

「한잔 받으시죠.」

옆 자리에 앉은 남자가 남자 앞에 놓인 잔에 술병을 들이밀었다. 연한 노란색의, 왼쪽 가슴에 검은색 악어가 입을 벌리고 있는 스웨터의 남자는 투명한 액체가 남실남실 채워지는 짧은 순간 빠르게 속삭였다.

「얼떨떨하시겠죠. 실은 다른 분들도 마찬가지입니다, 저도 그렇구요. 아까보다는 좀 나아졌지만.」

「예에.」

「하여튼 반갑습니다. 나는 45세입니다.」

창백한 혈색과 얇게 도드라진 아랫입술을 가진 그에게서 술병을 넘겨받으며 남자가 대꾸했다.

「그러시군요. 저는 36세입니다.」

1주일 전이다. 모니터에 안내 글이 떴다. 편지가 1통 도착했습니다. 그것은 흔히 있는 일이었다. 매일같이 컴퓨터를 열고 인터넷 공간에 들어섰을 때 아이디와 비밀 번호를 확인한 개인 정보 관리 프로그램은 어김없이 새로운 편지 소식을 남자에게 알려 주었다. 편지로 주고받을 특별한 이야기나 잊지 않고 안부를 보내 주는 친구가 남자에겐 없었지만 어떤 때는 열 통도 넘는 이메일이 편지함에 순서대로 정리되어 읽혀지기를 기다리고 있었다. 긴급 정보! 따끈따끈한 리스트입니다. 최신 해킹 정보, 안 보시면 절대 후회. 확실한 동영상과 일본 야겜의 진수. PCS 이벤트 팡팡 선물 이벤트. 뱅크넷 114 초스피드 인터넷 대출! 딱 3일만 최고 90퍼센트까지 할인해 드립니다. 건축, 디자인 교육원 정보를 확인하세요. 허락 없이 메일을 보내 죄송합니다. 정보가 필요하신 분은 갈무리를……. 거의 대부분 그런 종류였다. 내용을 열어 확인해 볼 가치도 없는. 수천만의 이메일 주소를 향해 존재감을 상실한 세상의 존재자들을 향해 무작위로 뿌려지는.

첫 모임입니다.

매일 아침 인터넷 공간에 들어선 남자가 관성적으로 하는 일은 수신된 이메일을 정리하는 것이었다. 수신함을 열어 도착한 편지들을 일일이 선택한 뒤 망설임 없이 삭제 버튼을 누르는.

그런데 그날, 그 같은 제목의 편지 한 통을 남자는 무심히 지나칠 수 없었다. 첫 모임입니다. 고양이처럼 영악한 스팸 메일 발신자들은 때로 그렇게 밑도 끝도 없는 제목을 개발해 수신자의 관심을 구걸하기도 했다.

성이철 님 안녕하십니까.

편지글의 서두에는 뜻밖에도 남자의 이름 석 자가 또렷이 적혀 있었다.

반갑습니다. 역사적인 우리들의 모임이 드디어 세상의 빛을 보게 되었습니다. 더불어 님의 자동적인 회원 가입을 두 손 들어 환영하는 바입니다. 거두절미하고 역사적인 첫 만남의 약속 시간과 장소를 알려 드립니다. 66년생이며 성이철이란 이름을 가진 님들 모두의 적극적인 관심과 지지 없이는 우리의 만남이 무의미하다는 사실을 이해하시고, 빠짐없이 참석하시어 자리를 빛내 주시리라 믿어 의심치 않습니다. 2000년 6월 22일 6시 40분. 을지로 3가의 마드리드 모텔 1층 커피숍입니다. 거기서 안내를 받아…….

인터넷을 매개로 이루어지는 모임들을 남자는 알고 있다. 취미와 나이와 관심 분야, 직업, 거주 지역이나 출신 학교 따위의 동질성 혹은 구실을 바탕으로 끊임없이 생겨나는 모임 모임들. 남자도 그 같은 모임에 가입한 적이 있다. 컴퓨터 통신을 처음 시작하던 무렵이었고 '천상천하 말띠 사랑'이라는, 열두 가지 동물 중 하나인 말띠이기만 하면 무조건 회원 자격이 인정되는 모임이었다. 54년생 고문과 66년생 의장, 대학 휴학생인 78년생 총무로 임원진이 구성된 모임의 양대 주축은 66년생 기혼 남녀와 78년생 미혼 남녀들이었다. 남자는 얼마 되지 않아 모임에서 제명을 당했다. 게시판 이용 실적이 두 달 전무한 회원은 제명한다는 회칙에 의해서였다. 우연한 기회에 제명 사실을 확인한 남자는, 그러나 조금도 안타깝거나 후회스럽지 않았다.

성이철이라는 이름을 가진 66년생 남성들의 모임, 이라고 이메일은 말하고 있다. 남자로서는 더없이 완벽한 입회 자격이다. 그런데 그게 가능할까. 첫 모임입니다, 를 비롯한 네 통의 이메일을 삭제하며 남자는 머릿속으로 중얼거렸다. 그럴 수 있을까. 과연 그런 모임이 존재할 수 있을까.

「안녕하십니까.」

까맣게 잊고 있던 남자에게 전화가 걸려 온 것은 이틀 전이다. 지긋한 연륜을 가늠해도 좋을 무게의 음성이었다.

「예, 어디십니까.」

남자는 자신이 안녕한지 어쩐지 굽어볼 겨를도 없이 급하게 되물었다. 며칠간의 신경전이 그날 아침까지 이어졌고, 한바탕 말다툼 끝에 아내는 횅하니 집을 나서 가게로 향했고, 혼자 냉

장고를 들쑤셔 기분 나쁜 점심을 마쳤으며, 아파트 단지 상가
의 도서 대여점을 지키면서 혼자 씩씩거리고 있을 아내를 생각
하며 담배 한 대를 피우고, 그리고 양치질을 하다가 전화벨이
울렸고, 그날따라 넘어가듯 울어 젖히는 벨소리에 입 안 가득
하던 치약 거품을 세면대에 뱉고는 부리나케 수화기를 집어 든
참이었다.

「며칠 전에 메일 보낸 사람입니다.」

「예?」

「모임 날짜가 모레로 다가왔습니다. 잊으셨을 리 없겠지만
혹시나 하는 마음에서 확인 전화드리는 길입니다.」

무심코 쥐고 온 칫솔을 멀거니 내려다보다가, 닷새 전 모니터
에서 삭제한 기억을 되살려 낸다.

「아아, 그.」

「접니다, 그 글을 보낸 사람이.」

입 안에 고인 치약 거품에 신경을 반쯤 빼앗긴 채 애매하게
웅얼거렸다.

「그런데요, 저어, 뭐 하시는 분인지 여쭤 봐도 될까요. 제 말
씀은, 그러니까 어떤 종류의 모임인지.」

「알고 있습니다. 지금 궁금해하시는 게 무엇인지.」

「……」

「저는, 당신입니다. 바로 당신입니다.」

「이거 보세요.」

주저 없이 수화기를 내려놓아야 한다고 생각한다. 생각지도 못한 일에 멋대로 꼬여들 만큼 한가한 상황이 아니다.

「그러고 보니 말이 우습군요. 하지만 생각해 보십시오. 그래야 합니다. 전화를 끊지 마십시오.」

「대체 뭘 생각해 보란 말입니까?」

「당신이란 존재가, 과연 지금의 그 모습뿐인가.」

「뭐야?」

「화를 낼 필요가 없습니다. 마루 한구석에 젖은 칫솔을 들고 서서 거품 묻은 입가에 전화기가 닿을세라 조심하고 있는 내가, 말하자면 내가 가진 모습의 전부인가. 어렵지 않습니다. 대단히 철학적이면서도 현실적인 질문이지요.」

반사적으로 등 뒤를 돌아보았다. 마루에는 아무도 없다. 그렇다면, 입 안에 침이 고여 웅얼거리는 말투에서 치약 냄새라도 났던 것일까.

「…….」

「놀라셨군요. 그러나 전화기를 통해서 치약 냄새를 맡을 수는 없겠지요. 끝내 제 이야기를 들어 주지 않으실 것 같아서, 그래서 공연한 말씀을 드렸습니다. 용서하십시오.」

서두르는 법 없이 차분하게 할 말 다하는, 정중하고 침착한 존대어에 남자는 뺨이 얼얼했다. 모질게 따귀를 맞은 때처럼.

「어디서…… 어떻게 나를 보고 있는 겁니까?」

「기억이지요. 기억의 망원경을 통해 나는 지금 당신을 만나

이야기를 나누고 있습니다.」

「이거 보세요. 도대체.」

「이러쿵저러쿵 설명을 드릴 필요는 없을 것 같습니다. 언어라는 것이 때로는 수동 타자기보다도 불편하고 거추장스러울 때가 있지요.」

「……」

「오십시오 그날. 그러면 저를 만날 수 있습니다. 저는 68세입니다.」

「여보세요, 여보세요?」

남색 유니폼의 여자가 물러선 객실 안의 공기는 다시금 서먹하게 시들어 갔다. 음식이 들어오는 통에 한두 잔 술을 주고받는 분위기가 잠깐 있었지만 본격적인 술자리가 시작된 것은 아니었다. 보릿자루들처럼 모여 앉은 사람들 가운데 한 명이 천천히 일어섰다. 맞은편 자리의 중년 사내이다. 회색 그윽한 승려복을 개량한 옷차림이다.

「한 말씀만 올리겠습니다. 그러니까 저는…… 56세가 되는 사람입니다.」

남자가 그렇듯 그 역시도 사람들 앞에 홀로 나서 이야기를 풀어내는 주변머리가 있어 보이지는 않는다. 애써 미소를 짓는 눈 밑이 꿈틀, 경련을 일으킨다.

「다름 아니라, 오실 만한 분들은 다 오신 것 같군요. 그런데, 에에, 모임을 주최하신 분께서 아무래도 조금 늦으실 모양입니다. 그래서…… 서로 모르는 사이들도 아니고, 아무래도 누군가 자리를 시작하는 편이 좋을 것 같아 이렇게 일어섰습니다. 그러니 그저 늙은 김에 설치는 거라고 생각하시고.」

짝짝짝. 56세라고 자신을 소개한 남자 옆 자리, 비슷한 또래의 중년 남자가 동의의 박수를 쳤다. 조심스러운 박수 소리가 식탁 주위로 퍼져 나가고, 남 따라 무심히 양손을 마주치며 남자는 56세의 남자를 바라본다. 자신을, 자신의 아버지를, 아버지의 아버지를 닮은 그가 몸 둘 바를 몰라 한다.

「에에. 저로서도 그렇지만 오늘 이런 자리, 정말로 소중하고 뜻 깊은 시간이라는 거 기억해 두셔야 할 줄 압니다. 아닌 말로 우리 일생에, 물론 다 같은 삶을 살아가는 우리들이지만, 참으로 많은 만남과 헤어짐이 있지 않습니까. 하지만 오늘만큼 유별나고 의미가 각별한 모임은 두 번 다시 있지 않을 거라 감히 생각하구요, 그래서 꿈이라도 꾸고 있는 듯 얼떨떨하고 정신이 없고 하여간 그렇습니다. 어쨌거나 그런 뜻에서 일단 한 잔씩 하시면서, 에에, 벌써 시간도 이렇게 되었는데 우리끼리라도 서로 아끼고 사랑하는 마음으로 남은 시간 보낼 수 있었으면 합니다.」

자, 모두 잔을 드시지요. 누군가의 제의에 사람들이 일제히 오른손을 움직였다. 독한 액체를 한입에 털어 넣은 남자는 어깨를 움츠렸다.

생일과 이름이 같은 여덟 명의 남자. 세상의 빛을 향해 처음

머리를 들이민 자궁에서 생의 마지막을 반납할 무덤까지 거울 속의 거울처럼 같은 기억을 만들고 지우며 살아가는 한 사람의 모임. 천왕성. 우라노스. 크로노스. 천왕성. 50대 남자의 기억 속에서 걸어 나온 40대와 그를 향해 출발하는 20대의 미래. 얼떨떨하게 번지는 알코올 기운 속에서 남자는 텔레비전을 생각했다. 텔레비전 속에 텔레비전을 보는 사람이 있다. 화면 속의 작은 텔레비전에는 더 작은 사람이 더 작은 텔레비전을 보고 그 속에 더 작은 사람이 점보다 작아진 텔레비전을 보며 앉아 있다. 텔레비전 보는 사람과 텔레비전의 무한 반복을 통해 텔레비전과 텔레비전을 보는 사람의 경계는 허물어진다. 브라운관 화소가 재현하는 영상의 정밀도에 한계가 있기 때문이다. 내가 텔레비전을 본다. 텔레비전을 보는 나는 존재하는 나이며 내가 보는 텔레비전 속의 나는 존재하지 않는 나이다. 존재와 존재 없음은 그렇게 양파 껍질을 벗기며 공존한다. 텔레비전을 보는 나는 더 큰 텔레비전 화면에 담긴 나이다. 고로 모든 존재의 이전에는 존재 없음이 존재한다. 존재. 존재 없음. 존재 이전에는 존재 없음이 존재하고 그 이전에는 존재 없음이 존재하지 않는 시점이 존재하며 그 이전에 존재 없음이 존재하지 않는 존재조차 존재하지 않는 경지가 존재하기 마련이다. 말장난 같은 사유 방식으로 무한 시공간 체계를 열었던 선인이 있다. 무슨 생각을 그렇게 하십니까. 검은 악어 마크의 남자가 빙그레 웃는다. 실은 저도 지금, 머릿속이 복잡해 죽을 것만 같습니다. 불쾌한 농담을 하자면 분열 생식에 열중하는 아메바의 한 쪽이 되어 있는 기분이랄까. 하지만 한잔 드시지요. 어쨌거나 잊지 못할 날임에는 분명한 것 같으니.

「안 그렇습니까. 우리 젊은 친구가 큰돈을 벌게 해줄 수도 있는 거고. 주식이건 땅이건 아파트건, 이 나라에 그런 방법이야 쌓였으니.」

테이블 맞은편. 적당히 술이 오른 중년 사내가 옆 자리 젊은 남자의 어깨를 연신 두드린다. 56세, 회색 옷의 남자가 느릿느릿 대꾸했다.

「그건 서로에게 상처를 입히는 일일 겁니다. 누구든 자신의 과거나 미래가 돌연 변하길 원하는 사람은 없을 테니까.」

중년 사내도 회색 옷의 남자도 젊은 남자도 어딘지 낯이 익다. 낯설도록 낯이 익다.

「말하자면 그렇다는 소리죠. 상상해 보시라고. 아닌 말로 우리 젊은 친구의 새댁이랑 내가 하룻밤 일을 치렀단 말입니다. 그래 봐야 불륜이네 뭐네 비난받을 일이 아니다 이거거든요. 그 마누라가 그 마누라니까.」

젊은 친구로 불리는 남자는 얼굴이 벌게져, 사람들을 따라 비죽이 웃음을 흘린다. 29세 되던 봄에 선을 본 남자는 그해 가을 결혼을 했다. 맞선을 통해 아내가 된 당시의 여자는 요즈음 아파트 단지 내 상가 건물에서 도서 대여점을 운영하고 있다.

그가 나타난 것은 일반적인 모임의 경우라면 파장을 하거나

2차 장소를 향해 자리를 옮기고도 남았을 시간이 흐르고서였다. 11시. 사람들은 어느덧 그의 참석 여부를, 혹은 그라는 존재를 대부분 잊고 있었다. 11시였으니까.

「안녕하십니까. 68세입니다.」

벽돌색 체크무늬 점퍼를 가슴까지 채워 올린 그는 자신의 지각을 미안해하는 눈치가 아니다. 추운 날씨에 집 밖으로 오랜 시간 내몰렸다가 들어온 사람처럼 뻣뻣하게 굳은 동작으로 객실에 들어서서는, 식탁가에 우두커니 멈추어 선다. 바닥을 드러낸 술병과 안주 접시들을 무표정하게 둘러보더니 천천히 입을 열었다.

「자리가 거의 끝나 가는 분위기군요. 제가 많이 늦었습니다.」

잠시 잊고 있었을 뿐, 그의 매우 늦은 등장은 이렇다 할 사건 없이 무료하게 이어지던 모임의 분위기를 팽팽하게 긴장시켜 놓기에 충분했다.

「짧은 시간 즐거우셨는지 모르겠습니다. 서로 다른 시공간에서 이렇게 한자리에 모인다는 게 사실 쉬운 일이 아니었을 텐데.」

느닷없는 전화 한 통으로 남자를 꼼짝 못하게 만들었던 그 목소리이다. 누가 시키지도 않았는데 번들거리는 입가를 훔치고 흐트러진 앉음새를 바로 하는 사람들. 모임의 최고 연장자―이자 생애 최초로 만나는 최고령의 자신!―를 대하는 남자 또한 가슴 언저리가 공연히 두근거리는 것은 어쩔 수 없다.

그러고 보면 사람들은 은연중에 믿어 왔는지도 모른다. 살아온 생애에 걸쳐 조금씩 떨어진 어느 지점에 위치한 자신들을 향해, 저 먼 미래에서 아직도 오지 않은 세월을 거슬러 온 '그'에게, 자신들 주위에 어두운 그림자처럼 늘 맴돌고 있는 일상의 냄새와는 다른 무언가가 존재하리라는 강렬한 기대를, 무심결에 품고 있었는지도. 노현자〔Wise Old Man〕. 인간 정신과 영혼의 상징적 경지이자 집합적 무의식의 최종 도달점. 세상 많은 사람들은 의식 혹은 무의식 속에 그 같은 상징적 인물을 그리며 혹은 접하며 나이를 먹어 간다.

「먼저 이 말씀을 드려야겠습니다. 분위기를 보아하니 여러분들 대부분이 저를 오늘 모임의 주최자 정도로 생각하시는 것 같은데요, 사실은 그렇지가 않다는 겁니다.」

사람들은 넋이 나간 초등학생들처럼 숨을 죽였다.

「애초에 이 자리를 구상했던 인물은 따로 있습니다. 저로 말씀드리자면, 글쎄요, 그분의 뜻에 따라 대신 잔심부름을 거들었을 뿐입니다. 초대의 글을 만들어 올리고 장소를 선택하고 참석 여부를 확인하고.」

그의 말이 뜻하는 바는 명확했지만 사람들의 표정에는 수긍의 기미가 보이지 않았다. 그렇다면 누구란 말입니까? 조심스러운 목소리가 원형 탁자 한구석에서 시작되었다. 선생님……선생님이라고 부르겠습니다, 선생님이 아니라면, 그리고 이 자리에 참석한 사람 가운데 한 명이 아니라면, 정말 모를 일이군요. 도대체 누가 무엇을 위해 이런 기막힌 일을 벌였는지 말입니다. 누군가 질문의 끄리를 이었다. 어떤 작자인지 우리라는 인물에게 대단한 애정 아니면 집착을 가진 모양이군요. 여자인가요? 아무도 웃지 않았다. 68세가 말했다.

「아쉽게도 여자는 아닙니다. 애정을 가졌는지 어쨌는지 지금으로선 알 수 없고. 우리들 가운데 한 사람인 것은 분명합니다. 같은 이름과 생년월일을 가진, 저와 같고 여러분들과 같은. 아아. 주위의 눈치를 보실 필요는 없습니다. 우리들이지만 이 자리에는 없는 사람이니까요. 그 주인공은 바로 22세입니다, 오늘의 자리를 있게 한.」

22세. 누구나 그런 숫자를 가지고 있는 법이다. 죽은 사람이거나 영화 속 가상 인물이라 해도 말이다. 남자의 머리에 스쳐 가는 얼굴이 있다. 마드리드 모텔 커피숍. 우울한 표정으로 천왕성에 이르는 길을 동행했던 젊은 남자. 그러고 보니 남자는 그를 까맣게 잊고 있었다. 내내 얼떨떨한 시간에 쫓겨 온 탓이다. 그는 이곳에 없다. 기억을 더듬는다. 복도 끝 육각 홍등이 걸린 천왕성에 이르던 무렵, 남자는 그 즈음부터 혼자였다. 처음부터 들어올 마음이 없었던 것일까.

「모두 떨떠름한 표정이군요. 예. 지금 이 자리에 그는 없습니다. 그것은 이 자리가 그를 받아들일 수 없기 때문입니다. 이 모임을 구상하던 무렵부터, 역설적이지만 그는 우리들과 함께할 자격을 잃어 가고 있었습니다. 스스로 만든 한계인 셈이죠.」

저어, 죄송하지만, 누군가 엉거주춤 일어섰다, 68세를 선생님이라고 부르겠다고 공언한 남자이다. 제가 아직 부족해서 하시는 말씀을 도통 알아들을 수가 없군요. 그러니까…… 그 친구가 도대체 왜 이 자리에 참석하지 않았다는 건지.

「죽은 사람이기 때문입니다.」

죽. 은. 사. 람. 남자는 네 음절을 천천히 더듬었다. 신문 지면에 조그맣게 등장하는, 태양계 밖 낯선 행성의 이름을 한 차례 불러 보듯.

「납득하기 쉽지 않을 줄 압니다. 22세를 무사히 지나온 우리들은 멀쩡히 살아서 여기 이렇게 모여 있으니까. 그러나 불과 한 시간 전, 그는 자살을 했습니다. 육체적 소멸이 아니라 기억으로부터의 단절이라고 할까요.」

68세가 구사하는 언어는 복화술사의 입술 모양처럼 비현실적이다. 기억이라고?

「자신에의 기억이 미래의 자신에게 남아 있지 않기를 그는 원했습니다. 그것이 미래의 자신에게 미칠 영향을 참을 수 없었던 겁니다. 그리고 기억으로부터의 죽음을 택했습니다. 그로서는 달리 어쩔 수 없는 결정이었겠지요.」

딸까닥. 누군가 쥐고 있던 젓가락을 접시에 떨구었을 것이다. 그믐 달빛처럼 숨죽인 객실 안에 부주의한 그 소리가 날카롭게 증폭되었다.

224

「자살이란 행위에 용기나 결단이라는 표현을 써도 좋다면, 그의 행위는 육체적 의미의 자살보다 더 큰 용기와 결단이 필요했을 겁니다. 그로써 이제 그는 어떠한 의미의 흔적으로도 남지 않게 될 테니까. 자신의 뜻을 처음이자 마지막으로 전하기 위해, 그는 오늘 이 자리를 생각해 냈습니다. 그리고 제가 오늘 이 자리에 선 것은, 그의 뜻을 여러분에게 밝히기 위해서입니다. 한 가지 더.」

탁자 위 물잔을 든 68세가 천천히 목을 축인다. 말을 잘하는 사람은 어느 시점에서 말을 끊음으로 듣는 이들이 더욱 집중하게 되는지 잘 알고 있는 것이다.

「그리고 그에 관한 기억들은, 이제 우리의 의도와는 무관하게 우리들에게서 사라져 갈 것입니다. 남은 이로서 기억 속의 그를 애도하고 그의 뜻을 기억해 주어야 할 것인지, 실은 저도 자신 있게 말씀드릴 수 없습니다. 그 역시 그가 바라지 않았던 일인지도 모르니까요.」

22세. 87년. 이상한 일이다. 멈칫 뒤를 돌아보듯 시간을 거슬러 오랫동안 잊고 지냈던 화면들이 스쳐 가는 순간, 좋지 않은 어떤 느낌이 막연히 남자의 목덜미에 와 닿는다. 짧은 순간 그렇게 와 닿고는 사라진다. 투신자살한 사체를 보고 난 때처럼 불쾌하고 혼란스럽다. 남자는 탁자 주위로 시선을 돌렸다. 사람들 모두 병든 파충류의 껍질을 뒤집어쓴 표정들이다. 이럴 수는 없어. 갈 데를 찾지 못하고 방황하던 시선들이 그 목소리에 집중된다. 악어 무늬 노란색 티셔츠를 입은 남자이다.

「정말이지 부당한 노릇이군요. 그렇지 않습니까?」

45세의 그는 화가 나 있다.

「무엇이 부당하다는 이야기지요?」

「이건 중요한 문제입니다. 지금 하신 말씀이 사실이라면 말입니다. 그에 대한 기억은, 온전히 그만의 것이 아닙니다. 그는 그 사실을 몰랐거나 중요하게 생각하지 않았던 것이 분명합니다.」

68세는 주름진 손을 들어 골 깊게 팬 입가를 천천히 어루만졌다.

「이해할 수 있습니다. 틀린 소리가 아닙니다.」

「어째서 그의 자살을 방치하셨는지요?」

「저라고 생각이 없었겠습니까. 처음엔 무척 고민을 했지요. 그러나 그의 독선적인 의지를 꺾기에 앞서, 저는 제 자신을 돌아보지 않을 수 없었습니다. 과연 내가 그럴 만한 자격이 있는가.」

아무도 아무것도 없는 공간에서 홀로 중얼거리는, 그런 울림.

「지금, 똑같은 질문을 여러분들에게 드리고 싶습니다.」

남자는 시계를 보았다. 11시 34분. 곧 막차가 끊길 시간이다.

「또한 이 시점에서, 유감스럽게도 저는 이런 안타까움을 떨쳐 버릴 수가 없습니다. 그가 이 자리에 있었다면 오늘의 선택이 그다지 필요치 않았다는 것을 쉬 깨달았을 텐데, 하는.

물론 앞뒤가 맞지 않는 이야기겠지만.」

「듣기가 대단히 불쾌하군요. 죄송하지만 한 말씀 더 드려야
겠습니다.」

45세는 놀랄 만큼 창백한 안색이다. 치밀어 오르는 분노를
애써 가라앉히는 중이다.

「선생님께서는 지금 대단히 가련하다는 표정을 짓고 계시군
요. 우리를 향해서 말입니다. 바보가 아니라면 그걸 눈치 채
지 못할 사람은 없겠지요. 선생님은 도대체 누구입니까. 도
대체 여기 모인 우리들이, 서로를 가엾게 여길 자격이 있는
겁니까?」

「저는.」

그 질문을 기다렸을지도 모른다. 그는 한숨 쉬듯 대답한다.

「물론 그런 자격이 주어진 사람은 아닙니다. 가엾어하다니.
그렇게 느끼셨다면 이유는 스스로에게 물어보아야 하겠지요.
저는, 바로 당신입니다. 당신들의 미래이며 현재의 당신들입
니다. 그리고 당신들의 22세이기도 합니다. 그뿐입니다.」

천왕성에서 만난 아홉 명의 남자는 천왕성을 나서서 각자 헤
어졌다. 건어물 가게들이 늘어선 재래시장 초입. 마지막 참석
자가 도착한 지 채 한 시간도 지나지 않아서였는데, 2차 자리가
없는 것을 아쉬워하는 사람은 아무도 없었다. 조심히 들어가시
오, 몇 년 뒤에 다시 봅시다. 누군가 인사를 던지자 또 다른 누
군가 소리쳤다. 또 만날 날이 있겠지요. 그러려고 하지 않더라

도 필경 그렇게 될 겁니다. 오늘, 바로 이 자리, 서로의 기억 속에서.

심야 할증 좌석 버스를 타고 집 동네에 들어선 것은 새벽 1시가 넘어서였다. 늙은 수위가 졸고 있는 수위실을 지나 13층 좁다란 복도를 지나 열쇠로 문을 따고 현관문을 연 남자는 불 꺼진 마룻바닥에 웅크린 정적으로부터 깊은 피로를 느꼈다. 구두를 벗고 건넌방 문을 조심히 밀고 들어섰다. 복도로 난, 붙박이장과 책장과 컴퓨터가 있는 그 방에서 밤을 보낼 생각이다. 안방에는 아내와 딸아이가 정신없이 잠에 빠져 있을 것이며 건넌방은 남자와 그의 아내가 말다툼을 했거나 오늘처럼 늦게 집에 들어온 남자가 잠든 식구를 깨우기 미안할 때 혹은 별다른 이유 없이 혼자 잠들고 싶은 밤이면 남자 또는 그의 아내가 가끔 사용하는 공간이었다. 외출복을 벗고 붙박이장을 연 남자는 이불을 펴고 누웠다.

책장 아래 칸, 여닫이문을 연다. 졸업장과 결혼식 앨범을 비롯한 각종 사진첩이 등을 보이고 삐딱하게 기대어 섰다. 베개를 깔고 엎드린 남자는 묵직한 앨범들을 꺼내 들었다. 무작위로 꺼내 뒤적이고, 다시 끼워 넣는다. 서너 차례의 수고 끝에, 그 시절의 순간들이 압사된 사진첩을 찾아낼 수 있었다. 어렴풋이 낯익은 청년 한 명이 어정쩡한 자세로 멈춰 서 있다. 잘려진 배경이 대학 건물인지 자주 다니던 거리인지 여행지 풍경인지 남자는 기억할 수 없다. 실은 어떤 날 어떤 계기로 독사진을 찍게 되었고 무슨 생각을 하며 카메라 앞에 홀로 섰는지도 전혀 추측할 길이 없다. 20대 초반의 사진은 생각보다 많지 않다. 때로는 나무토막 같은 표정으로, 때로는 어색한 미소를 머금은 채 옆 사람의 어깨에 반쯤 가려진 청년은 남자에게 아무런 말도 해주지 않았다. 숨은그림찾기를 하듯 비슷비슷한 배경과 인물들. 그때가 그때 같은 혼란에 속이 울렁거렸다.

표지 딱딱한 사진첩을 소리 나게 덮었다. 이불을 들추고 자리에서 일어서 컴퓨터 책상 앞에 앉는다. 잠에서 깨어난 기계가 드륵 드르륵 기지개를 켜고 잠시 후 사용 가능한 환경이 준비되었음을 알리는 배경 화면이 모니터 한가득 펼쳐졌다. 인터넷 자료 검색실에 들어선 남자는 검색 창에 1987이란 숫자를 입력했다. 22세 되던, 그해이다. 엔터 키를 눌렀다. 한 가닥 전선을 타고 무한 공간으로 뻗어 나간 신호가 잠시 후 돌아오고, 검색 결과란에 다음과 같은 글이 올라왔다. 17개의 카테고리, 38개의 사이트, 203개의 이미지, 3,449개의 뉴스 기사가 검색되었습니다.

지구 레코드 JLS-120891. 1974년 제작 1987년 말 재발매……, 해금강 일출도. 1987년 작. 수묵 채색. 332×116cm 판화……, 1987년 서울대 행정 대학원 수료. 주 월남 맹호 사단 참모……, 지역 경제 연구 제8집. 1987년 대구광역시 3차 산업의 현황과 구조 분석 외……. 한림 시스템은 1987년부터 건설

관련 프로그램을 개발하여 온 이 분야의 선두 주자로⋯⋯.

관련 자료를 이리저리 들락거리던 남자는 어느 일간지의 홈페이지를 발견했다. 몇 해 전 '대한민국 50년—우리들의 이야기'라는 기획 전시를 주최했던 그 신문사는 당시의 행사 내용을 홈페이지 자료실에 보관해 두었는데, 1948년 정부 수립기부터 1998년도까지 국내에서 일어난 크고 작은 역사적 사실들을 1년 단위로 정리해 놓은 것이 주된 내용이었다. 1987년이라고 쓰인 부분을 선택한다. 잠시 후. A4 용지로 6,7매가 넘는 문서들이 모니터 위에 검은 비처럼 쏟아져 내리기 시작했다. 1월부터 12월까지, 일간지가 간추린 1987년도의 기록이다.

1월. 서울시 교육 위원회, 시국 비판 발언을 한 이을재 교사 등 세 명 해임, 이민우 신민당 총재, 김영삼 김대중 씨에 반발, 온양으로 잠적. 전(全) 대통령 새해 국정 연설, '중대 결단' 없도록 개헌 문제의 조속한 매듭 촉구⋯⋯한미 무역 회담 개막, 보험 농수산물 시장 개방 등 논의. 서울대생 박종철 군, 치안 본부에서 조사⋯⋯2월⋯⋯노태우 민정당 대표, 내각제 개헌이 당론임을 재확인. 전경련, 임기 만료된 정주영 회장 후임으로 구자경 회장을 추대. 케냐에서 귀국한 교민 윤(尹) 씨, AIDS로 국내에서 처음 사망. 김영삼 김대중 민추협 공동 의장, 실세 대화 선택적 국민 투표 등 난국 타개 5개 방안 제시. 민정 신민 국민 3당, 대표

회담서 헌특가동 정상화 등 4개항 합의. 정부, 6대 해운 회사에 대한 금융 지원 등 해운 산업 합리화 방안 발표. 법제처, 선택적 국민 투표는……3월……양영자 현정화, 제39회 세계 탁구 선수권 대회에서 사상 처음 중공 꺾고……. 검찰, 신민당과 재야가 주도한 '고문 추방 민주화 국민 평화 대행진' 원천 봉쇄. 일본 정부, 신임 주한 대사에 야나이 신이치〔梁井新一〕 씨 임명. 미 국무성, 33평화 대행진 저지한 한국 정부에 대해 '유감' 논평. 서울 올림픽 조직 위원회, 서울 올림픽 유럽 지역 방영권 2,800만 달러에 타결. 슐츠 미 국방……4월……5월……7월……8월……대그룹 6개 사, 노사 분규로 무기 휴업. 공연 금지 가요 186곡 해금. 울산 현대 그룹 노동자 1만 5천여 명, 지역 내 그룹 6개 사의 휴업 조치에 항의, 이틀째 연합 시위. 대우조선 노사 분규 격화, 근로자 가두시위. 전(全) 대통령, 하계 기자 회견. 인천 시내버스 노조, 전면 파업. 대우조선 근로자 이석규 씨, 시위 중 최루탄 파편……10월……제49회 대의원 대회에서 '교육 자율화를 위한 교육 선언' 채택. ……11월……바그다드발 서울행 대한항공 보잉858 여객기, 버마 뱅골만 상공에서……12월……전국 규모 '부정 선거 규탄 궐기 대회' 원천 봉쇄……부재자 투표함 사건과 관련 농성을 벌이던 구로구청 점거 시위를 강제 진압. 88학년도 전기대학 입학 고사 실시. 한국 등반대 허영호(許永浩, 34) 대원 한국인으로는 두 번째 에베레스트 등정에 성공. 정부, 1989년 1월 1일 0시를 기해 전국 51개 군, 255개 읍면의 야간

통행금지 해제. 국무회의, 1988년도 공무원 봉급을 13.6퍼센트
인상키로 의결. 한은(韓銀), 1987년 실질 성장률 12.2퍼센트
로…….

　내의 밖으로 드러난 살갗에 끈적한 한기가 느껴지고 남자는
이제 컴퓨터를 꺼야 한다고 생각한다. 밤은 푸른 이끼가 긴 우
물 속처럼 아득하고 검은 빗줄기는 사진 속 청년보다도 입이
무거웠다. 기억의 실체를 복원시키기 위해 그날 밤 남자가 할
수 있는 일은 없었다. 추억이 금지된 시절의 의미 없는 고문서
들, 그리고 편지함. 그것은 흔히 있는 일이었다. 매일같이 컴퓨
터를 열고 통신 공간에 들어섰을 때 남자의 아이디와 비밀 번
호를 확인한 통신 프로그램은 어김없이 새로운 편지가 도착했
음을 알려 주었다. 편지의 대부분은 수십만 익명의 접속자들에
게 동시에 보내지는 스팸 메일이었다. 안녕하세요. 허락 없이
메일을 보내 죄송합니다. 수신을 원하시지 않는 분은…… 받
은 편지함. 남자는 밑줄이 쳐진 글자를 클릭했다. 드륵 드르륵.
전자 메일함을 뒤적인 컴퓨터가 다음과 같은 안내문을 내뱉었
다. 도착한 편지가 1통도 없습니다. 우라노스. 우라노스. 마우
스를 쥔 남자는 눈을 감았다.

애로부인傳

남자가 나타난 뒤로 별달리 달라진 것은 없었다. 언제나처럼 해는 동에서 떠 서녘으로 졌으며 냇물은 위에서 아래로 흘렀다. 사람들은 여전히 온순했고 일터에서 집에서 저마다 복에 겨운 표정으로 주어진 환경에 감사하며 하루를 보내고 또 맞았다. 울퉁불퉁 못생긴 얼굴의 남자는 자신을 기사라고 밝혔는데 그래서 마을 사람들은 그를 젊은 기사라 부르기 시작했다. 갑옷과 창, 윤기 흐르는 갈기에 허벅지 근육 발달한 흑마는 없었지만 말이다. 코딱지만 한 마을에 낯선 누군가 자리를 잡았다는 것은 그 사실만으로도 소박한 저녁 밥상의 색다른 찬거리가 될 만했다. 그러나, 젊은 기사의 등장이 오랜 세월 물엿같이 고여 있는 마을에 별다른 변화를 가져다주지는 못했다.

병풍 되어 넉넉히 마을을 감싸는 뒷산을 일컬어 사람들은 암수산이라 했다. 좌우로 뚜렷하게 솟아오른 두 개의 봉우리를 마주 선 남녀의 형상에 빗댄 것이다. 먼 옛날. 금실 좋은 신선 부부 한 쌍이 지상 세계로 마실을 나왔더랬다. 잠깐 노닐고는 하늘 나라로 돌아가야 할 일인데 뭘 어떻게 잘못했는지 지상 세계가 더 좋아 저희가 일부러 수작질을 피운 것인지 하여간 이들 부부, 이러구러 천상으로 돌아갈 자격을 영영 박탈당하고 만다. 그러고는 천 년에 한 번씩 꽃 한 송이를 피우는 겹나무가 제 꽃잎에 수북이 덮여 고사할 세월에 이르기까지 이 세상을 원 없이 떠돌다가 산으로 굳어 간다. 대충 그따위로 진행되는 암수산 전설은 애기 언덕에 이르러 결말을 맺는다. 어느 다사로운 봄날 물오른 개나리 가지를 꺾다 말고 느닷없이 거시기 생각이 거시기한 신선 부부. 1주일 밤낮을 물 한 모금 마시지 않고 숨 한 번 쉬지 않고 거시기가 거시기해지도록 열나게 거시기를 해대었다. 마른하늘에 날벼락 요란하던 그날들로부터 정확히 석 달 열흘이 지나가고, 다시 사흘 밤낮의 고된 산고 끝에 새 생명이 세상 빛을 보게 된다. 신선도 아니고 인간도 아닌 그게 남자봉 한편에 아기처럼 야트막하게 자리 잡은 애기 언덕이다.

그 애기 언덕에 카페라는, 이름부터 낯설기 그지없는 물건이 들어선 게 2년 전 일이다. 배 밭 자투리땅에 요령껏 양귀비를 키워 팔던 칠성 영감이 포승줄에 묶여 끌려가고 중남미 엘살바도르에서 원자력 공장 방출수에 노출된 악어가 성기 세 개 달린 새끼를 낳았다는 소식이 일간지 사회면에 올라오던 날. 별의별 중장비가 애기 언덕 비좁은 비탈을 똥 마려운 계집처럼 바삐 오가기 시작했다. 도통 쓰임새가 있을 성싶지 않던 언덕 정상의 땅 120평은 깜짝 놀랄 속도로 변해 갔다. 억세고 키 큰 잡초들이 제거되고 거친 돌길이 다듬어졌으며 볼썽사납게 뒤틀린 꺽다리 노송들도 멀찌감치 자리를 내주고 말았다. 마을로 들어서는 포장도로가 말끔히 닦였음은 물론이었다. 터 닦인 공터에 뚝딱뚝딱 뭐가 지어지나 기웃거릴 새도 없이 후닥닥 올라간 것은 3백 대 규모의 지하 주차장까지 보유한 4층 대리석 건물이었다. 철쭉 카페의 전설이 그렇게 시작되었다. 무지렁이 마을 사람들의 자랑이자 지역 사회의 명물로 길이 남을, 하느님이 보우하사 웬만한 지도에는 이름도 올라가지 않은 촌구석 전체를 대단히 황송하게 만드는 일급 사교 시설로서 말이다.

그렇다고, 술깨나 빨 줄 아는 마을 남정네들이 밤이면 밤마다 철쭉 카페에 찾아들어 술판을 뒤흔들어 댔다는 이야기는 물론 아니다. 그따위로 호락호락해서야 그게 어디 철쭉이고 카페인가. 해 질 녘이면 삼거리 개미 상회 평상에서 누런 막걸리에 참새표 꽁치 통조림으로 클클한 목을 달래기 빠듯하던 그네들 주머니 사정이 별안간 어디 갈 리 없었으니, 창졸간에 등장한 애기 언덕의 명소를 대하는 마을 아낙들의 반응이 뜻밖에 야박하지 않은 것은 대체로 그래서였다.

매일 저녁. 애기 언덕을 향해 멀끔하게 닦인 포장도로는 외지에서 건너온 중형 승용차들로 몸살을 앓았다. 카페 문 열고 2년. 전쟁이 터지네 주가가 땅속에 처박히네 나라가 거지꼴 되네 복대기 치던 시절에도 언덕 위 철쭉 카페를 찾는 차량의 행렬이 섭섭해졌던 적은 단 하루도 없었다. 철쭉의 명성을 무엇보다 확실하게 반증하는 것은 단골손님의 이름자 뒤에 따라붙는 쟁쟁한 직함들일 터. 588공수 여단장 재임시 수십 차례의 시가지 시위 진압 작전으로 전공을 세운 왕성기 부군수에 6공 최고 고문 기술자인 파출소 문 소장에, 읍내에 정미소와 양조장을 두 집씩 둔 알부자 오 사장이 그랬고 변호사 출신 전국구 차 의원과 광명 교회 장 목사가 그랬으며 성형 수술 전문의 남 박사와 K여고 교장인 방 선생이 그랬다.

마을을 드나드는 외지인들 중에는 이상의 인사들과는 전혀 다른 종자가 있었다. 승용차 대신 1600시시 할리데이비슨이나 8단 자유 변속 가와사키를 타고 잊을 만하면 한 번씩 마을에 그 몰골을 드러내는, 홀딱 벗겨 놓기 전에는 남녀 구분이 되지 않을 옷차림과 화장으로 인해 그들 이외의 사람들과 확실히 구별이 되는 인류 말종을 사람들은 변태족이라 불렀다. 마을에 와서 그들이 하는 짓거리라곤 오만 가지 잡동사니를 팔아 그 돈으로 시장통의 해장국집에서 천오백 원짜리 순대 국밥을 두 그릇씩 사 먹는 것이었다. 정교하게 제작된 남녀 인조 성기. 실

제 강간과 살해와 시체 유기 장면을 담은 비디오테이프. 최음
제와 발기 지속제. 뽕 담배와 뽕 알약과 뽕 주사기. 채찍과 가
죽 수갑. 그들이 내놓는 물건들 가운데에는 소위 예술 사진이
라는 것이 있었다. 이게 뭐람. 뭘 찍은 사진이지? 멋모르고 사
진을 받아 든 아낙네들은 그 괴이쩍은 형태가 당최 무엇인가
고개를 갸웃거리기 십상이었다. 그리하여 사진 속 흐릿한 피사
체가 발기한 남자 친구의 물건 위에 쪼그려 앉아 똥을 누는 아
가씨의 항문 언저리이거나 덩치 큰 그레이하운드의 물건을 열
심히 핥고 있는 노신사의 혓바닥임을 깨닫고는 그야말로 똥 만
진 사람처럼 질겁을 하곤 했다.

「맘에 안 들어? 싫음 말라구 젖 큰 아줌마.」

꼬불꼬불한 라면 머리에 하얀 얼굴, 검은 루즈를 발라 놈인지
년인지 모를 변태족 하나가 히죽 웃는다. 모여 선 오토바이들
이 폭음을 터뜨리며 멀어진다. 부아앙!

감히 비교할 수 없는 변태족과 철쭉 카페의 단골들 사이에
천만 뜻밖에도 한 가지 공통점이 있었다. 조용하던 마을에 그
들이 나타나던 때가, 카페가 문을 열던 시점과 얼추 일치한다
는 점이다. 장터에 장돌뱅이 모이고 여학교에 바바리맨 꾀듯
철쭉 카페의 덕망 높은 단골손님들을 따라 마을에 찾아든 이들
이 변태족이라는 주장, 얼추 일리가 있다.

뭐라 뭐라 씨불대기에 앞서 가장 중요한 철쭉 카페의 자랑은, 차마 구린 입에 올리기 송구스러운 미녀 군단이었다. 해 질 녘이면 아스라이 애기 언덕 향해 모여드는 술손님들을 바라보며 큼큼 빈 코만 들이마시는 마을 남정네들도 그 정도는 들어 알았다. 호탕한 성격의 근육질 미녀 주통낭자. 마음씨 비단결 같은 선화낭자. 열다섯 나이만큼이나 깜찍해 한 입 깨물면 아잉 몰랑 소리가 절로 쏟아질 것 같은 여옥낭자. 키보다 길게 기른 머리채를 무지개빛으로 염색한 관나낭자. 한때 거식증과 폭식증에 번갈아 시달리며 몸무게만 140킬로그램과 39킬로그램 사이를 오갔던 슈퍼 모델 출신 주란낭자 등. 얼음 녹은 흙 땅을 비집고 고개 내미는 연초록 새순에 샛노랗게 바랜 은행잎과 파란 하늘 멀리 흩어지는 박새의 지저귐을 버무리고 나무 둥지에 오종종 모인 산비둘기 알과 가을볕에 농밀하게 벌어진 밤톨의 윤기를 더한 뒤 수풀 우거진 여름 계곡을 돌돌 흐르는 물줄기까지 섞는다 해도 철쭉 팔선녀 한 명의 아름다움과 비할 바가 못 된다던 어느 호사가의 표현은 그래서 유명했다. 미색의 바다로 이름난 철쭉 카페에, 한데, 그 잘난 팔선녀조차도 얼굴 내밀기 부끄럽게 만드는 천혜의 여인이 있다. 애로부인. 대대로 버려진 땅 애기 언덕에 어여쁜 철쭉 한 송이를 눈부시게 피워 올린 주인공이다.

경국지색으로 일컬어지는 그니의 미모를 인간의 언어로 설명할 수 있을까. 18세 나이의 모친이 차갑고 맑은 우물물을 한 모금 마신 뒤 1주일 만에 홀로 태기를 보였고 해산 즈음에는 신묘한 향기가 방 안에 가득 차 사흘간 가실 줄 몰랐다는 탄생 설화를 비롯해 그니의 전설적 미모 혹은 미모의 전설을 방증하는 일화들은 수도 없다. 작년 여름. 철쭉 카페의 식구들 모두 교외로 야유회를 갔을 때이다. 물가 방갈로에 자리 잡고 싸간 고기를 굽고 수박도 쪼개 먹으며 즐거운 시간을 보냈다. 노래 자랑 순서가 이어지고, 다들 한가락 하는 가창력을 자랑했다. 애로부인 차례가 돌아왔다. 한 곡 뽑아 보라는 권유를 못 이기고 일어난 그니는 잠시 고민 끝에 애절한 가곡 한 소절을 뽑기 시작했다. 그러던 무렵이다, 물길 맞은편 산행로를 어슬렁거리던 유람객들이 그 광경을 목격한 것은. 문득 걸음을 멈추어 세운 그들은 졸졸졸 계곡수 너머 흘러오는 노랫소리에 그 주인공의 눈 시리도록 아름다운 자태에 얼이 쏙 빠지고 만다. 하긴 왜 안 그랬을 것인가. 그런데 노래 끝나고, 짓궂은 앙코르 박수에 손사래 치며 애로부인이 자리에 앉는 순간이다. 정신 나간 등산객 한 명이, 실로 정신 나간 얼굴이 되어 비틀비틀 물을 건너기 시작했다. 화투 뒷장처럼 새빨갛게 취해 술병을 쥐고 선 사내는 언뜻 봐도 제 한 몸 가누기 어려운 상태였다. 동행인들이 기겁을 해 말렸지만 사내는 이미 드센 물길 속에 성큼성큼 들어선 뒤였다. 아내인 듯한 여자가 악을 쓰는 순간, 머리 희끗한 사내의 몸은 물길 속에 거세게 떠밀려 가고 있었다. 간만의 즐

거운 야유회는 그런 비극으로 끝났다. 애로부인의 미모에 눈이
멀었던 사내는 3일 후 계곡 하류에서 우동 가락처럼 불은 주검
으로 발견되었다. 그의 죽음을 기려, 문장 뛰어난 여옥낭자는
눈물 속에서 시 한 편을 지었다.

임이여, 물을 건너지 마오   公無渡河
임이 그예 물을 건너시네   公竟渡河
물에 빠져 돌아가시니   墮河而死
임이여, 이 일을 어찌할꼬   公將奈何

그 수를 헤아리기 힘든 단골과 뜨내기들에게 애로부인은 우
윳빛 장막 저편의 존재였다. 출신이 어디인지. 30대인지 이미
40줄에 들어섰는지. 모모한 연유로 코딱지만 한 마을까지 들어
와 물장사를 하게 되었는지. 딸린 식솔은 있는지. 카페의 운영
자금과 수익은 어떤 식으로 관리하는지. 애로부인이라는 호칭
은 어디서 연유했는지. 예명인지 본이름에 부인 자(字)를 끼워
넣은 것인지. 그게 에로(ero)로 시작하는 단어의 오묘함과는
혹 무슨 상관이 있는지.

애로부인의 탐스러운 머리 단에서는 물오른 창포 향기가 신
선했다. 균형 잡힌 두 눈매는 세상천지를 빨아들일 듯 깊고 아
득했으며 선홍빛 입술은 새벽이슬 머금은 연꽃잎처럼 촉촉했

240

다. 우윳빛 피부는 희다 못해 투명해서 손등과 이마에 실핏줄이 푸르게 비쳤다. 연약한 듯 풍요로운 그니의 자태가 마을에 나타나실 때면 장마철 우중충한 배나무 고샅길에도 맑은 햇살이 눈부시게 드리울밖에. 안녕하세요. 사뿐히 손 흔들고 지나가는 그니를 마주친 사람은, 여섯 살 먹은 코 찔찔이 또복이도 앞니 몽땅 빠진 팔순의 만배 영감도 한 며칠 열병에 시달리며 자리보전을 하지 않고는 못 배겼다.

「헹, 누군들 꾸며 놓으면 저만 못해? 나도 이노무 촌구석에 파묻혀 있으니까 이 지랄이지.」

빨래터, 그니의 아름다움을 탐하는 아낙들의 말잔치 속에 씨알도 안 먹힐 소리를 지껄인 코밑 점순이네는 대번에 동티를 입고는 끌끌 차던 혀 가장자리에 팥알만 한 바늘이 돋아 1주일 동안 반벙어리 시늉을 하며 지내야 했다.

철쭉 카페를 소개하면서 빠뜨릴 수 없는 또 한 명은 헌화노인이라는 인물이다. 조리사, 웨이터, 지배인 미스터 박과 주차 관리하는 빼박 영수에 쓰레기 분리수거 등 잡일을 도맡는 꼽추 조바까지 서른 명 가까운 철쭉 식구 가운데 괴팍하기로 둘째가라면 서러울 헌화노인은, 자그마치 천오백 살하고도 13년을 더 살았다는 어마어마한 고령으로 한몫 보고 남았다. 그만큼 나이 먹은 사람이 증명을 하고 나서기 전까지는 확신할 수 없는 경우겠지만 만에 하나 사실이라면 참으로 대단한 경우였다. 카페 식구

스물여섯 명의 나이를 모두 합쳐 봐야 그의 천 년 전 나이에도 못 미치는 데다가, 그들이 힘을 합쳐 1년에 스물다섯 살씩을 먹어 간다 해도 몇 십 년이 지나야 그 연세 근처에 근접할 수 있을지 당장 계산이 서지 않는 터였으니까. 그런가 하면 식구들 중 가장 어린, 계란 낳기 쇼로 손님의 귀여움을 독차지하는 열다섯 여옥낭자보다 백 배나 많은 게 또 헌화노인의 나이였다.

「여옥, 지금까지 산 것을 백 번 반복하면 헌화 할아버지만큼 나이를 먹겠구나.」

누군가 말했을 때 여옥낭자는 꿈꾸듯 중얼거렸다.

「배꼽에 좆 박는 소리 말아요. 여기까지 굴러 온 인생도 지겨운데 백 번이라니.」

애로부인이 그렇듯 헌화노인이 누구이며 어디에서 왔고 어떻게 카페에 머물게 되었는지 내막을 아는 사람은 없었다. 차이가 있다면 애로부인의 경우와 달리 노인의 정체를 궁금해하는 사람은 많지 않다는 점이었다. 헌화노인의 허리춤에는 땟국 줄줄 흐르는 호리병 하나가 늘 매달려 달랑거렸다. 유일한 소장품 격으로, 낮잠을 자거나 뒷간에 들르고 목욕을 할 때에도 그놈의 호리병이 허리에서 떨어지는 법은 없었다. 노인의 나이만큼이나 무지막지 낡았을 호리병 속에 대관절 뭐가 담겨 있는지 혹 그의 장수를 가능케 하는 마법의 샘물이라도 들었는지 아는 사람은 역시 없었다.

　마을에 남자가 나타난 이후 별달리 달라진 것은 없었다. 여전히 해는 뜨고 졌으며 시냇물은 돌돌돌 콩알 구르는 소리를 내며 밤낮없이 흘렀다. 전기 기사인지 측량 기사인지 인사 사고를 내고 목 잘린 트럭 기사인지 하여간 기사라고 자신을 소개한 남자는 마을 초입의 삼거리 모퉁이에 거처를 잡았다. 함석으로 지붕을 댄, 밟은 듯 납작 내려앉은 그 집은 20년 전 이유도 없이 미쳐 죽은 호순 어멈이 실려 나간 폐가였다. 툭 불거진 광대뼈에 양 끝이 치켜 올라간 뱀눈 하며 살짝 뻐드러진 앞니와 거무튀튀한 피부. 보잘것없는 외모란 그 주인의 사람됨까지를 지레 넘겨짚게 만들기 쉬운 법이어서, 젊은 기사를 처음 접했던 마을 사람들은 으레 생각했다. 그는 매우 심술궂거나 늘 기분이 좋지 않은 사람일 것이라고. 외지에서 필시 안 좋은 일을 당하고는 여기까지 쫓겨 온 것이라고.

　그러나 첫인상은 첫인상일 뿐. 하루 네 번 오가는 버스 시간을 물을 때나 삐거덕삐거덕 넘어가는 집을 수리하기 위해 자잘한 연장을 빌릴 때, 개미 상회나 우물터를 오가다, 그 밖의 자리에서 마을 사람들을 대하는 젊은 기사의 표정은 놀랍도록 온화했다. 안녕하세요. 좋은 낮입니다. 그러고는 다정한 미소로 환한 인사말 던지기를 주저하지 않는다. 의심 많은 촌사람들의 뻣뻣한 선입견은 여름날 아이스케키처럼 녹아 갈밖에 없었다.
「안 그래 뵈던데 사람이 밝아. 자세히 말은 안 해봤지만.」

「엊그제는 순칠네 작은 애가 죽을라고 하는 걸 용케 살려 냈다잖아.」

「토사곽란 하던 거?」

「왜 아냐. 순칠 어멈 어쩔 줄을 몰라 하고 있는데 떠억 나서더니 애를 반듯이 엎어 놓고는 명치께를 이렇게, 이러…… 엏게.」

「에에, 이 사람 간지럼증 나게 왜 이래!」

「시범 봬 줄라는 거지 누굴 호모로 아나. 하여간 그렇게 주무르다가 또 목뒤를 토닥여 주고 어쩌고저쩌고하니까 허옇게 눈 뒤집힌 애가 금세 얼굴색 돌아와서 방글거리더라.」

「신통두 하지. 대처에서 온 양반덜은 다 그렇게 손재주가 좋은가.」

젊은 기사가 사실은 후세인이라는, 뜬금없는 소문이 한때 마을 사람들을 어리둥절하게 만들었다.

「후세인이라니. 이라큰가 하는 데 대통령 말여? 미국 병사들한테 잡혀간?」

「그럴 리가. 중동에서 토목 기사 같은 걸 하다 왔을랑가는 모르겠네만.」

「중동 사람들은 외국인 노동자한테 나라님 이름을 붙여 준데?」

「내가 알아. 우리 여편네가 뭘 잘못 들었는지.」

금요일. 천공을 가로지른 해가 서녁 지평에 슬쩍 기대앉고 종일 땀 흘려 일한 사람들이 지친 팔다리를 두드리며 집을 찾아갈 무렵. 철쭉 카페의 활기찬 하루가 비로소 시작된다. 긴긴 낮잠을 떨쳐 버린 주방에서는 크고 작은 조리 기구들이 달그락거리며 기름진 음식 냄새를 쏟아 내고 주차장 뒤뜰을 청소하는 꼽추의 대빗자루 소리 경쾌하다. 2층 마지막 방. 여덟 명의 낭자들이 모여 꽃향기를 피워 올린다.

「언니. 나 가슴이 자꾸 처진다.」

분홍색 새초롬한 브래지어를 들고 거울 앞에 선 선화낭자가 우울하게 중얼거리자 옆에서 연필 쥐고 눈썹을 그리던 주통낭자가 내뱉는다.

「뚜껑 덮어 이년아. 그 빨통이 늘어졌으면 내 건 할아비 불알이다.」

유도로 다져진 체구에 완력도 비리한 사내 몇을 우습게 다룰 정도인 주통은 괄선녀의 큰언니이다. 이태 전 성전환 수술을 한 그녀가 아직 뒷자리 1로 시작되는 주민 등록 번호를 가지고 있다는 사실을 아는 손님은 많지 않다.

부산한 와중에 주방으로 통하는 뒷문이 삐거덕 열린다. 웨이터 창수이다. 누가 볼까 잽싸게 주방 뒤 숙소로 들어선다. 웨이터 형들의 눈치를 피해 빨리 씻고 유니폼을 갈아입어야 한다. 창수는 요즈음 새로운 친구들을 사귀었다. 뒷산 여자봉 천년 가시나무 수풀에 텐트를 치고 모여 사는 변태족들이다. 그네들은 뽀글 머리 초콜릿 빛 피부의 혼혈아인 자신을 인순이라고 놀리지 않았다. 오늘 창수는 새로운 사랑을 만났다. 덧니가 귀여운 주니이다. 변태족들이 지켜보는 앞에서 창수는 주니의 작은 가슴을 힘차게 더듬으며 오래도록 소울 키스를 나누었다. 엉겨 붙은 그들 위로 뜨거운 박수와 나뭇잎 세례가 너울너울 춤추었다.

금요일 밤이 깊어 갔다. 홀 안은 취객들의 박자 놓친 노랫가락과 부산히 움직이는 웨이터들 발소리로 달아올랐다. 여덟 낭자의 낭랑한 웃음 속에 춘실(春室)과 하실(夏室), 추실(秋室)과 동실(冬室)은 제법 돈 쓸 줄 아는 손님들로 넘쳤다. 미군 **PX**에서 떼어 온 블랙 라벨 위스키와 덩어리 치즈가 저온고에서 넙죽넙죽 끌려 나온다. 주방장이 솜씨를 부린 오늘의 별미는 암수산에서 잡아들인 고라니 요리이다. 신경통에 좋다는 고라니의 피는 럼주에 섞여 객실에 서비스 되었고, 북한군이 부실한 배급 식량 대신 잡아먹는다는 그 고기는 새로운 것을 원하는 취객들의 혀를 즐겁게 해주었다. 경도가 있는 무지개 머리칼 관나낭자가 계란 낳기 쇼를 하다 피 칠갑이 된 계란을 접시에 떨구고, 술 취한 손님 하나가 탁자 모서리에 엎어져 눈두덩이 깨지는 사고가 있었지만 카페 분위기는 대단히 화기애애했다. 〈예수 십자가에 흘린 피로써〉를 멋지게 부른 광명 교회 장 목사가 100점 팡파르를 받고 폭탄주를 원샷 할 때만 해도 그랬다.

철쭉 카페의 유쾌한 금요일이 뒤틀어지기 시작한 것은 10시 반경, 세 명의 낯선 사내가 등장하면서부터였다. 호리호리한 상체에 꽉 조이는 가죽점퍼를 입은 그들은 하나같이 금테 두른 녹색 선글라스를 잡숫고 있다. 한 명이 치렁치렁한 파마머리이고 또 한 명은 절도 있는 사각의 턱을, 나머지 한 명은 유태인 매부리코를 가졌다. 묘하고도 우스운 분위기를 가진 그들이 누구인지 아는 이들은 없었다. 어섭쇼. 7번 웨이터 이승만이 냅다 달려가 허리를 접었다. 그들은 묵묵부답, 시종 굳은 표정으로 입구에 서서 흥청거리는 실내를 한차례 휘둘러본다. 그러고는 뚜벅뚜벅 홀을 가로질러 당찬 걸음을 옮겨 놓는다. 그들이 들어선 곳은 다름 아닌 철쭉실이었다.

웨이터 승만은 난처했다. 하실과 추실이 마주 보는 통로 끝에 자리 잡은 철쭉실. 다른 룸 세 개를 합쳐 놓은 크기에 스크린 골프 연습대에 파칭코에 옥돌 침대에 사우나 시설까지 두루 갖추어진 그곳은 이른바 철쭉 카페의 골든 룸이었다. 어지간하면 계산대 앞에 나서기를 두려워하지 않는 철쭉의 단골들도 출입을 삼갈 정도였는데 이를테면 똑같은 생률 안주 하나라도 그곳에서는 가격대가 다섯 배는 뛰는 터였다. 물론 철쭉실을 이용하는 손님 명부가 따로 정해진 것은 아닌지라 능력만 있다면야 선글라스가 아니라 안대를 했대서 들어가지 못할 이유는 없었다. 그러나 승만이 난처하지 않을 수 없는 것은, 뜨내기들 중에 멋모르고 철쭉실에 엉덩이를 붙이고 앉아 기분을 내다가 나중에 호되게 덮어쓰고는 피차간에 처지 곤란해지는 경우가 적지 않았던 것이다. 뒤에 가 야단맞는 것은 늘 웨이터였다. 알아듣게 설명해서 막을 일이지 들어간다고 냉큼 안내를 했단 말이냐. 어쨌거나 세 명의 이상한 손님은 누가 말릴 새도 없이 기세 좋게 철쭉실을 차지해 버린 후였다. 웨이터 승만은 어어, 어어, 혀 잘린 노예 시늉을 하며 그들의 뒤를 쫓을밖에.

이상한 손님 셋이 슬슬 이상한 행동을 보이기 시작한 것은 양주 두 병과 안주 한 접시가 들어가고 잠시 후였다. 벨소리 접수한 승만이 딸랑딸랑 철쭉실을 노크했다.
「부르셨어요.」
「일롸 봐.」
기다란 파마머리를 자르르 쓸어 넘긴, 셋 가운데 한 명이 검지손가락을 까닥거렸다.
「이 술 말씀이야. 이름이 뭐라고?」
양주병 모가지를 흔드는 남자의 표정이 곱지 않다.
「그거, 주문하신 씨바스리안 블랙 라벨…….」
「씨바스리안? 씨바 새끼가 씨바 같은 소리를!」
파마머리의 손가락이 승만의 사팔눈 가운데를 경쾌하게 찌른다. 콕.
「어어. 이거 씨바스…… 그거 맞는데.」
「이 새끼 봐 이 새끼 봐. 야 이 새끼야. 싸구려 국산 양주에

248

보리차 타서 가지고 오면 곱게 속아 넘어갈 줄 알았니? 냄새 맡아 봐. 완전 가짜잖아 자지 새끼야.」

언성도 높이지 않고 나직이 지껄인 파마머리가 양주병을 거꾸로 뒤집었다. 붉은 카펫 바닥에 향기 독한 양주가 쿨럭쿨럭 쏟아지고, 사각턱은 중지로 콧구멍을 청소하며 말없이 벙글거리고, 매부리코는 오징어 다리에 마요네즈를 듬뿍 찍어 입으로 가져간다. 승만의 안색이 마요네즈보다 하얘졌다.

「어어. 그거. 이러시면…….」

매부리코가 덩달아 투덜거렸다.

「게다가 말야. 이거 오징어도 다리 한 개가 모질라. 세어 봐, 여덟 개지. 내가 먹는 거 하나 빼도 10 빼기 1은 9, 아홉 개가 되야 맞잖아. 야, 자지야. 갖고 오다가 다리 하나 슬쩍했지? 드런 새끼.」

하나, 둘, 셋, 넷……. 접시에 드러누운 오징어 다리를 일곱까지 세었을 때 와장창 애 떨어질 소리가 고요한 철쭉실 공기를 찢었다. 콧구멍을 말끔히 소제한 사각턱이 테이블을 뒤집어엎은 것이다. 크고 작은 술잔들이 날 좀 보소 춤을 추며 사방으로 나뒹굴고, 과일 샐러드는 고스란히 뒤집혀 깔끔 떨던 카펫 위에 철퍼덕 엎어진다.

「기분 좀 풀려구 왔더니 이것들이 사람을 똥구녁으로 보네.」

복숭아 껍질을 맨손으로 비비는 것 같은 목소리.

「너, 언능 가서 지배인 데리고 와.」

지배인 미스터 박이 190센티미터의 크고 굵은 거구를 어기적거리며 철쭉실에 들어섰을 때 그들의 안색에는 털끝만 한 동요의 기색도 엿보이지 않았다. 불행히도 세 남자는, 레슬링 그레코로만형 금메달리스트 미스터 박의 코끼리 허벅지만 한 팔목이 무엇을 의미하는지 채 깨닫지 못하고 있었다.

「지배인입니다. 뭐 잘못된 거라도.」

「오오, 지배인 선생.」

폭격 맞은 철쭉실 한가운데 방자하게 쪼그려 앉은 세 손님은 담배 도넛을 동글동글 불어 올리는 중이었다. 매부리코가 몸을 일으키고 엉덩이를 토닥토닥 털었다.

「당신네 말야. 에에, 내가 손님 된 도리로 쪽팔려서 이따우 소리 안 할라구 했거든. 그런데 하는 짓이 너무 좆같으셔. 밑에 새끼들도 교육이 전혀 안되어 있다니까. 사람을 양아치로 아나 주꾸미를 오징어로 속여서 내놓기나 하고.」

「…….」

「때문에 우리가 입은 피해가 이만저만 아니야. 정신적인 피해 말야. 여기 잘난 데라는 건 들어 알고 있지만, 우리라고 놀러 왔지 기분 나쁘자고 온 건 아니거든.」

「으음.」

미스터 박의 오리알만 한 목울대가 아래위로 꿀꺽 요동쳤다. 사색이 되어 달음박질해 온 승만을 통해 대강의 정황을 눈치채기도 했거니와 엉망이 된 골든 룸 내부를 목도하고 나니 자제하려던 분노가 식도까지 차오른다. 특히, 손가락으로 퉁기면 작신 부러져 버릴 이네들의 체구를 보자니 그저 주먹 마디에 근질근질 옴이 도지는 것이다.

「조용조용 해결하자고. 거기나 여기나 배운 사람들이니까. ……아니 근데, 이 아저씨가 사람 말하는 꼴을 처음 보나? 뭐 이렇게 반응이 없어.」

「귓구녕이 하두 높이 박혀서 잘 안 들리나 보지. 흐흐.」

가죽점퍼의 세 남자가 날파리들처럼 윙윙거리고, 깊은숨을 들이마신 미스터 박이 어금니 사이로 내뱉었다.

「가라.」

「뭐이?」

「가라고. 꺼지라 이거지.」

「……어어.」

「감히 어디라고 기어들어서 지랄 복대기를 친 죄, 성질 같아선 엉덩이 까고 몽둥이를 쑤셔 박아야 마땅하겠지. 하지만 우리 업소에서 사람 병신 되어 나갔다는 소문은 내가 원하지 않아. 그러니 대단히 운 좋은 줄이나 알고 뒤로 돌앗 하라 이 거다. 알아들었나.」

의젓하고 일목요연한 경고. 말문 막힌 남자들이 헤에 입을 벌린다. 서로를 번갈아 마주 본다. 아아, 아아아. 사각턱이 제 앞이마를 툭툭 치며 짐짓 괴로운 표정을 짓는다.

「좋았어. 아주 좋았어요. 그래, 지배인이 이 정도는 돼야지.」

매부리코가 비실비실 웃는 동료들을 한차례 돌아보았다. 그리고 벅수처럼 버티고 선 미스터 박 앞에 한 걸음 다가선다.

「뒈지고 싶니?」

퍽. 쨍그랑. 철썩. 꽈당. 철벅. 와지끈. 쿵. 뚝딱. 굳게 문 닫힌 철쭉실에서 기왓장 빠게지는 소동이 오래도록 이어졌다. 홀 바닥이 들쭉날쭉 갈라지고 테이블 위의 맥주병이 제풀에 퍽퍽 터져 나가며 허연 거품을 게워 냈다. 빈 의자가 재봉틀처럼 덜덜 떨며 홀로 자리를 옮기고 양변기 고인 물이 꼴깍꼴깍 넘쳐 흐르고 주방에서는 선반 위에 얹어 둔 늙은 호박이 굴러 떨어져 그 밑에서 졸던 꼽추가 어깨를 다치기도 했다. 음주 가무가 일절 멈춘 홀 안. 얌전히 숨을 죽였다. 저 너머에서 벌어지고 있을 1대 3 육박전을 모두들 두 주먹에 진땀 모으고 그려 보는 가운데 용감한 손님 몇은 들썩이는 철쭉실을 향해 한 걸음 두 걸음 다가가기도 했다. 잠시 후, 꽈당! 철쭉실 출입문이 힘차게 떨어져 나갔다. 먼지 자욱한 정적 속, 한데 어우러진 네 명의 남자가 비틀비틀 걸어 나오고 있다. 세 명의 무례한 손님을 굴비 엮듯 엮어 쥔 지배인 미스터 박이 보인다. 아니, 그게 아니다. 흰 와이셔츠 피로 얼룩진 채 의식을 잃고 늘어진 이가 바로 미스터 박이다. 머리통이 깨졌는가 가엾은 미스터 박. 불과 10분 만에 사람의 것이라기엔 너무나 볼썽사나운 몰골이 되어 버린 그를 가죽점퍼의 세 남자가 낑낑거리며 부축하고 있다. 털퍼덕.

그 가련한 몸뚱이가 썩은 나뭇등걸처럼 엎어졌다.

「쓰발놈 존나 무겁네.」

파마머리가 투덜거렸다. 모여들었던 이들이 범 가죽 본 강아지 새끼들처럼 화들짝 놀라 흩어진다.

금요일 저녁. 철쭉 카페는 개업 이래 가장 요상한 분위기에 휩싸여 갔다. 피떡이 된 미스터 박이 들것에 실려 나가고 바닥에 흩어진 핏자국과 유리 조각이 말끔하게 정리되었지만 종전 같은 활기는 되살아나지 못했다. 얼음 집게를 벌려 귀와 턱 사이에 끼우고 디스크자키 춤을 추던 양조장 오 사장도 기가 죽었다. 넥타이 풀러 발로 밟고 노 젓는 사공 시늉을 하던 차정일 의원도 구석 자리에 앉아 슬그머니 물러갈 기회만 엿보고 있다. 홀 중앙 대형 원탁을 점령한 이상한 세 손님. 술을 잘도 마셨다. 독한 드라이진을 각자 한 병씩 들고 꼴깍꼴깍 들이켜기 시작해서는 입 한 번 데지 않고 바닥을 비워 낸다. 다시 술을 따고, 꼴깍꼴깍 바닥을 비우고, 다시 술이 나오고, 다시 꼴깍꼴깍. 안주라곤 김밥보다 굵고 시커먼 여송연을 한 모금 빠는 정도이다. 그 냄새가 속이 뒤집힐 정도로 고약하다.

「개새끼들 잘도 처마시네, 쇠푼 한 닢 안 내고 갈 새끼들이.」

멀리서 그들을 노려보겨 열다섯 여옥낭자가 빠드득 이를 갈았다. 마음 여린 주란낭자가 소리 죽여 중얼거렸다.

「무서워라. 저 아저씨들 왜 화가 난 걸까.」

「언니, 지금 장난해?」

「응?」

「변두리 술집들 돌아댕기며 뜯어 처먹는 양아치 새끼들이 있
다구. 좆도 씹새끼들 우릴 호구로 아는 거야. 박씨 아저씨도
세상에, 그 덩치는 엇따 팔아먹고 그런 개쪽을 당한데? 아무
리 1대 3이라지만.」

팔선녀들의 심사마저 엉망으로 구겨진 판이었지만 연녹색
선글라스의 남자들은 변함없이 즐거웠다. 사각턱이 콧속에 담
배를 꽂고 부러 바보처럼 입술을 뒤틀었다. 파마머리와 매부리
코가 캬캬캬 웃었다. 파마머리가 과일 접시의 바나나를 바지
앞섶에 끼웠다. 매부리코가 입으로 예쁘게 껍질을 벗겼다. 사
각턱은 의자에서 굴러 떨어져 바닥을 치며 캬캬 캬캬캬 웃어
댔다. 그들이 누군지, 무슨 연유로 철쭉 카페를 찾았는지, 여옥
낭자의 말처럼 술과 안주를 뜯어 처먹기 위해서인지 혹은 즐거
운 바나나 놀이를 마음껏 즐길 장소를 찾은 것인지, 사람들은
짐작조차 할 수가 없었다.

솔방울 냄새 독한 드라이진 열두 병째를 꼴깍꼴깍 비워 내
고, 빈 술병에 샛노란 술 오줌을 콸콸 싸 젖힌 그들은 웨이터
이승만을 불렀다.

「너 가져.」

누런 액체가 그득히 찰랑거리는 술병은 따뜻한 대신 냄새가 역했다.

「그리고 말이야. 냄비 좀 오라고 해봐.」

「냄…… 비요?」

병 몇 개를 엉거주춤 들고 벌름벌름 코를 돌리며 승만은 다시 난처해졌다.

「아가씨 말야. 여기 쇼 죽인다며?」

「어어, 그게…….」

「그게 뭐?」

「저희 아가씨들요, 홀 테이블에는 앉지 않거든요.」

「얼씨구, 이 새끼 또 시작이다.」

「그게 아니라 저어, 원칙이 그래서.」

「아아 씨발. 원칙은 무슨!」

승만의 몸이 허공에 부웅 떴다. 매부리코가 제기 차듯 그를 차올렸던 것이다. 철퍼덕, 천장에 부딪친 몸이 마룻바닥에 엎어지고, 돌 맞은 개구리처럼 버르적거리는 옆구리를 매부리코가 부지런히 걷어찼다.

「이 집구석 새끼들 정말 못쓰겠네. 끙!(발길질하는 소리) 너한테 쇼하라고 했니? 끙! 가서 아가씨나 데려오면 되잖아. 끙! 암소 불고기 쇼, 맞담배 쇼, 계란 낳기 쇼, 끙! 소문 다 듣고 왔어, 끙! 우리라고 못 볼 이유 있니? 끙! 끙!」

신음도 못 지르고 꼼지락대는 승만의 옆구리에서는 퍽퍽 숨

이불 터는 소리가 낭자했다. 이 넓은 홀 한가운데서 암소 불고기 쇼 맞담배 쇼를 보이라니. 그것은 양주에 보리차를 섞었다는 억지 이상으로 받아들이기 힘든 요구였다. 게다가 지금 팔선녀들의 기분은 최악이다. 누가 이 무뢰한들 앞에서 쇼를 하려들 것인가.

「보세요! 왜들 이러는 겁니까?」

누군가 소리치며 달려왔다. 팔선녀의 든든한 맏언니, 주통낭자이다. 반쯤 죽어 눈자위가 허옇게 돌아간 승만을 감싼다.

「허. 이건 또 뭐야. 후장 하나 죽이겠는데.」

매부리코가 주통의 큼직한 가슴과 벌어진 엉덩이를 훑어보며 입가의 침을 닦았다.

「이봐, 통통한 아가씨. 내 말 들어 보라구. 우린 지금 쇼를 보고 싶다 이거야. 단지 그거 하나뿐이라고.」

사각턱이 슬픈 얼굴로 항변했다.

「얼굴 네모난 놈 콧대 구부러진 놈 앞에서 쇼하면 안 된다는게 식품 위생법에 나와 있어 폐기물 관리법에 나와 있어? 우리도 똑같이 술 빨고 안주 씹는 손님인데 이 자지 새끼가 차별성 태도를 보였다고. 그래서 우리 친구가 잠시 흥분을 한 모양이야. 허나 이건 어디까지나 정당방위야. 우릴 무시했으니까.」

주통낭자가 냅다 소리쳤다.

「하이고. 아주 생지랄을 하세요. 저 비싼 룸에 난장을 까놓고, 공술을 또 그렇게 처마시고, 가게 분위기 살벌하게 조져 놓고, 게다가 뭐, 쇼를 보겠다? 기가 차서. 그리고 너. 동생 같은 애한테 자지 새끼가 뭐야. 무시할 만하니까 무시하지 사람을 왜 까!」

「말은 제대로 하자구. 난장 간 적 없어. 죄다 내 손발에 날아 와서 제풀에 박살 났을 뿐이니까. 그나저나 요 하발통 같은 년 아주 먹어 달라고 색을 쓰네?」

파마머리가 맥주병을 거꾸로 쥐고 자신의 머리에 내려쳤다. 퍽! 정수리에서 산산조각 난 유리 파편이 사방으로 튀었다.

「쌍년아 언능 꺼져, 박박 찢어 버리기 전에. 쇼할 년이나 빨 리 데리고 오란 말야. 거 뭐야, 애로부인인가 하는 년 있잖 아.」

「어처구니없는 새끼들 좀 봐. 야 이 호로새끼야 병은 왜 깨 니. 바닥에 유리 조각 흩어지면 니 할아비더러 와서 치우라 고 할래? 그리고 뭐 어째, 애로부인? 미친 새끼들 좀 봐. 바 랄 걸 바래 이 자지 새끼들아.」

「이년이 정말.」

휘익. 파마머리가 들고 있던 병 모가지를 집어 던졌다. 민첩 하게 공격을 피한 주통은 퉤, 침을 뱉었다. 탐스러운 파마머리 에 질척한 타액이 들러붙어 줄줄 흘러내릴 때, 사각턱의 주먹이 그녀의 뒤통수를 가격했다. 주통낭자가 끽소리도 못 지르고 이 승만 옆에 쓰러졌다. 길게 엎어진 그녀의 엉덩이에 처억 다리

하나를 올려놓은 사각턱. 두 손으로 나팔을 만들어서 외친다.

「듣고 있나 애로부인. 어서 나와라 오바. 가게 개작살 나는 꼴 보고 싶으면 신속히 투항하지 말길 바란다. 니년 밑구녁에 금줄을 둘렀는지 에프킬라를 뿌렸는지 모르지만 당장 안 나오면 이 년놈들 껍데기 벗겨 버린다아, 오바.」

몰락한 시민군은 홀 한구석에 옹송그린 채 자라목을 빼지 못하고, 승승장구한 적장은 차마 듣기 거북한 최후통첩을 쩌렁쩌렁 외치고. 야만의 적국에 함락당한 철쭉 카페. 천 년을 이어 갈 아름다운 역사가 덧없이 스러지고 마는가. 또각 또각 또각. 얼어붙은 침묵을 흩뜨리는 구둣발 소리가 구슬프다. 2층 계단이다. 사람들의 가슴 졸인 시선이 계단으로 향했다. 아아. 누군가 비통한 한숨을 토해 냈다. 애로부인. 미스터 박이 박살 난 후 카페 식구들에 의해 2층 별실로 피신했던 그니가 야만국의 적장을 향해 스스로 나선다. 사랑하는 식구와 손님들이 받는 고통과 모욕을 차마 보고만 있을 수 없어 귀한 몸 친히 드러내고 있다. 한 걸음 한 걸음 옮겨 놓는 발길마다 홀을 가득 메운 정적의 무게를 조금씩 무너뜨린다.

「이게 무슨 일이지요?」

놀랍도록 침착한 목소리. 그윽한 두 눈매가 수심으로 가득하다. 세 명의 이상한 손님들이 다소 누그러진 표정으로 그니의 행차를 맞아들인다.

「댁에가 애로부인이셔?」

「애로입니다.」

「에론지 뭔지. 여어, 소문대로구만. 아주 예뻐.」

사각턱이 한 걸음 나섰다.

「긴 얘기 필요 없시다. 보다시피 말야, 우린 평범한 손님들이거든. 그런데 지금 상당히 기분들이 좋지 못해. 이노무 술집이 장사를 하려는 덴가 애 먼 사람들 붙들고 시비를 거는 덴가 모르겠다고. 알아듣겠우?」

「……누가 손님들에게 시비를 걸던가요?」

「아아니, 꼭 그런 게 아니라. 왜 느낌이라는 거 있잖아. 인종차별 말야. 이건 보리차를 양주에 타 내오지를 않나. 남들 다 끼고 앉은 냄비 좀 데리고 오랬더니 웨이터라는 새끼가 실눈을 뜨고 개기질 않나.」

「오해입니다. 오해가 아니라면 억지일 거구요.」

「이거 봐 이거 봐. 소위 마담이란 여자가 손님들한테 눈구녁 똑바로 뜨고 말대답하는 걸 보라고. 하여간 이노무 술집 싸가지 없는 거 더 따져야 입만 아프겠어. 안 그래?」

사각턱은 뒤에 선 동료들을 한차례 돌아보았다. 파마머리와 매부리코가 고개를 끄덕인다.

「추잡스럽게 긴말 안 하겠다 이거야. 우리도 한가한 사람들이 아니니까. 그러니까 벗어.」

「예?」

「한국말 몰라? 벗으라고. 빤스, 부라자, 오케이?」

「…….」

「솔직히 우리, 당신 쇼를 보려고 먼 길 달려온 사람들이거든. 자자! 그럼 시작하자구. 여기, 이쪽으로 서. 되도록 많은 사람들이 볼 수 있게.」

북 치고 장구 치는 기세로 의자와 식탁들을 왈칵달칵 밀쳐 가며 널찍한 공간을 만들기 시작한다. 멍석을 깔아 주는 것이다.

「나는 쇼를 하지 않습니다.」

「뭐라구?」

애로부인의 음성은 곱고, 그러나 단호하다.

「분명히 말하지만 나는 쇼를 하지 않습니다. 우리 낭자들도 오늘 밤은 쇼를 하지 않을 것입니다. 그러니 돌아가 주십시오. 단지 쇼를 원하는 거라면.」

「어라?」

「나는 이 집의 주인입니다. 당신들이 누구인지 나는 알고 있습니다. 당신들의 행패에도 끝내 경찰을 부르지 않은 것은, 당신들이 무서워서가 아니라 불쌍해서입니다. 그러니 어서 돌아가십시오.」

「이, 이, 이, 이, 이.」

온 얼굴이 새빨개진 사각턱은, 혀가 꼬였는지 호흡이 걸렸는지 좀처럼 '이' 다음 말을 꺼내 놓지 못했다.

「이, 이, 이, 이 씨팔년 봐. 완전히 열녀전 끼고 밴대질할 씨팔년 아니야?」

매부리코가 거든다.

「우리가 불쌍하다? 그래, 니 구녁 크다 쌍년아.」

「반반하다고 곱게 넘어가려 했는데 안되겠어. 어이, 어쩔까.」

「어쩌긴 뭘. 확 벗겨 버리지.」

「그래야겠지?」

굳게 입술 다문 애로부인은 꼿꼿이 선 채 미동도 않고, 퍼렇게 질려 꼼짝도 못하는 군중의 시선 속에서 세 남자의 거친 손길이 그니의 옷가지를 잡아 찢으려던 때이다.

「네에애이노오오오옴드으으으을!」

엄청난 호흡의 고함이 실내에 고인 정적을 찢었다. 사람들이 소리 나는 쪽을 돌아보았다. 헌화노인이다. 노인의 헐렁한 체구가 2층 계단에서 허우적허우적 굴러 내려오고 있다.

「천하의 말종들 같으니! 오살 육시를 헐 밥버러지 똥버러지들아, 지금 무슨 짓을 하려는 게냐아!」

대갈일성을 퍼부은 헌화노인이 와락 몸을 날렸다. 매부리코의 팔에 대롱대롱 매달린다.

「오뉴월 염병에 땀 한 방울 못 낼 것들! 이 부인이 누구신지 알고나 이러는 게냐!」

매부리코가 투덜댔다.

「이놈의 집구석엔 왜 이렇게 귀찮은 물건이 많어. 어이, 이 늙은 뼉다구 어떡할까?」

「던져 버려.」

「어디에?」

「저 구석 아무 데나.」

「그래야겠네.」

안 돼! 애로부인이 찢어지는 비명을 내지르고, 매부리코가 힘껏 팔을 내두르고, 원심력을 이기지 못한 헌화노인의 악력이 가죽옷 소매를 놓치고, 짧은 순간, 경악한 사람들의 시선 속에서 노인의 가녀린 육체가 슬로 모션의 피사체처럼 허공을 가로지른다.

그때였다. 두 눈을 의심할 기적이 일어난 것은.

오리털보다 가벼운 노인의 육신이 빠른 속도로 창문을 부수려는 순간이다. 기적은 바로 그때 철쭉 카페의 문을 벌컥 열고 등장했다. 작고 민첩한 그림자가 뚜벅뚜벅 들어서더니, 노인을 향해 정확히 몸을 날린다. 노인을 안고는 나비춤 추듯 팔랑팔랑 빙그르르 몸을 돌려, 사뿐히 바닥에 내려앉는다. 이놈드을! 반쯤 정신 나간 헌화노인이 목멘 신음을 흘렸다. 검은 그림자가 천천히 홀을 가로질러 다가온다. 저벅 저벅 저벅. 불빛이 한 걸음씩 어둠을 씻어 낸다. 젊은 기사이다.

「안녕하세요.」

찢어진 뱀눈을 빙그르 말아 웃어 보이며 묻는다.

「아름다운 밤입니다.」

대답하는 사람은 없다. 젊은 기사가 몇 걸음 더 다가왔다.

「그런데 저어, 혹시 무슨 일이 있나요? 분위기가 좀 그렇네요.」

티 없이 화창한 목소리. 생글거리는 그 얼굴을 세 남자가 멍히 쳐다본다. 이건 또 뭐야, 하는 표정으로.

「꺼져. 넨장맞을 새끼야.」

주춤, 젊은 기사가 걸음을 멈추었다.

「저…… 말입니까?」

「너 말입니다. 괜히 나서다 분지러지지 말고 어여 가봐. 집구석에서 마누라 냄비나 닦아 주라구.」

「아, 예에…….」

젊은 기사가 머뭇거린다. 공연히 껴들었다가 큰일 당하겠구나, 찔끔하는 기색이다. 인사성 밝은 젊은 기사. 생글생글 못생긴 얼굴에 늘 웃음을 담고 다니는 젊은 기사. 삼거리 폐가에 새로 거처를 잡은 젊은 기사. 순칠이네 막내아들 토사곽란을 솜씨 좋게 고쳐 준 젊은 기사. 뭔가 좋은 생각이 떠올랐을까. 다정히 말을 붙인다.

「저기, 그런데요.」

「또 뭐야?」

「잠깐만요. 죄송하지만 아저씨들이요. 어서 많이 뵌 분 같다 했더니 말이죠, 누군지 이제 알겠네요. 하하하.」

「어라?」

「아저씨들 변태족이죠? 변태족들 맞죠? 하핫. 이렇게 이상한 안경을 잡숫고들 계시니 못 알아봤지 뭐예요.」

변태족이라. 사람들은 떡 받아먹듯 떡, 하고 입을 벌렸다. 믿음 두터운 몇몇 손님들은 가슴패기에 연신 성호를 그어 댔으며 주방에 숨어 사태를 지켜보던 웨이터 창수는 눈앞이 캄캄해지고 만다. 그렇다. 저이들은 변태족, 낮에 여자봉 중턱에서 함께 어울렸던 형들이 분명하다. 화장을 지운 데다 검은 안경을 써서 몰라봤지만 말이다. 저 형들이 왜? 뭐가 부족해 여기까지 들이닥쳐 행패를 부리고 있담?

「이 새끼가!」

매부리코가 주먹을 날렸다. 젊은 기사의 안면에 힘차게 꽂힌 주먹에서 따악! 뼈 부러지는 소리가 아프게 터졌다. 아이콩! 괴춤에 주먹을 싸쥔 매부리코가 콩콩 아이콩 토끼뜀을 뛴다.

「쓰발. 소, 손 부러졌나 봐.」

사각턱이 입술을 일그러뜨렸다. 젊은 기사의 멱살을 야무지게 움켜쥔다.

「요 새끼 좀 봐?」

사각턱의 완력에 젊은 기사의 두 발이 동동 뜬다. 두 발 동동 뜬 젊은 기사가 오른손을 들었다. 높이, 아주 높이, 허공에 멈추어 선 그의 손이, 빈 통에서 빨간 팬티 한 장을 뽑아 드는 마술사의 움직임처럼, 살며시, 사각턱의 선글라스를 톡 건드리고 지나갔다.

「아!」

사람들은 숨을 멈추었다. 양손으로 얼굴을 싸쥔 사각턱이 어

쩔 줄 몰라 한다. 약 먹은 파리처럼 뱅글뱅글 맴돌더니 매부리
코 옆에 풀썩 엎어진다. 검붉은 핏줄기가 선글라스를 타고 콧
물처럼 흐른다.

「눈. 내 눈.」

가죽점퍼의 두 사내가 바닥에 쓰러지고, 그 옆에는 역시 정
신 잃은 웨이터 이승만과 주통낭자, 오델로의 마지막 장처럼
처참한 광경 속에 애로부인이 비명을 질렀다. 파마머리가 그니
의 허리를 낚아챈 것이다.

「너…… 뭐야? 뭐 하는 놈이야?」

크레용처럼 새파래진 얼굴로 뒷걸음질을 친다.

「젊은 기사입니다. 마을에 온 지 얼마 안되었지요. 저어, 변
태 아저씨. 그러지 말고 여자 분을 놓아주십시오.」

「가까이 오지 마!」

날카롭게 외친 파마머리가 주머니에서 기다란 물건을 꺼냈
다. 애로부인의 목에 갖다 댄다.

「뒤로 물러서. 까불면 이 여자는 끝장이야.」

「아아, 잠깐만요. 실례지만.」

「가까이 오지 말라니까!」

「잠깐만요. 정말 죄송하지만 말입니다, 여쭤 볼 게 하나 있어
서요.」

「뭔데?」

「저기 말입니다. 도대체 그 물건으로 뭘 하시려는 겁니까?」

엉겁결에 꺼내 든 물건은 분홍빛 플라스틱으로 만들어진, 커다랗게 발기한 남성의 성기였다. 애로부인이 홀 한가운데에서 암소 불고기 쇼를 할 때에, 그들은 그 물건을 신나게 사용할 작정이었다. 손님 몇이 다시 성호를 그었다.

「이 새끼가!」

파마머리가 무서운 속도로 달려들었다. 그러는 찰나이다. 젊은 기사가 날렵하게 다리를 뻗었다. 퍼엉. 아랫배 차인 사내가 고무공처럼 튕겨 나간다. 허리가 꺾인 채 저편으로 쭈르르 미끄러진다. 힘겹게 몸을 일으켜 세우는 파마머리, 무릎에 손을 짚고 안간힘을 쓰다가, 버르적버르적, 바닥에 엎어진다. 풀썩. 와아아아! 사람들이 함성을 쏟아 낸다.

안구가 파열되고, 오른손 뼈마디 세 군데가 으스러지고, 온몸에 심한 타박상을 입은 그들은 새벽이 훤히 동터 올 무렵까지 차가운 시멘트 바닥을 뒹굴며 모진 취조를 받았다. 패잔병들은 비교적 순순히 자신의 잘못을 인정했다. 첫째, 미스터 박과 승만, 주통낭자에 이르는 무고한 철쭉 식구에게 정신적·육체적 상해를 입힌 점. 둘째, 카페의 기물·집기 일부를 파손하고 술과 안주를 무상으로 축낸 점. 셋째, 위의 과정에서 폭력적인 언동으로 뭇 손님과 종업원들을 불안에 떨게 만든 한편 카페 본연의 이미지에 큰 손상을 입힌 점 등. 그런데 단 한 가지, 철쭉의 얼굴이자 만인의 연인인 애로부인을 감히 농락했던 대목만큼은 코딱지만 한 반성의 기미도 보이려 들지 않았다.

「그 냄비가 황금 냄비인가 다이아 냄비인가. 술집 아짐마랑 농담 따먹기 좀 했기로 경을 친다는 게 대체 어느 악법에 나온 수작이냐. 3천만 노동자 농민이여 일어서라. 얼굴 좀 반반하다고 성녀가 웬말이냐. 각성하라. 각성하라.」

그날 철쭉 카페의 손님 중에는 파출소 문 소장이 끼어 있었는데, 6공 당시 부천 경찰서 7급 기술직이던 그는 흔쾌히 취조에 협조했다. 통닭구이. 콧구멍에 고춧가루 물 먹이기. 전기 찜질. 볼펜 끼고 손가락 돌리기. 양팔 꺾기. 발가락 찢기. 혀 뽑기 등. 문 소장은 과거 한 시절을 추억하며 과부 좆 주무르듯 신명나게 변태족들의 사지 육신을 주물러 댔다. 비명이 터져 나올 때마다 취조실의 라디오 볼륨은 더욱 커졌다. 날이 밝을 때까지 모두 일곱 차례 기절하고 여덟 번째 정신을 차린 그들은 결국 문제 되었던 네 번째 혐의를 인정하고 경찰에 넘겨졌다. 장장 다섯 시간에 걸친 피투성이 취조를 마치며, 사각턱은 실성을 했는지 다음과 같은 헛소리를 중얼거렸다.

「나는 규탄한다. 오늘의 일은 후세에 철쭉 카페의 드레퓌스 사건으로 기록될 것이다. 씨팔 자지 새끼들. 우리가 변태라고?」

문 소장의 깔끔한 솜씨로 변태족들이 엉망으로 망가지던 즈음, 헌화노인이 취조실에 들이닥쳤다. 노여움을 참지 못한 노인은 길길이 뛰며 그들을 책하고 꾸짖었다. 저러다 쓰러지는 거 아닌가 걱정스러울 정도로 말이다.

「능지처참을 해도 시원찮을 천하의 개백정 같으니. 너희가
무엇을 아느냐! 천 년을 까딱없이 내려온 아름다움이 어떤
것인지 너희가 짐작이나 하느냐!」

그 과정에서 그간 밝혀지지 않았던 이야기 한 토막이 밝혀진
다. 철쭉 카페를 발칵 뒤집어 놓은 그날의 사건은, 한편으로 헌
화노인의 숨은 정체를 하늘 아래 드러내는 계기가 되었던 것이
다. 이를테면 노인은, 애로부인 가계의 집사 역할을 대대로 맡
아 온 존재였다. 예의 천오백 년 동안 말이다. 씨 도둑질은 못
한다는 말처럼, 애로부인의 가계를 살펴볼라치면 과연 빼어난
미모와 예능적 재기로 뭇 사내의 간담을 녹였던 전설적 미인들
을 수도 없이 만나 볼 수 있다. 그중 하나가 수로부인. 그니의
고조부의 고조모의 친할머니뻘 되는 인물이다.

수로부인이 강릉 바닷가로 나들이 갔을 때이다. 그 행차 길
에는 늘 그렇듯 수천수만의 사내들이 뒤를 따랐다. 전국 각지
에서 그녀의 아름다움을 확인하기 위해 쫓아온 이들은 지방 토
호들도 다수였고 십만 마지기의 땅을 소유한 갑부도 있었다.
하얀 얼굴의 책상물림 도령도, 눈썹 짙고 칼끝 매서운 무인도
있었다. 성난 파도가 하얗게 부서지는 바닷가. 천 길 벼랑이 깎
아지른 듯 서 있다. 아득히 높은 벼랑 끝에 피어난, 눈부시도록
아름다운 철쭉을 수로부인은 보았다.

「누가 나를 위해 저 꽃을 꺾어 주겠소?」

나서는 사람은 없었다. 아무리 수로부인의 미모에 혹했다지만 꽃 한 송이를 위해 가파른 천 길 낭떠러지를 기어오르자면 목숨이 열두 개라도 부족할 터였다. 부인은 한숨을 쉬었다.

「한심하구나. 겉모습만으로 나를 좇는 이들이 저렇건만 목숨을 바칠 이 하나 없다니.」

마침 암소를 끌고 근처를 지나가던 어느 노인이 그 탄식을 들었다. 노인은 주저 없이 그녀 앞에 다가가 노래를 불렀다.

짙붉은 바위 끝에	紫布岩乎邊希
잡고 가는 암소를 놓으라 하시고	執音乎手母牛放教遺
나를 아니 부끄러워하신다면	吾不喩伊賜等
꽃을 꺾어 바치리라	花折叱可獻乎理音如

기껏 하나 나타난 지원자가 호호백발 노인이라는 사실이 조금 불만스러웠지만 부인은 어쩔 수 없이 제안을 받아들였다. 반나절이나 걸렸을까, 천 길 벼랑을 늙은 벌레처럼 버르적버르적 기어올랐다가 내려온 노인은 정중히 무릎을 꿇었다. 그리고 꺾어 온 꽃 무더기를 그녀에게 바쳤다. 그렇게 해서 헌화노인은 눈부시게 아름다운 수로부인과 그 후손들을 보필하는 신분이 되었다. 애로부인은 물론이고 그니의 어머니와 어머니의 할머니와 할머니의 할머니와 그 위의 할머니에 이르는 미녀 군단

을, 천여 년의 세월 동안 곁에 두고 모셔 온.

　이제 사람들은 노인이 그토록 애지중지하는 소장품을 향해 치밀어 오르는 호기심에 생병을 앓아야 했다. 허리춤에 노상 붙들어 매고 다니는 호리병 말이다. 천여 년의 세월을 절세의 미인들과 함께해 왔다는 점만으로도 대단히 값진 진품 명품임에 분명할 터. 그 안에 대체 무엇이 들어 있을까. 누대에 걸친 아름다움의 원천, 혹 그와 관련한 신비의 묘약은 아닐까.

　예의 사건을 계기로 자신의 정체를 만천하에 드러낸 헌화노인과 달리, 젊은 기사는 외려 예전보다 더한 신비함으로 자신의 정체에 두터운 장막을 치고 만 셈이 되고 말았다. 금요일 밤. 젊은 기사에게 무슨 일이 있었던가. 변태족들이 뒷문으로 끌려가고 쓰러진 주통낭자와 승만이 옮겨진 뒤, 젊은 기사와 애로부인은 사람들의 환호와 박수 속에 마주 섰다.
「정말 감사합니다. 뭐라 감사를 드려야 할지.」
「누구라도 했어야 할 일인걸요.」
「혹시 다치신 데는.」
「멀쩡합니다.」
「대단한 무공이십니다.」
「운이 좋았을 뿐이죠. 많이 놀라셨지요?」
「아아, 아직도 가슴이 뛰네요. 이런 일은 생전 처음이라서.」

「조심하십시오. 천상의 아름다움을 시기하는 미성년자들이 세상엔 너무 많거든요.」

젊은 기사의 못생겼지만 다정한 미소에 애로부인도 흐트러진 머리채를 쓸어 넘기며 마주 웃을 수 있었다.

「명심하겠습니다. 그런데 저어…….」

「예?」

「왠지 낯이 익군요. 정확히 기억은 나지 않지만.」

「착각일 겁니다.」

「그럴까요? 하지만.」

고개를 갸웃거리는 애로부인. 꽃가루가 훨훨 날리는 듯하다.

「존함이나 알 수 있을지요. 저는 이곳의 주인 애로부인입니다.」

「알고 있습니다.」

두 남녀의 대면을 목도하는 사람들의 뱃속은 흐뭇함과 부러움, 호기심과 질투심으로 부글부글 끓어올랐다.

「젊은 기사라고 불러 주십시오. 마을 삼거리에 살고 있습니다.」

「아아. 젊은 기사님. 오늘 저희가 정말 큰 은혜를 입었습니다. 어떻게 사례를 해야 할지.」

「천만의 말씀이십니다. 이웃 간에 도울 일이 있다면 당연히 도와야죠. 행여 그런 부담 갖지 마세요.」

「그래도…….」

「밤이 깊었습니다. 이만 물러가 보겠습니다.」

「아니, 잠깐만요. 이렇게 가시면 저희가.」

참으로 놀라운 장면. 젊은 기사가 남색 롱 코트 자락을 펄럭 날리며 몸을 돌리는 순간이었다. 애로부인이 당황한 얼굴로 두어 걸음 다가갔고, 뿐이랴, 젊은 기사의 오른팔을 끌어안듯 잡아챘던 것이다. 구경꾼들의 뱃속에서 부글부글 꾸르륵 뭐 끓어넘치는 소리가 다시 들려오는 것도 당연할밖에.

그러나, 젊은 기사가 마을에 별다른 변화를 가져온 것은 아니었다. 모든 것은 예전과 똑같았다. 사람들은 여전히 온순하고 성실했으며 냇물은 멈추는 일 없이 돌돌돌 소리를 내며 흘렀다. 여자봉 꼭대기에 부옇게 떠오른 아침 햇살은 부지런한 마을 사람들의 잠을 깨웠으며 한낮의 온기 품은 들판의 곡식들은 하루하루 씨알이 굵어졌다. 젊은 기사를 대하는 마을 사람들의 태도 역시 크게 달라질 게 없었다. 다소의 차이라면 조심스러워졌다고 할까. 나무 그늘에 질펀하게 자리 잡고 한담을 나누다가도 멀리 그가 오는 기척이 있으면 사람들은 무심결에 자세를 바로 했다.

「안녕하세요.」

변함없이 맑은 미소로 인사를 보내올라치면 사람들은 앞 다투어 성급한 인사말을 쏟아 냈다.

「여어, 어딜 가시나?」

「물가예요. 매운탕거리나 건져 보려구요.」

「저런, 수고가 많구먼. 어여 가보시게.」

「날 더운데 조심하고.」

어린아이들이 철없이 보채고 징징거릴 때 아낙네들은 수수 엿 조각 대신에 젊은 기사 이야기를 들이밀기도 했다.

「그만 뚜욱! 자꾸 그러면 젊은 기사 아저씨 온다.」

아이들은 기가 막히게 알아듣고 울음을 그쳤다. 물론 젊은 기사가 우는 아이 앞에 나타나 어홍, 호랑이 흉내를 내거나 산으로 끌고 가 날간을 빼먹은 일은 없었다.

마을에 가을이 찾아왔다. 암수산은 타오르는 단풍으로 황홀하게 물들어 갔다. 들녘에는 아침저녁 선선한 바람이 물결쳤고 곡식들은 터질 듯 여물어 겸손하게 머리를 조아렸다. 밤이면 금가루를 뿌려 놓은 하늘 저편에 휘영청 고운 달이 밤길을 밝혔다. 그즈음, 참으로 획기적인 소문 하나가 잠자리 날개를 달고 좁은 마을길을 팔랑팔랑 날아다녔다. 애로부인이 사랑에 빠졌다. 상대는 젊은 기사이다. 그들이 연애를 한다. 신성일 김지미 바람피운다는 것보다 놀라운 이야기에 사람들은 대개 할 말을 잃었다. 정보통으로 짜한 만수댁이 진작부터 설레발치던 내용대로라면 더 이상 다정할 수 없는 한 쌍의 꾀꼬리에 원앙이요 나무 기러기에 바퀴벌레더란다. 암수산 이르는 오롯한 산책길을 사이좋게 거닐되 한쪽이 뭐라 귀엣말을 속닥이면 다른 한편은 깔깔깔

고개를 쳐들고 웃어 젖히며, 한쪽이 어깨로 상대를 투욱 떠밀고 앞서면 뒤처진 이가 사뭇 분하다는 애교를 떨며 쫓아가 등판을 토닥이고. 멀리 벌어지는 광경만으로도 눈꼴이 새콤해져서 저 이들이 천상에서 사랑 놀이 나왔다는 전설 속의 암수산 신선 부부 아닌가 의심이 갈 지경이더란 것이다. 만수댁뿐이 아니었다. 감색 보자기에 뭔가 한아름 싸 짊어진 애로부인이 삼거리 모퉁이의 젊은 기사 집으로 냉큼 들어서는 장면을 보았다고 우기는 코밑 점순네에다, 저녁나절 애기 언덕 초입 숲길에서 헤어지기 아쉬운 듯 두 손을 꼭 잡고 있던 남녀가 필시 애로부인과 젊은 기사였다고 침을 튀기는 수호 어멈도 있었다.

「지 낭군 멕일랴구 음식 챙겨 왔을 테지. 물에 빠진 년은 건
　져도 사내에 빠진 년은 못 건진다잖아.」

그렇게 지껄이던 코밑 점순네에게 이번에는 헛바늘 같은 것 이 돋지 않았다.

예의 소문은 한 푼 보탬 없는 사실이었다. 변태족들이 난장을 치던 지난 금요일 밤의 사건이 계기였음은 물론이다. 그 밤 처음 대면해, 어느덧 그렇게 서로를 향해 잉걸불 같은 사랑을 키워 나가기 시작한 두 젊은 남녀. 기름 만난 불이요 울고 싶던 년 뺨 때린 격이 아니겠는가. 카페가 문을 열지 않는 낮 시간. 마을 근처 한적한 곳 어디서건 그들은 만났다. 햇살 다사롭고 바람 상쾌한 들판. 흐린 날 물소리 잔잔한 시냇가. 호젓하고 양

지바른 산 중턱 어느 뭇등. 다정히 어깨 기대어 앉은 그들 주위로 복숭아빛 광채가 어리비친다. 크고 작은 날짐승은 그들이 발산하는 페로몬 향기에 취해 가만히 날개를 접는다. 금세기 최고의 스캔들을 접하는 철쭉의 낭자들은 대체로 재미가 나서 죽겠다는 표정들이었다.

「세상에. 마담 언니에게 이런 일이 일어날 줄 누가 알았겠어.」

여옥낭자는 그 나이답게 낭만적인 사랑을 꿈꾸었다.

「멋져. 천상의 미녀와 이승의 백마 안 탄 기사와의 사랑이라. 네미, 나 같은 년은 몇 번을 뒈졌다 깨어나야 그런 일이 찾아올라나.」

주통낭자가 씨부렁거렸다.

「이년아 너도 그러니까 속을 비워. 돈 많은 늙은이들만 처닿히지 말고.」

개중에 난처해진 이는 헌화노인이었다. 예의 소문 아닌 사설은 일단 카페의 운영 면에 커다란 타격을 가져올 수 있는 종류였다. 지붕 밑 암캐들처럼 애로부인만을 꿈꾸고 그리는 카페 단골들의 입장을 사려한다면 말이다. 무엇보다 심각한 문제는, 대대로 그니 가문을 보필해 온 집사로서의 입장이었다. 사랑에 빠진 애로부인이라. 젖먹이 때부터 그니를 두고 보아 온 노인이지만 이런 경우는 실로 처음이었다.

어느 새벽, 손님이 떠난 홀 구석 테이블에 애로부인과 헌화노
인이 마주 앉았다.

「사랑하는 게 패륜인가요? 제 감정은 진실합니다, 할아버지.」

유순하지만 강한 어조. 평소의 그니가 아니었다. 헌화노인의
잔주름에 그림자가 깊어졌다.

「……감정의 진실함을 의심하는 게 아닙니다.」

「그럼 뭐지요.」

「무릇 애착이란 한순간입니다. 순간의 진실 뒤에 남는 것은
한이기 쉽지요.」

「무슨 말씀이신지.」

「부인이 가진 아름다움을 생각하여야 합니다. 그것을 부인만
의 소유라고 생각하는 겝니까.」

「아닙니다 할아버지.」

「부인의 아름다움으로 세상에 베풀어 온 것, 앞으로 베풀 수
많은 가능성을 굽어보십시오. 이 몸은 그를 위해 부인 옆을
떠난 적이 없습니다.」

「알고 있습니다.」

「내 일찍이, 부인의 선조들에 대해 숱하게 이야기를 해드렸
습니다.」

「기억합니다.」

날이 부옇게 밝아 오도록 둘의 이야기는 끊이질 않았다.

「과거는 미래를 비추는 거울입니다. 조상들 가운데 이성과의

애착에 헛세월을 보내었던 경우가 하나라도 있던가요.」

「죄송합니다, 할아버지. 하지만 역사는 죽은 거울입니다. 제가 생각하기엔 그렇습니다. 비수로 쓰기 위해서는 깨뜨리는 방법밖에 없지요.」

「비수라.」

「전례를 거역한다 하여 늘 조상의 이름에 먹칠을 하는 처사라고는 생각하지 않습니다.」

「……,」

「이성이나 논리로는 도저히 설명할 수 없는 이끌림. 무서울 정도로 크고 무한한 그 힘을 이즈음 저는 온몸으로 느낍니다. 그 이끌림이 설사 뒤에 가서 한이 되고 헛세월로 기억된다 하더라도, 지금은 어쩔 수가 없습니다. 제가 배우고 익힌 판단력과 가치관, 이성과 분별이 헛된 순간의 애착에 송두리째 눈멀어 있다 해도 어쩔 수 없는 일입니다.」

대단히 곤혹스럽고 불편한 기색이 노인의 주름진 얼굴 위에 가득 드리워졌다.

「어험.」

「인력으로 안되는 일이 있는 것 같습니다.」

「부인.」

「죄송합니다, 할아버지. 그를 사랑합니다.」

풀벌레 소리 낭자한 저녁. 애기 언덕에 잇닿은 남자산 초일,

담배 밭이 끝나고 울창한 수풀과 함께 산길이 시작되는 어름이
다. 가는 구름에 달빛이 가려, 두 개의 검은 그림자가 이편과
저편에서 동시에 어른거린다.
　「젊은 기사님?」
　저편 숨죽인 목소리. 애로부인.
　「거기…… 젊은 기사님이 맞나요?」
　「그렇습니다.」
　「아아. 나의 사랑.」
　어둠 속. 작고 가녀린 그림자가 커다란 그림자의 품에 파묻
힌다.
　「내가 여기 있습니다. 품고 계신 그리움은 떨쳐 버리시오.」
　젊은 기사 다정히 속삭이며 그니를 안은 팔에 힘을 더한다.
　「당신 품에 있으니 이제 그리움은 없어요. 내 사랑, 당신이
없는 하루의 반나절을 보내기가 얼마나 고통스럽던지.」
　「소리를 낮추시오. 이 순간이 놀라 달아날까 두렵소.」
　천천히 마주 닿는 얼굴. 아래위 네 개의 입술이 사이좋게 포
개어지며 두텁고 축축한 혀가 가늘고 보드라운 입술 안쪽을 핥
고, 흰 앞니를 열고, 매끈하고 청결한 구강 구조를 간질이듯 탐
하고, 이내 목젖 깊숙이 미끄러져 들어온다. 보드랍고 달콤한
온기에 애로부인은 끊임없이 어깨를 떨었다.
　「젊은 기사님. 듣고 계세요?」
　「여기, 믿기지 않거든 내 손을 잡으시오.」

「당신을 알게 되어 얼마나 다행인지.」

「더 가까이. 내게로.」

「당신으로 인해, 더 많은 세상을 저는 배웁니다. 예전에는 알지 못했던.」

「…….」

「길고 긴 혼자만의 나날, 당신은 도대체 어디에서 무얼 하고 계셨던지요.」

「나 역시 그간의 세월이 원망스럽소.」

「아침에 눈을 떠서, 식탁에 앉아 수저를 들다가, 거울을 보다가, 아무도 없는 방문을 열다가, 온종일 당신의 꿈을 꿉니다. 카페에 있을 때에도, 피곤한 육신을 자리에 뉠 때도, 세수하고 거울을 볼 때에도, 어디서 무얼 하건 제 마음은 언제나 먼 거리의 당신 앞에 다가가 있습니다. 저는 당신이 되고 싶습니다. 당신이 입은 옷, 당신 어깨에 내려앉은 나뭇잎, 당신의 뺨을 어루만지는 바람이 되고 싶습니다. 듣고 계세요, 제 마음?」

풀벌레 소리 잦아들 줄을 모르고, 구름 비껴 드러난 달빛이 두 남녀의 하나 된 그림자를 은빛으로 조각한다. 흙냄새 아릿한 수풀 위로 그림자가 쓰러진다. 밤공기가 고요하다. 쏴아아아. 한줄기 바람이 산허리를 천천히 훑고 지나간다. 지그시 눈을 감은 애로부인이 아흥, 잦아드는 신음을 뱉는다. 졸졸졸. 갯물이 나직이 흐른다. 하얀 그림자들 어둑한 수풀 속에서 바삐

요동치기 시작한다. 파드득. 선잠 놀라 깬 산새가 날갯짓하며
달아난다. 젊은 기사의 건강한 등허리가 활처럼 휜다. 컹컹 컹
컹컹. 마을에서 개 짖는 소리가 들린다. 아랫입술을 깨문 애로
부인이 젊은 기사의 허벅지를 품어 안는다. 그들을 숨긴 덤불
이 바스락 소리를 부끄럽게 놓친다. 쿠와앙! 남자산 봉우리 너
머로 마른번개가 떨어진다. 비가 오려나 놀란 아낙들이 잠결에
중얼중얼 들창문을 열어 본다. 애로부인의 안으로 젊은 기사가
힘차게 들어선다. 뿌듯한 힘을 그러모은다. 크고 작은 산짐승
들이 등성이를 타고 무리를 지어 이동한다. 구름 한 점이 달 반
대편으로 느릿느릿 움직이고 있다. 어, 엄마나몰라이힝! 애로
부인이 달콤한 비명을 배설한다. 지진을 만난 암수산이 가만히
요동친다. 기겁을 한 고라니 두 마리가 비탈길을 고꾸라질 듯
내달린다. 곤히 자고 있던 까치가 둥지에서 푸드득 날아올랐
다. 그 판에 품고 있던 알을 떨구고, 밤하늘을 훠이 훠어이 날
아가며 구슬픈 노래를 지저귄다.

훨훨 나는 저 인간들	翩翩人間
암수 서로 정답구나	雌雄相依
외로울사 이 내 몸은	念我之獨
뉘와 함께 돌아갈꼬	誰其與歸

한차례 폭풍 몰아치고 난 정적. 젊은 기사의 땀 젖은 어깨에

애로부인이 머리를 뉘었다. 서로의 맨살에 기대어 쌔근쌔근 격정을 달랜다.

「애로부인. 당신은 아름다워.」

「고마워요.」

「그 이상을 표현 못하는 언변이 안타까울 뿐이오.」

「어려서부터 예쁘다는 소리는 귀가 쑤시도록 들어왔죠.」

「그랬겠지.」

「나를 보고 무심히 지나치는 사람은 한 명도 없었으니까요. 장님과 여자만 빼고.」

「…….」

「글쎄, 그건 일종의 외로움이었어요.」

「외로움이라.」

「늘 그랬죠. 겉으론 안 그런 척했지만 말예요. 나도 남들과 같았으면. 다른 이들처럼 평범한 삶을 살아 봤으면.」

「누구나 그렇지.」

「누구나 그렇다고요?」

「사람이라면 누구나. 가슴 언저리에 외로움 응어리지지 않은 사람이란 이승에도 저승에도 없으니.」

젊은 기사가 몸을 일으켰다. 주섬주섬 상의를 꿰입는 뒷모습을 애로부인이 묵묵히 지켜본다.

「헤어져야 할 시간인가요?」

「밤이 깊었군. 카페에 들어가 보셔야지.」

「아아.」

「일어나시오. 바래다 드릴 터이니.」

남자산 초입에서 담배 밭으로 이어지는 고샅길. 두 개의 그림자가 산길을 내려오고 있다. 달빛이 그 뒷모습을 느릿느릿 뒤따른다. 갈림길 앞에 멈추어 선 애로부인이 손을 내밀었다.

「우리…… 다시 만나는 거죠. 예?」

흐릿한 어둠 속에서 젊은 기사가 소리 없이 웃는다. 고른 잇바디가 하얗게 드러난다.

「그대에게 하고 싶은 말이 있소.」

「뭐지요?」

「우리 두 사람, 언제 어디서건 꼭 만나야 할 사람들이었다오. 천년 세월이 흐를지라도. 내 말 아시겠소?」

「……내 사랑.」

짧은 포옹을 나눈 두 남녀가 긴 이별을 향해 등을 돌렸다. 한 명은 애기 언덕 방향으로. 다른 한 명은 마을 쪽으로. 그 장면이 하 슬퍼 풀벌레가 울기 시작했다.

성미 급한 가을갈이 논이 여기저기 시작되던 즈음이다. 부지깽이도 덤벙거린다는 계절, 한 해의 결실을 코앞에 둔 마을 사람들의 이마에는 이른 아침부터 녹두알 같은 땀방울이 가득 맺혔다. 가을은 깊어 갔다. 암수산 가득 불타오르던 단풍도 한소끔 끓어오른 뒤로는 시적시적 퇴색했고 잿빛 하늘 너머로 한

차례씩 몰아치는 찬 바람은 살비듬 많은 노인네들의 팔다리를
저리게 만들었다. 겨울은 동구를 넘어서 수숫대 뻣뻣하게 늘어
선 신작로 앞까지 다가와 있었다.

　마을에 이상한 일이 발생했다. 오전 11시쯤이다. 정오를 향
해 치닫던 하늘의 해가 난데없이 갈라져 두 개가 된 것이다. 뻔
히 보고 있으면서도 믿기지 않는 자연현상 앞에 마을 사람들의
의견이 분분했다.
「이런 망조가 있나.」
「하늘이 두 쪽 나는 징조가 틀림없어. 어찌해야 좋을지 모르
겠군. 119에 신고를 할 수도 없고.」
「거 수라상 받아 놓고 굶어 죽는 소리들 말라구.」
「뭣이 어째?」
「다다익선이라는 말도 모르나 베. 하나만 있어도 고마운 해
가 두 개로 불어났으니 어찌 좋은 일이 아니겠는가 말야.」
　벌건 대낮에 등장한 두 개의 해는, 망조인지 길조인지는 몰라
도, 마을 전체에 닥쳐올 어떤 거대한 변화를 앞당겨 암시하고
있음이 분명해 보였다. 그게 무엇인지 모르는 마을 사람들로서
는 그저 찜찜하고 불안할밖에. 마침 마을을 지나던 젊은 스님,
옳네 그르네 투닥거리는 사람들 꼬락서니에 새삼 깨달은 바가
있어 하늘을 올려다보았다. 두 개의 해를 발견한 스님은 미간
을 찌푸렸다.

「저런. 하나로도 족한데 저렇듯 둘이니 눈이 부셔 살 수가 없구나.」

발걸음을 멈춘 스님은 하늘 한복판에 발생한 기현상을 종식시키고자 법력을 발휘하기 시작했다. 사람들이 해 가리는 구름처럼 모여들었다. 길고 복잡한 주문을 정성으로 외우던 스님. 앉은자리를 뱅글뱅글 맴돌며 금강경을 외고 천수경을 외웠다. 법화경을 읊고 반야심경을 읊고 관음경을 읊고 아미타경 화엄경을 읊었다. 목쉰 스님은 잠시 쉬었다가, 마을 사람들이 구해 온 꽃잎을 허공에 뿌리고 부처님께 공양을 드렸다. 그러기를 여러 시간, 그러나 두 개의 해는 합쳐지거나 어느 한쪽이 사라질 기미를 전혀 보이지 않았다. 스님의 파리한 이마만이 땀에 젖어 번들거렸다. 흐트러진 행장을 정리하며 스님이 입을 열었다.

「대저 부처님의 뜻이 하늘까지 미쳤도다. 나무 관세음보살.」

젊은 스님은 황황히 마을을 떠났고 구경꾼들도 시간 낭비한 것을 투덜거리며 각자의 일터로 돌아갔다.

그날 별다른 일은 생겨나지 않았다. 마을 하늘에 떠오른 두 개의 해는, 그저 형상이 다소 괴이쩍고 한편 그로 인해 한낮 기온이 다소 높아졌을 뿐, 우려했던 것처럼 별다른 변화의 징조는 아니었던가. 그런데 두 개의 해가 사이좋게 간격을 지키며 유유히 서편으로 기울 무렵이다.

「불이야아!」

누군가의 다급한 외침. 미처 일손을 놓지 못한 채 소리 나는 쪽을 돌아다보던 사람들의 눈앞이 후끈 달아올랐다. 마을 저편, 검은 연기 속에서 시뻘건 화염이 널름널름 불춤을 추고 있다. 삼거리 쪽이다. 저기 어디여? 언능 가보자구. 만수 아범이 고무신 벗겨지는 줄도 모르고 내달리기 시작했고 그게 신호 되어 마을 사람 수십 명이 우르르 뒤를 따랐다.

그 시간. 철쭉 카페 식구들은 홀에 둘러앉아 늦은 점심을 들고 있었다. 좌중을 사로잡은 주제는 역시 마을 하늘에 뜬 두 개의 해였다.
「증말이야. 해가 두 쪽이 났다니까.」
웨이터 전태우가 볼따구니에 밥을 우겨넣으며 열을 올리자 선화낭자가 심드렁히 받았다.
「나두 알아. 하늘 꼭대기에서 생긴 일을 자기만 봤을까. 그나저나 난 기분이 너무 이상하다.」
「뭐가 이상해, 누나?」
「그럼 넌 아무렇지도 않니? 해가 두 개나 떴는데.」
「그럴 수도 있지.」
「그럴 수도 있다니.」
「그렇잖아. 내일 뜰 게 실수로 먼저 나와서 겹칠 수도 있고.」
깨작깨작 밥알을 골라내던 주란낭자가 전태우를 노려본다.
「병신. 가랑잎으로 자지 털 가리는 소리 말고 밥이나 먹어.」
그때 주방으로 통하는 쪽문이 열리고 꼽추가 헐레벌떡 굴러 들어왔다.

「불이요. 마을에 불이 났어요!」

「불?」

사람들이 일제히 꼽추를 노려봤다.

「마, 마을 삼거리에 지금…….」

「삼거리에?」

「저, 젊은 기사네 집인가 봐요!」

「젊은 기사아?」

식탁에 둘러앉은 시선들이 반사적으로 애로부인을 찾는다. 불행인지 다행인지 그니의 모습은 보이지 않는다.

「마담 언니 2층에서 자구 있어. 오늘 새벽에 들어왔거든.」

「어머나, 어떡해.」

「깨워야 하나?」

「세상에, 이게 무슨 일이람.」

「꼽추 아저씨, 젊은 기사 집이 확실하대요?」

사람들의 진지한 시선을 한몫에 받은 데다가, 고 깜찍해 죽겠는 여옥낭자까지 관심을 보여 주는 탓에 몇 배는 격양된 꼽추가 식탁 위로 연신 침을 튀겼다.

「정말이에요. 사람들 하는 얘기 드, 드, 듣고 왔어요. 다, 다 타고 있대요.」

젊은 기사의 집을 아귀아귀 삼키고 만 불길은 그리고도 두 시간 만에야 기세를 누그러뜨렸다. 조그만 집구석에 뭐 그렇게 불붙을 물건이 많은지, 물동이 나르고 흙 끼얹던 수십 장정과 구경꾼들은 혀를 내두르지 않을 수가 없었다. 함석지붕이 내려앉아 그러잖아도 납작하던 집 꼴은 진공 포장된 오징어처럼 땅바닥에 달라붙었고 그 자리에 남은 것은 지붕만 남은 잿덩이였다. 너무도 완벽하게 타버린 뒤끝이라 처참하다는 생각도 들지 않았다. 그렇게 저녁이 되었다. 한 개인지 두 개인지 눈여겨볼 사이도 없이 그날의 요상한 해가 후딱 넘어가고, 어둠은 연기 자욱한 삼거리에 는적는적 찾아들었다. 손에 손에 횃불이 켜지고 플래시가 빛을 밝혔다.

젊은 기사의 사체는 끝내 나타나지 않았다. 뭐가 뭔지 분간이 되지 않는 잿더미를 들쑤셔 대던 사람들은 절레절레 고개를 흔들었다. 개뼈다귀 비슷한 것도 찾아볼 수 없었던 것이다. 사체가 발견되기는 했다. 파리한 연기 피워 올리는 집터 잿더미, 녹아내린 새장 안에서 조막만 한 숯덩이로 변한 두 개의 물체는 애로부인이 얼마 전 젊은 기사에게 선물한 카나리아 부부였다. 검게 그을린 철제 새장에 갇혀 고스란히 숯불구이가 된 카나리아 한 쌍의 최후에 심장이 약한 사내들은 헛구역질을 틀어막았다.

「젊은 기사야!」

「젊은 기사님! 어디 계십니까아.」

밤이 늦도록 암수산 일대에는 횃불과 플래시를 앞세운 마을 사람들의 외침이 끊이지 않았다. 혹시나 하는 마음에서였다. 불이 난 집을 피해 산속으로 숨어들었으리라는, 도무지 앞뒤가 맞지 않는 추측이지만, 그 외의 가능성은 생각해 볼 겨를도 없었다.

「모르겠어요. 평소와, 평소와 같았지요.」
「특별히 생각나는 말은 없습니까. 예전에는 하지 않았던.」
「글쎄요. 기억이 잘⋯⋯.」
「헤어진 건 몇 시쯤이었습니까.」
「4시⋯⋯ 새벽 4시쯤이었을 거예요. 아아. 그는 살아 있는 거죠? 형사님, 그런 거죠?」
손님들 노랫소리 시끌벅적한 철쭉 카페 2층 별실. 밀가루 떡처럼 허옇게 질린 애로부인이 사복 경찰 두 명에게 조사를 받고 있다.
「그야 저희들이 알 수 없는 일이죠. 안 그렇습니까.」
「하지만⋯⋯.」
「다시 정리합니다. 새벽 3시에 만나 같이 있다가 4시경에 헤어졌다. 맞습니까?」
「예.」
「한 시간 동안 무엇을 하셨습니까? 구체적으로 말씀해 주셔야 합니다.」
「그건.」

「혹 다투시거나 한 건 아닌가요? 돈 문제 같은 걸로.」

형사 한 명이 노란 눈알을 뒤룩거린다. 아프게 눈 감은 애로부인이 머뭇머뭇 입술을 달싹일 때, 누군가 시뜻한 목소리로 종알거렸다.

「뭘 구체적으로 말하란 말예요? 퍽 하면 호박 깨지는 소리지.」

「뭐야?」

여옥낭자였다.

「몽둥이를 삶아 드셨나. 지금 그따위나 캐물을 판국이에요? 우리 마담 언니 죽는 꼴을 보려고 이러냐구요.」

당돌한 말솜씨에 힐끗 뒤를 돌아본 노란 눈알. 깜찍하게 솟아오른 여옥의 가슴팍을 주무를 듯 훑어보더니 씨익 웃는다.

「거기, 구경하고 싶으면 조용히 하셔. 업무 방해죄로 잡아넣기 전에.」

비슷비슷한 질문과 대꾸가 두어 차례 오갈 즈음 애로부인이 물을 찾았다. 주통낭자가 얼른 물잔을 대령하고, 손을 뻗쳐 잔을 잡으려던 그니가 의자에서 굴러 떨어졌다. 튼튼한 크리스털 물잔은 깨지지도 않고 바닥에 나뒹굴고, 힘없이 엎어진 애로부인은 끝내 일어서지 못했다.

「젠장, 쇼하는 거 아냐.」

「모르지.」

노란 눈알과 동료 경찰의 중얼거림에 주통낭자가 눈을 부라렸다. 카페 여주인과 내연의 관계에 있던 한 남자의 실종 사건은 수사 초기부터 단단한 벽 앞에 가로놓이고 말았다.

겨울은 성급하게 찾아왔다. 마을 한구석에 들이닥쳤던 화마의 기억은 찬 바람을 맞고 조금씩 물러갔다. 삼거리 불탄 자리 주변에는 재흙빛 공터만이 새로 남았다. 이제 젊은 기사의 행방을 걱정하는 사람들은 많지 않았다. 신비로이 숨겨져 왔던 그의 정체, 더욱 신비로운 실종 사건에 관한 궁금증들은 무심한 시간 속에서 서서히 저세상 것으로 사그라져 갔다. 그리하여 대부분 마을 사람들의 기억 속에, 그의 죽음은 하나의 기정사실이 되었다. 그것은 철쭉 카페의 식구들도 마찬가지였다.

열사흘을 자리에서 못 일어나고 의식 불명 고열에 신음하던 애로부인은 조금씩 기운을 찾아갔다. 그간 철쭉의 여덟 낭자는 그니 병간호에 생똥을 지려야 했다. 등창이 나지 않도록 매시간마다 몸을 돌려 눕히고, 링거 병을 교체하고, 땀 젖은 속옷과 물수건을 계속 갈아대려면 최소한 한 명은 방을 지키고 앉았어야 했다. 오밤중에 느닷없이 발작을 일으키며 비명을 지르고 팔다리를 휘휘 내저어 사람을 놀래키는 건 기본이었다. 심장 박동이 극도로 불안정해지면서 숨까지 멎는 통에 돌아가며 어설픈 심폐 소생술을 실시했던 적도 한두 번 아니었다. 낭자들은 썩은 오이 꼭지를 씹는 기분이었다. 사랑이란 고작 이렇던가. 이토록 덧없고 추하고 지저분한 것이던가.

「오늘이 며칠이지.」

「어머나, 언니! 정신이 들어요?」

「오늘이…….」

「11월 4일요. 기억나요? 2주 동안 송장처럼 누워 있었다구
요.」

「어지럽구나.」

「언니, 나 보여요?」

「주통. 너, 주통 맞지?」

「맞아요, 언니. 주통이에요.」

핏기 쪽 빠진 애로부인이 파리한 미소를 짓는다.

「내가…… 살아 있는 거니?」

「살아 있구 말구요. 언닌 별소리를.」

「그래, 내가…… 내가 살았어. 그런데…….」

「그런데 뭐요?」

주루룩, 투명한 액체가 탄력 잃은 뺨을 타고 흘러내렸다.

「젊은 기사, 그가. 그분이.」

카페가 무기한 휴업, 일명 '내부 수리 중'에 들어간 뒤로 철쭉
의 식구들은 할 일을 못 찾고 내내 생몸살을 앓았다. 나이 어린
웨이터들은 매일같이 볕 좋은 뒤뜰에 나란히 기대어 앉아 용두
질을 치거나 지배인의 눈을 피해 낮술을 깨작거렸고, 주방의
청년들은 마을에 내려가 겨울나기를 돕고 인심 좋은 사람들을

사귀기도 했다. 온종일 화투점이나 점에 십 원짜리 민화투로
짧은 초겨울 해를 보내기는 팔선녀들도 마찬가지였다. 풀이 죽
은 헌화노인은 대부분 그의 방에서만 운신했다. 그러한 모습들
은, 머지않아 닥쳐올 철쭉 카페의 장래를 보는 듯 을씨년스럽
기만 했다.

　정신 나고 이틀 만에 애로부인은 자리에서 일어설 원기를 회
복했다.
「괜찮겠어요, 언니?」
「좀 걸어 보고 싶구나.」
낭자들의 부축을 받으며 2층 계단을 내려선 애로부인. 조심
스러운 걸음으로 카페 문을 나섰다. 차갑지만 화창한 날씨. 애
기 언덕 정상에서 내려다보이는 마을 풍경이 눈물겹도록 정겹
다.
「혼자 있고 싶어.」
「괜찮겠어요?」
「들어들 가, 상관없으니까.」
주란낭자와 선화낭자가 눈치껏 자리를 피해 준다.
「그러세요. 도움 필요하면 부르시고요.」
　근 20일 만에 접하는 햇살에 애로부인은 찌푸린 눈자위를 풀
지 못했다. 새콤한 냉기 머금은 바람줄기가 얇은 실내복을 숭
숭 드나든다. 그 느낌이 불쾌하지 않다. 계절은 늘 정확하다.

때가 되니 마을에 담뿍 밴 가을을 밀쳐 내고 겨울이 한 걸음 다가와 있다. 가슴속에 평생 지워지지 않을 계절이 그렇게 마을을 떠나갔다. 어둠 같던 20여 일의 밤과 낮. 혼몽한 꿈 사이를 오락가락 헤매다가, 문득 2층 별실의 땀 젖은 침상에 누운 자신에게로 돌아오던 순간들. 그때마다 목덜미를 거세게 틀어쥐는 것은 저주스럽도록 생생한 젊은 기사의 기억이었다. 그럴 때마다 그니는 악몽보다 더한 현실에 숨 막히는 비명을 지르지 않을 수 없었고, 그렇게 팔다리를 휘저어 물잔을 깨고 화병을 엎었다.

애로부인이 조심스러운 걸음을 옮겨 카페 안에 들어섰다. 뭔가를 속닥이고 있던 낭자들 몇이 입을 다물며 자리에서 일어났다.

「기분 어때요 언니.」

「쌀쌀하네. 이제 완전히 겨울이야.」

「뭐 좀 드시겠어요?」

「생각 없어.」

「……예에.」

「간만에 움직였더니 피곤하구나. 올라가 쉬어야겠어.」

「부축해 드릴게요.」

「아니야. 이제 신경 써주지 않아도 될 것 같아.」

「그러세요.」

그네들로부터 몸을 돌리려는 참이다. 마음 약한 선화낭자, 머뭇머뭇 그니를 부른다.

「저어, 언니.」

「응?」

「저기…… 있잖아요.」

「말해.」

「언니, 정말 괜찮은 거예요?」

「그렇데두.」

「그게 아니라요. 좀 이상해서요.」

낭자들의 얼굴에 알 수 없는 수심이 가득하다는 것을, 그제야
애로부인은 깨달았다.

「무슨 소리야, 선화?」

「그게 있잖아요, 그러니까.」

「말해 봐.」

「언니, 지금 너무 이상하단 말예요. 꼭…….」

선화낭자는 요강 뚜껑으로 물 떠먹은 표정이다. 난처한 말을
차마 꺼내지 못하고 예쁘장한 입술만 달싹이고 있다. 주통낭자
가 참지 못하고 내뱉었다.

「언니, 얼굴이 이상해요. 뭐가 잔뜩 나구.」

「이상해? 내 얼굴이?」

「그래요. 아까는 앓고 나서 저러나 했는데. 그게 아닌 것 같
다구요.」

「내 얼굴이……. 어떻게…….」

주통이 손거울을 내밀었다. 고무 손잡이가 달린 동그란 손거울 속을 무심히 들여다본 애로부인이 후욱, 놀란 숨을 들이마셨다.

「그쵸? 뭐라면 좋을까. 좀 변한 것 같지 않아요?」

딸그락. 손거울을 바닥에 떨군 애로부인이 덜덜덜덜 턱을 떨었다.

「얼굴과 목 부위에 검붉게 불거진 돌기들은 약물치료를 해드렸으니까 수주일 내로 가라앉을 겁니다. 문제는 피부 염증이 아니라는 말씀입니다. 그 너머에 더 큰 문제가 있는 것 같거든요.」

꽃순이 성형외과 남 박사는 그 대목에서 목소리를 낮추었다.

「그 너머요?」

「안면 근육이 변이를 일으키고 있단 말입니다. 웃는 표정 우는 표정을 만들어 내는 수천만 개의 얼굴 근육들, 그 위치와 긴장 정도에 따라 사람은 미남 소리를 듣고 추남 소리를 듣는데, 그게 멋대로 뒤틀리고 있어요. 거 왜 부인의 왼쪽 입술이 언청이처럼 말려 올라가지 않았습니까. 다 그 때문입니다.」

「그것참. 왜 그런 일이 생기는 거죠?」

「선천적인 유전자 결함일 수도 있고, 정신적 충격의 후유증으로 안면 근육을 관리하는 중추 신경 기능이 손상되었을 수도 있고. 가능성이야 많겠죠. 실은 저도 이런 일은 처음 접해 보는 거라.」

「…….」

「더욱 문제는요, 이놈의 게 갈수록 빠르게 진행되고 있다는 점입니다. 어느 정도 시간이 지나면 변이가 멈추거나 원상태로 돌아오지 않을까 하는 기대로 여태 지켜봐 왔던 건데, 지금 가장 우려했던 상황으로 가고 있어요.」

「귀신이 곡할 노릇이네.」

「둘이 곡하다 하나 죽어도 모를 지경이라고 할 수 있죠.」

「무슨 묘안이 없겠습니까?」

「글쎄요. 지금으로선.」

궂은일 겪고 나서 성격이 삐뚤어지는 사람도 있고 오랜 고생 끝에 곱던 얼굴이 상하는 경우도 있다. 혹은 교통사고 따위로 큰 흉터를 입거나 신체 구조가 바뀌는 경우도 있을 것이다. 그러나 이것은 경우가 달랐다. 단 한 차례의 충격으로 인해 그 조각 같던 미모가 순식간에 망가지고 말다니. 사랑이란 고작 이렇던가. 이토록 덧없고 추하고 지저분한 것이던가.

장 보러 읍내 나갔던 선화와 여옥낭자가 날콩 씹은 표정이 되어 카페로 돌아왔다. 겨울 가뭄이 오려는지 기다리던 첫눈은 더디기만 했고, 두 낭자가 읍내에서 가져온 것은 첫눈 소식이 아니라 등줄기가 오싹한 이야기 한 토막이었다.

간만의 외출에 홍그러이 저잣거리에 들어선 그들은 좌판에
서 떡볶이와 순대도 사 먹고 천 원짜리 머리핀도 하나씩 고르
며 더없이 즐거웠다. 그렇게 노닐며 건어물 상회 쪽으로 걷다
가 예닐곱 먹은 땟국쟁이 꼬마들을 지나친다. 쓰레기통 근처
양지바른 구석에 쪼그려 앉아 담배꽁초를 빨아 대던 그들의 웅
얼웅얼 노랫소리가 두 낭자의 발목을 잡았다.

「요 새끼. 너 지금 뭐라고 그랬니, 응?」

성격 괄괄한 성격의 여옥낭자가 꼬마의 멱살을 꼬나 쥐고 다
그쳤다. 벙거지 모자의 꼬마가 성가신 표정을 짓는다.

「뭐가요?」

「방금 뭐라고 했냐 말이야.」

「에이, 이거 놔. 괜히 난리야 씨팔.」

아이는 중지를 세워 연신 퍽큐를 들이밀었다.

「요 새끼 봐, 벌써부터 좆 자랑일세. 방금 부른 노래 다시 불
러 보라니깐.」

이상하게 생긴 그 아저씨가 누구이고 별안간 왜 자기들 앞에
나타났는지 꼬마들은 몰랐다. 알 필요도 없었다. 중요한 것은,
잊을 만하면 한 번씩 나타나서 성룡각의 사천오백 원짜리 간짜
장 곱빼기를 사주곤 했다는 점이었다. 비싼 값하느라고 오라지
게 달고 맛난 간짜장을 깨끗하게 먹어 치우면, 아저씨는 언제
나처럼 노래를 가르쳐 주었다. 이상한 노래였다. 알쏭달쏭한
가사는 머리에 쉽게 들어왔고 음울한 가락은 묘하게 혀에 감겼

다. 무심결에 손이 가는 맛없는 과자처럼, 저잣거리의 골초 꼬마들은 새로 길들인 노래 구절을 중얼거리며 난전을 쏘다녔다. 아이들뿐 아니었다. 좌판에서 생선을 파는 아낙네와 그녀의 외팔이 남편도, 시큼한 젓갈을 파는 뚱보 여편네와 그녀의 주정뱅이 신랑도, 길바닥에 다듬은 나물을 놓고 앉은 꼬부랑 할머니도, 총각무 값을 깎으려고 핏대를 올리는 주부들도. 툭 불거진 광대뼈에 뱀눈이 날카롭던 그 아저씨는 요즈음 볼 수 없었지만 이제 저잣거리에 그 노래를 모르는 사람은 없었다.

「광대뼈에 뱀눈?」

「아니 세상에. 그럼 젊은 기사?」

카페 식구들의 반응은 한결같았다.

「왜 아냐. 당장 그 생각이 나더라니까.」

「그치가 살아 있나?」

「이상한 사람 다 봤네. 숨어서 무슨 짓거리를 하자는 거야.」

「어머나 어머나. 나 닭살 돋는 것 좀 봐.」

미스터 박의 굵직한 목소리가 끼어들었다.

「무슨 노랜데 그래?」

두 낭자는 선뜻 입을 열지 못했다.

「그게…….」

「답답하게 굴지 말고 여옥, 너 한번 불러 봐.」

짭짭한 입맛을 다시던 여옥낭자가 머뭇머뭇 입을 열었다. '두껍아 두껍아 헌 집 줄게 새 집 다오'를 연상시키는 곡조의, 단순하고 짧은 노래 한 소절.

애로부인은   愛路夫人主隱
남몰래 망가지고   他密亡家置古
지귀를   志鬼乙
밤엘랑 안고 가오   夜矣卯乙抱遣去如

오징어 다리를 질겅거리던 승만이 고개를 꺾고 캐액 캑 밭은 기침을 토해 내기 시작했다.

「지귀…… 지귀라 했느냐.」

소리 나는 쪽을 돌아본 식구들이 옴찔, 목을 움츠렸다. 홀 저 편 어둑한 그늘에서 비척비척 걸어 나오는 그림자. 헌화노인 이다.

「지귀라고 했느냐 말이다.」

「……예, 할아버지.」

「지귀. 지귀.」

나직이 뇌까리던 헌화노인이 눈을 감았다. 요 며칠 사이 천 오백 살은 더 늙어 버린 몰골. 쪼글쪼글한 뺨 위로 굵은 눈물이 구불구불 흘러내리고 있다. 할아버지, 지귀가 어쨌단 말이에 요? 모두 그런 표정이었지만 감히 질문을 꺼내는 이들은 없다.

「너무 오래 살았어. 내가 너무 오래 살았다. 어쩌면 그 흉한 꼴을 짐작조차 못했더라니. 젊은 기사…… 그놈이 지귀였어. 지귀의 후세인이었던 게야.」

노인의 왜소한 몸체가 부들부들 떨리기 시작했다.

「사악한 둔갑술로 우릴 속이다니. 그 더러운 손으로 애로부인의 영혼을 함부로 주물러 대다니. 지귀 네 이노오옴!」

8백여 년 전이다. 수로부인의 6대손인 선덕부인은 당시 그니가 살던 경북 지방에서 지금의 애로부인 이상으로 유명한 인물이었다. 인자한 성품과 절륜한 지혜, 대대로 물려받은 천혜의 미모는 뭇 남성들의 선망을 한 몸에 받기에 충분했다. 오히려 문제는 드높은 지위와 재력을 겸비한 그녀에게 쉽사리 접근할 만큼 배짱 두둑한 남정네들은 많지 않았다는 점이다. 그녀를 오매불망 짝사랑하는 어리석은 이가 있으니 이름하여 지귀. 홀어머니를 모시고 근근이 살아가던 그는 어느 날 거리에서 멀리 마주친 선덕부인의 미모에 송두리째 마음을 빼앗기고 만다. 그리하여 1주일 지나고 한 달 두 달이 지나도록 잠도 못 이루고 물 한 모금 입에 대지 못한 채 자리에 누워 똑같은 말만을 반복했다.

「선덕. 선덕부인.」

궂은 소문만큼 발 빠른 것이 세상에 없는 법이라 지귀의 상사병은 마을 사람들 사이에 쉽게 알려졌다. 그를 동정하는 이는 없었다. 미친놈. 지가 가진 게 있어 배운 게 있어, 하다못해 인물이라도 번듯하길 해. 어디 넘볼 데를 넘보다 다쳐야 약 한 사발이라도 지어 줄 마음이 생기지. 그런 식이었다. 그러던 어느 날, 저잣거리를 거닐던 선덕부인은 길모퉁이에 웅성웅성 모인 사람들을 보았다.

「웬 소란이냐.」

현장을 둘러보고 온 수행원이 송구스러운 듯이 머리를 긁적였다.

「미친 작자가 하나 있구먼요, 마님. 그자가 이쪽으로 뛰쳐나오려 해서 사람들이 말리고 있는뎁쇼.」

「그 사람은 누구이며 왜 미쳤는가?」

「그게 좀…….」

「아는 대로 말해 보아라.」

부인의 행차 소식을 주워들은 지귀가 한달음에 그 앞으로 뛰어들려다 덜미가 붙들린 것이었다. 자신에 대한 연모의 정으로 실성한 사내의 이야기를 접한 선덕부인의 기분은 과히 나쁘지 않았다.

「고마운 일이군. 그자에게 내 말을 전해 주어라.」

「예?」

저녁에 마을 뒷산의 절로 나오면 친히 만나 주겠다는 전갈이었다. 선덕부인은 돌아가는 길에 절에 들러 분향을 할 계획이었던 것이다. 그날 밤, 절의 돌탑 아래에 자리 잡은 지귀는 미치도록 왈랑이는 가슴을 진정시키지 못해 구토가 쏟아질 지경이었다. 이것이 꿈인가 생시인가. 꿈이면 깨지 말고 생시걸랑

영원하거라. 가슴 졸이는 시간이 계속 흘렀다. 술시가 지나고 해시가 지나고 별빛 초롱한 자시가 다가올 때까지 오매불망 기다리는 선덕부인은 절에서 나올 줄 몰랐다. 상사병으로 심하게 몸이 축난 데다가 긴장이 풀린 그는 다듬이 돌만큼 무거워지는 눈까풀을 주체할 수 없었다. 이윽고 향사를 마친 선덕부인이 절을 나서 돌탑을 지나칠 때, 어리석은 지귀는 걸레처럼 몸을 웅크리고 잠에 빠져 있었다.

「저 탑 아래 희끄무레한 물체가 지귀란 자가 아니더냐?」

「예, 마님. 헌데 잠이 든 모양인뎁쇼.」

선덕부인은 너그러운 웃음을 지으며 팔목에 감았던 금환을 벗었다.

「이것을 그의 가슴 위에 얹어 주어라.」

「아니, 저 미천한 자에게 이렇게 귀한.」

헌화노인이 나섰으나 부인은 대수롭지 않다는 얼굴이다.

「놔두세요, 할아버지.」

그들이 떠나고 오래 지나지 않아서였다. 후다닥 경기를 일으키며 잠이 깬 지귀는 시방 펼쳐진 상황에 얼이 빠진다. 아아. 원수 같은 잠이여. 일생 단 한 번의 기회였던 선덕부인은 떠나없고, 품에서 데굴데굴 굴러 떨어지는 것은 그니가 준 기념품이었다.

「이럴 수가. 세상에 이럴 수가.」

후회와 원통함과 복받치는 사모의 정으로 바들바들 몸 떨며 금환을 꼬옥 품었다. 꺼억꺽 목이 메고 눈물이 하염없이 쏟아져 나왔다. 숨이 끊어질 듯 쓰리고 아린 그의 가슴속에 뜨거운 불덩이가 이글거렸다. 가슴속 가득한 불꽃은 제 힘을 주체하지 못한 채 점점 크게 타오르고, 아뿔싸, 몸 밖으로 터져 나오고 만다. 통한의 불꽃이 순식간에 지귀의 온몸으로 옮겨 붙었다. 가슴이 타고, 머리가 타고, 팔다리의 살이 녹아 지글지글 끓어올랐다. 새카맣게 그을려 탑을 붙잡고 쓰러질 때까지 지귀는 선덕부인, 선덕부인을 외쳤다.

「당신을 보리라. 당신을 만나리라. 단 한 번이라도. 내 언제건 그러고야 말리라.」

지귀가 죽은 뒤, 해마다 늦가을 저녁 어느 날이 되면 마을에는 예기치 않은 불난리가 일어나곤 했다. 그의 기일 즈음이었다. 그때마다 멀쩡한 집 한 채가 송두리째 잿더미로 변했다. 선덕부인에 대한 사모의 정을 잊지 못한 지귀의 혼이 돌아온 것이라고 사람들은 입을 모았다. 지금으로부터 8백 년 전의 일이다

결국 철쭉 카페는 폐업의 운명을 맞았다. 애로부인이 그 지경이 된 상태에서 카페가 문을 열어 두고 있을 이유나 명목은 세상 어디에도 없었다. 그니 없는 철쭉 카페란, 실로 얼굴 추하게 뒤틀린 애로부인의 현존재와도 같았다. 추운 계절은 성큼성큼 가까워 오건만 주방 식구와 웨이터들은 새로운 일자리를 구하지 못해 애를 태웠다. 이렇다 할 기술이나 모아 놓은 돈은커녕

찬 바람 피할 방 한 칸도 없는 그들에게 남은 것은 천년 왕국으로 번성하리라 믿었던 철쭉 카페의 영화로운 기억들뿐이었다.

늦겨울, 어느 화창한 날. 애기 언덕 정상에 한바탕 굿판이 벌어졌다. 가게야 문을 닫았지만 애로부인의 몰락을 가만히 두고 볼 수는 없었다. 그니에게 들러붙은 지귀의 저주를 쫓아 버릴 갖가지 방법이 논의되었다. 먼저 찾아 나선 것은 점쟁이였다. 시내의 용하다는 점쟁이들을 찾아다닌 식구들은 그간 닥쳐온 환란의 퇴치법을 물었고, 대답 대신 한 장에 기백만 원씩 하는 부적을 받아 왔다. 옥추령부(玉樞令符) 태을신부(太乙神符) 천신강림수복부(天神降臨受福符) 봉경수덕발복부(奉經受德發福符) 등 천지간 액운을 물리치고 소원을 성취시켜 주는 재앙소멸행운번창부적, 소멸요사잡괴부(消滅妖邪雜怪符) 면고난재환부(免苦難災患符) 소사요참부(消邪妖斬符) 등 괴이한 재앙과 사악한 기운을 물리친다는 우환잡귀소멸부적이 그것들이었다. 계피와 감초 달인 물을 들인 노란 창호지에 붉게 쓰여진 부적은 점쟁이들의 지시대로 북쪽으로 뻗은 버드나무 가지에 감기어 애로부인의 주머니에 넣어지기도 했으며 동쪽으로 뻗어 난 복숭아나무 가지에 감겨 별실 창문틀에 놓이기도 했다. 그뿐이랴. 행여 기운이 모자라지 않을까 일체잡귀불침부(一切雜鬼不侵符) 저주원환소멸부(咀呪怨患消滅符) 고질원한저주해살부(痼疾怨恨咀呪解殺符) 관음부(觀音符) 등 더욱 무시무시한 이름을 가진 데다 값도 두 배 이상 비싼 저주원망요사소멸부적을 몇 장씩 써서 한 장은 마루 아래에 한 장은 출입문에, 한 장은 쌀 독에 한 장은 계단 아래에 붙여 보기도 했던 것이다. 그러나 효과는 없었다. 뭐가 어떻게 부정 탔는지 애매한 꼽추만 계단에서 굴러 머리가 깨졌을 뿐이다.

「이, 이, 이제 조…… 좀 나, 나아진 것 같니?」

심한 우울증에 빠진 뒤 말을 더듬기 시작한 애로부인이 퉁퉁 부어오른 눈을 병신스럽게 깜빡거리며 물었고, 낭자들은 그니의 흉한 얼굴을 제대로 쳐다보지 못하고 머뭇거렸다.

「실망하지 마세요, 언니. 다른 방법이 있을 거예요.」

부적이 효험을 보이지 못하자 점쟁이들은 천간자병점법(天干字病占法)과 지지자병점법(地支字病占法)을 일러 주었다. 애로부인은 그 흉한 얼굴에 진지한 소원의 빛을 담고 갖가지 길흉 비결법을 몸소 행했다. 푸른색 종이에 십 원짜리 여덟 개를 싸 들고 세 번 지귀의 이름을 부른 다음 동쪽으로 40보를 걷기도 하고, 수수밥 세 그릇과 세 마리 말 그림을 제상에 바치고 서쪽으로 15보를 걸은 후 지귀의 이름을 역시 세 차례 부르기도 했다. 모두 밤에 행하는 의식이었기에 얼핏 보기엔 몽유병자의 언행처럼 등골이 오싹해질 장면이었다. 역시 효험은 없었다. 음식을 사용하는, 보다 난해한 귀신 퇴치법이 동원되기도 했다. 가장 나이 어린 여옥낭자의 월경에 돼지 똥을 섞어 달인 것, 지은 지 333년 된 집의 벽에 붙은 흙을 긁어모은 것, 흰 털을 가진 개의 위에 녹두를 채워 삶은 것, 계란 세 개를 식초에 담그고 이틀간 밤이슬을 맞힌 것 등. 차마 근처에 가기도 역겨운 묘약들이 만들어졌고, 애로부인은 그 음식들을 헛구역질 한 번 없이 집어삼켰다. 자신의 원래 얼굴을 되찾을 수만 있다면 인분이 아니라 인육이라도 가리지 않겠다는 그니의 의지에 낭자들은 슬며시 눈물을 찍어 냈다. 바라 마지않던 효험은, 끝내 나타나지 않았다.

이런저런 방법들이 수포로 돌아가고, 철쭉의 식구들은 지귀를 쫓기 위한 한바탕 굿을 계획했다. 남의 이목 때문에 피해 온 방법이지만 이제 다른 길이 없었다. 외로운 밤이면 밤마다 외지에서 찾아온 고급 승용차들의 행렬이 끊이지 않던 애기 언덕 위에 1주일 쉬지 않고 굿판이 벌어졌다. 시장의 번성을 비는 난장굿, 집터 수호신을 모시는 대감굿, 마을의 안녕과 행복을 비는 대동굿, 부락 신앙의 원류인 별신굿, 죽은 이들 보내는 지노귀굿, 환자 병 고치는 우환굿, 동물을 죽여 바치는 타살굿 등 별의별 굿거리가 몇 날 며칠 이어졌다. 연일 구경꾼들이 모여든 가운데 울긋불긋 장삼을 걸친 무당이 작두 위에서 나비춤을 추었다. 성줏대를 잡은 카페의 식구들은 덜덜덜덜 몸을 떨고 턱을 떨고 눈물을 흘렸다. 재비들의 무악(巫樂)은 혼란스러운 신명으로 넘쳐흘렀다. 객사한 사람의 혼령 객귀, 억울하게 죽은 원혼 영산, 시집 못 가고 죽은 손각시, 장가 못 가고 죽은 몽달, 자손 없이 죽은 무사신, 천연두 앓게 하는 호구신, 못된 돌림병을 퍼뜨리는 저퀴, 우두를 몰고 오는 우두지신, 굿판에 모여드는 수부 등 온갖 잡신의 피해를 물리치기 위한 굿은 이름도 다양했다. 병굿, 환자굿, 푸닥거리, 영장지기, 중천굿, 명두굿, 별상굿, 손님굿, 마누라 배송, 맹인거리, 광인굿 등. 시루떡 일흔다섯 판이 쪄지고 소 열다섯 마리에 술 마흔여덟 말이 소요되었다. 조용한 마을에 불어 닥친 굿판은 사람들에게 훌륭한 볼거리 먹을거리를 제공했다. 가련한 애로부인은 신명 난 무당 앞에 무릎 꿇린 채 죄인 취급 잡귀 취급을 당하며 연일 타박을 받아야 했다. 행사를 주관했던 지배인 미스터 박은 과로로 쓰러지고, 종교 문제로 참석하지 않았던 독실한 크리스천 주란낭자는 신이 내렸는지 3일째 되던 오후에 난데없이 까무러치기도 했다. 난리 속에 1주일간의 굿판이 끝났지만 애로부인의 얼굴은 조금도 나아지지 않았다. 참으로 귀신이 곡할 노릇이었다.

끓는 물에 덴 것처럼 뺨 주변이 벌겋게 부어오르고, 짓무른 눈자위에 팥 알갱이만 한 눈곱이 끼고, 위로 말려 들어간 입 주위로 부스럼 딱지가 앉고, 머리카락이 숭숭 빠져나가 속이 허옇게 드러난 애로부인의 예전 모습을 기억하는 이들은 많지 않았다. 헌화노인의 망령기는 날이 갈수록 심해졌다. 어린아이건 쉰내 나는 아낙네건 시금털털한 할망구건 치마 두른 인간만 봤다 하면, 노인은 어김없이 다가가 욕을 보이곤 했다. 달리 욕보이는 게 아니라, 머리채를 우악스럽게 쥐어흔들거나 엉덩이를 매우 자극적으로 주물러 대는 식으로.

「썩을 년! 똥갈보년! 이쁘면 다야? 히히, 히히.」

성품 고운 마을 사람들은 망령 난 노인을 어쩌지 못하고 딸기 키우던 비닐하우스에 임시 거처를 만들어 주었다. 발육 부진으로 소출 대상이 되지 못하고 썩어 가는 딸기를 주워 먹으며 생계를 연명하던 헌화노인은 어느 날 연기처럼 종적을 감추었다. 한 해의 끝을 며칠 남기지 않은 어느 날이었다. 어디로 갔는지 어쩔 생각으로 찬 바람 매서운 계절에 길을 나섰는지 모를 일이었다. 비닐하우스 안쪽, 지푸라기가 새 둥우리처럼 둥글게 자리 잡은 헌화노인의 보금자리에는 몹시 낡은 호리병 하나가 남겨져 있었다.

낡은 호리병의 소유권을 놓고 마을 아낙네들 사이에 한바탕 분란이 일었다. 깨순네는 비닐하우스의 헌화노인에게 몇 차례 저녁 식사를 제공한 공을 들이밀었고 코밑 점순네는 자신과 자신의 딸 점순이 그놈의 영감탱이한테 가장 많이 성희롱을 당했다는 점을 내세웠다. 아낙네들이 스스로 호리병의 주인임을 자처하는 이유는 한 가지, 노인이 길고 긴 생애 동안 무수한 절세미인 가계를 보필할 수 있었던 그 비밀이 호리병 안에 있다는 것이었다. 근거 애매한 소문에 의하자면 그랬다. 어떠한 물질이 어떠한 형태로 보관되어 있을지는 알 수 없지만, 애로부인이 그렇게 망가진 이후 호리병을 버리고 간 것만 봐도 분명한 노릇 아니냐. 그러니 여자 된 입장에서 관심과 욕심이 생기지 않을 리도 만무했다. 낡은 호리병 하나를 두고 보이고 보이지 않는 힘 대결이 팽팽하던 어느 날. 마을에 젊은 스님 한 분이 찾아왔다. 그게 언제 적 일이던가 마을 하늘에 두 개의 해가 떠올랐던 날, 법력을 발휘하고자 애쓰던 그 스님이었다. 콩팔칠 팔 다투는 아낙들을 향해 스님이 인자한 미소를 지었다.

「보살님들의 심경 이해가 갑니다. 그러나, 본디 아름다움이 란 억만 겁의 세월을 나누어 가지고도 남는 보배입니다. 탄 면에 이승의 삶은 짧디짧지요. 이렇듯 서로의 등만 마주 대고 있다가 어느 세월에 저 호리병 뚜껑을 열어 보겠습니까.

말도 되지 않는 화두에 사람들이 헷갈리는 사이, 법명 모를 스님이 문제의 호리병을 집어 들었다.

「제게 자격이 있는지는 모르겠지만, 일단 이 안의 내용물을 확인하는 것이 순서일 것 같군요. 이의 없으십니까.」

입술을 삐죽거리는 이들도 있었지만 대놓고 불만을 터뜨릴 분위기가 아니었다. 저거 옛날 그 땡중 아냐. 누군가 그렇게 중 얼거렸다.

「그럼 동의하신 걸로 알겠습니다. 자, 이 아름다운 찰나를 모 두 지켜봐 주시기 바랍니다. 나무 관세음보살.」

약장수처럼 신이 오른 스님은 낡은 호리병 뚜껑을 힘차게 잡아 비틀었다. 그러나 생각보다 단단하게 고정된 뚜껑은 꼼짝도 하지 않았다. 끄응. 다시 똥 싸는 힘을 주었지만 호리병은 긴 세월의 녹이 퍼렇게 든 자물쇠 같았다. 용을 쓰던 스님이 자비롭게 투덜거렸다.

「허허어. 어느 가여운 중생이 이다지도 바깥세상 구경하기를 꺼린단 말이냐.」

으랏차차! 파리한 이마가 새빨개지도록 요란한 기합과 함께 더욱 큰 동작으로 호리병을 비튼다. 그리고 미끈덕, 손끝에서 빠져나간 호리병이 부웅 하늘을 날았다. 짧은 순간. 아녀자들은 에구머니 소리도 내지 못하고 넋 나간 표정으로 호리병의 비행을 좇았다. 포물선을 그리던 호리병이 하필 우물가의 시멘트 바닥에 떨어졌다. 그리고 파삭, 애처로운 소리를 내지르며 깨지고 말았다.

「어어.」

크고 작은 사금파리 조각뿐. 없다. 저마다 상상해 마지않던 빨간 구슬도 검은 환약도, 금색의 가루도 보이지 않았다. 박살 난 호리병 안에는 원래 아무것도 담겨 있지 않았던 것이다.

「저게…… 저게 뭐래?」

모두들 잠에서 덜 깬 표정으로 뒷말을 잇지 못한다. 가장 당황한 쪽은 스님이었다. 모여 선 구경꾼과 박살 난 호리병 사이를 두리번거리던 그는 공기가 별로 좋지 못하다는 것을 직감했다. 그리고 부지런히 행장을 꾸렸다.

「이거 보세요, 스님. 이게 무슨 경우지요?」
「그러게. 아무것도 없네요.」
　웅성거리는 사람들의 시선을 등지고 젊은 스님이 황황히 걸음을 재촉한다. 이렇게 중얼거리면서 말이다.
「이 역시 대저 부처님의 뜻입니다. 나무 관세음보살.」

기억의 연옥과 소설가의 각오

한차현,《대답해 미친 게 아니라고》가 환기시킨 것

이명원(문학 평론가)

한차현의 두 번째 창작집에 해당되는《대답해 미친 게 아니라고》를 읽으면서, 나는 '기억의 연옥'이라는 문제에 대해 골돌히 생각해 보곤 했다. 기억의 연옥이라니? 인간이 자신 됨의 정체성을 구현하기 위해서 분명 필요한 것은 과거에 대한 기억일 것이다. 그 기억을 통해서 인간은 과거와 현재, 그리고 도래할 미래라는 연속적인 시간 안에서의 존재감을 확인하게 되는 것이다. 특히 중요한 것은 '과거의 기억'이라고 할 수 있다. 현재의 '나'라고 하는 존재의 확실성은, 다소 엉뚱해 보이기는 하지만 과거의 '나'가 이미 존재했다는 '기억'에 의존한다. 가령 이런 예를 상상해 보자. 여기 한 사람이 있다. 어느 날 자가운전으로 고속도로를 달리던 이 사람이 불의의 교통사고를 경혐하게 된다. 교통사고의 후유증으로 이 사람은 과거에 대한 기억 모두를 상실하는 불행에 빠진다. 그가 친근하게 대하던 가족은 물론 뜨겁게 교류했던 벗들과의 기억 모두가 상실된다. 요컨대 몸은 멀쩡하게 치유되었는데, 과거에 대한 기억만이 완전히 상실된 이 사람은 과연 누구일까. 과거를 기억할 수 없다는 점에서, 현재의 그는 완전한 허깨비는 물론 아닐지라도, 적어도 정체성의 문제에 있어서는 심각한 위기 상태에 놓인 존재임이 분명하다. 그렇게 기억은 과거와 현재라는 이질적인 시공간을 연속성으로 재구성하며, 이를 통해 그 안에서 살아왔고 또 살아가야 할 한 인간의 정체성을 뚜렷하게 구획한다.

그러나 '과거의 기억'을 갖고 있는 인간이란, 다른 측면에서 보자면 또한 체계적인 망각의 소유자라는 것을 우리는 알고 있다. 기억이라고 하는 것이 정체성의 구성에 막대한 영향력을 갖고 있다는 것을 십분 인정한다고 할지라도, 거기에 더하여 불필요한 것을 '망각'하는 기술이 존재하지 않는다면 인간의 삶은 '기억의 연옥'에서 허우적거리게 되는 것이다. 특히 인간의 삶을 고통스럽게 하는 것은 '끔찍함'으로 표현할 수 있을 과거의 특정한 기억들이, 도대체가 망각되지 않고 오히려 생생하게 현실 속에 반복적으로 되살아날 때이다. 가령 홀로코스트라는 대학살을 포함하여 전쟁의 후유증에 시달리고 있는 지구상의 많은 사람들을 생각해 보자. 이들은 물리적으로는 현재라는 시공간에서 자신의 삶을 영위하지만, 그 간단없이 떠오르는 '과거'의 반복적인 등장 앞에서, 현재의 삶이 무력화되는 상황에 자주 처해진다.

　이런 관점에서 보자면, 기억과 망각이라는 것은 인간의 정체성 구성에 있어서 상호 보족적인 역할을 하는 짝패임을 우리는 확인하게 된다. 만일 우리들의 삶이라고 하는 것이 망각이 원천적으로 불가능한 조건에 있게 된다면 그것은 확실한 불행이다. 반대로 우리가 과거의 사건이나 정황을 아무리 잊으려 해도 속속들이 기억할 수밖에 없는 존재라고 한다면 이 역시 불행한 것은 마찬가지다. 그렇게 본다면, 우리는 기억하면서 망각하고, 망각하면서 기억하는, 표면적으로는 모순적으로 보이지만 실제로는 성숙하고도 유연한 삶을 가능케 하는 삶의 기술을 거의 본능적으로 타고났다고 볼 수 있다. 각각의 개인들이 숨 막히는 삶의 정황 속에서도 그런대로 안정적이고 유연한 자기 정체성을 유지하면서 일상을 영위해 나가는 것은, 이렇게 기억을 둘러싼 '보존과 폐기'의 동력학을 의식의 차원이 아닌 무의식의 차원에서 체득해 나가고 있기 때문일 것이다. 그렇지 못할 때, 어떤 기억은 천국도 아니고 지옥도 아닌, 기묘하기 짝이 없는 연옥에서의 고통을 우리에게 던져 주는 것이다.

　〈대답해 미친 게 아니라고〉에 등장하는 여자는 과거에 만났던 한 남자의 기억에 완전히 매몰되어 있다. 외딴섬 해수욕장에서 우연히 마주친 운명에 저당 잡힌 존재인 셈이다. 지하철의 철로에서 자살을 시도하는 한 사내를 퇴근길에 목격하게 됨으로써 충격에 빠지게 된 한 샐러리맨은, 자살을 결행한 그 사내가 놀랍게도 오전의 출근길에 우연히 조우했던 동일 인물이라는 사실을 알고 더 큰 충격에 빠져들게 된다. 이것은 〈지하철 유령〉이라는 작품의 내용인데, 여기에서도 기억의 문제는 서사적으로 핵심적인 역할을 하고 있다. "모든 죽어 간 것이 그렇듯 삶도 기억되는 순간들의 과거에 불과하니까"라는 진술이 그것. 기억이라고 하는 문제가 다소 코믹하게 그려졌음에도 불구하고, 그야말로 교향악적인 갈등의 핵심으로 등장하는 소설이 〈차이와 반복, 요컨대 TV적인 것과 리모컨적인 것이란〉이다. 이 소설의 갈등이란 지극히 단순하다. 멀쩡히 존재했던 리모컨이 보이지 않아 그 때문에 리조트에 휴가차 놀러 온 네 청년이 기막힌 소동을 벌이게 된다는 것이다. 사소한 사물에 대한 기억의 상실이 초래해 낸 갈등의 파노라마가 유쾌하게 잘 묘사된 소설이다.

〈메모리즈 아 메이드 오브 디스〉라고 하는 것은 기억[memory]을 표제로 내세운 데서 알 수 있듯, 지워지지 않는 과거의 기억 때문에 현재의 사랑에 거듭 실패하는 한 남자의 연애담을 담고 있다. 한때 영화배우 리자 버틀렛을 닮은 여자를 사랑했던 이 남자는 그 사랑이 실패하고 난 후 "세상의 여자는 리자 버틀렛을 닮은 여자와 그렇지 않은 여자로 나뉘었"다는 이상한 양도 논법에 빠져 허우적거린다. 기억의 문제란 것이 그야말로 전면적인 실존의 문제로 다가와, 소설을 읽는 독자들을 당혹스럽게 만들다가, 오히려 그것에 대해 심각한 고민을 진행시키게 만드는 기묘한 매력의 소설이 〈이메일〉이다. 어느 날

한 남자에게 모임을 알리는 이메일이 도착한다. 그런데 막상 그 모임에 도착해 보니, 그 모임에 참석한 여덟 명의 남자는 생일과 이름이 같은, 서로 다른 시공간에 살고 있는 자기 자신'들'이다. 황당하기 짝이 없는 설정이지만, 소설을 읽다 보면 황당하기는커녕 오히려 박진감을 느끼게 된다. 그런데 이 모임의 주최자라고 할 수 있는 또 다른 나, 그러니까 22세의 성이철이 불참한다. 그는 왜 불참한 것일까. 또 다른 성이철은 그가 '자살'했기 때문이라고 그 이유를 밝히고 있다. 이 자살에 대한 정의야말로 이 소설의 핵심적인 메시지인 셈인데, 그 내용은 이렇다. "그는 자살을 했습니다. 육체적 소멸이 아니라 기억으로부터의 단절이라고 할까요."

과연 기억으로부터의 완전한 단절이란 것이 가능하기는 한 것일까. 작가 자신 역시 이 점에 대해서는 지극히 회의적인 인물임을 우리는 〈코미디의 왕〉이란 소설에서 간접적으로 확인할 수 있다. 이 소설은 전직 코미디언이라고 자신을 소개한 현 초로의 인물이 화려했으나 한편으로 당혹스럽기도 했던 자신의 젊은 날을, 파티에 동석했던 한 젊은 소설가에게 이야기하는 구성을 취하고 있다. 이 소설의 중요성은 작가 자신이 소설에 대해 견지하고 있는 '예술론'의 피력에 주목적이 있는 작품이라는 데 기인한다고 판단되지만, 그렇다고 해서 기억의 문제가 사소하게 다루어지고 있는 것은 아니다. 유한마담이자 다부호라고 할 수 있는 문 여사와 동거를 했던 작중 인물이 어느 날,

그 자신이 과거에 섰던 무대 '초원의 집'에서 추억에 어린 눈빛
으로 코미디를 하게 되지만, 관객들의 완전한 냉소와 무관심으
로 절망하게 되는 장면이 이 소설 속에는 등장한다. 이러한 상
황을 목격하게 된 '초원의 집' 단장의 말은 이렇다. "세상이 얼
마나 빨리 변하게. 자넨 그걸 놓친 거야. 관중들이 언제나 자네
편일 줄 알았어?" 코미디언의 기대와 달리 관객은 그의 코미디
를 완전히 망각해 버렸던 것이다. 이 소설 속에서도 잊혀진다
는 것은 존재감의 상실로 연결된다. 소설의 종결부에서 지금은
잊혀진 왕년의 가수왕 신지는 시립 문예회관 앞에서, 그것을
이런 발언을 통해 암시한다. "저도 저 무대에 선 적이 있었어
요. 그날, 정말 대단했었는데."

그렇다면 반대로 과거에 대한 기억을 완전히 상실하게 된다
면? 시간대를 현대로 옮긴 '고전 해학극'처럼 느껴지는, 작가의
걸걸한 입담을 유감없이 발휘하고 있는 작품인 〈애로부인傳〉
에서의 애로부인의 종말처럼 존재감의 완전한 상실로 귀착될
것이다. 애로부인이란 누구인가? 작가의 과장된 어조를 그대
로 인용하면 이렇다. "경국지색으로 일컬어지는 그니의 미모
를 인간의 언어로 설명할 수 있을까." 이렇게 능청을 떨면서 작
가는 설명을 계속한다. "18세 나이의 모친이 차갑고 맑은 우물
물을 한 모금 마신 뒤 1주일 만에 홀로 태기를 보였고 해산 즈
음에는 신묘한 향기가 방 안에 가득 차 사흘간 가실 줄 몰랐다
는 탄생 설화를 비롯해 그니의 전설적 미모 혹은 미모의 전설

을 방증하는 일화들은 수도 없다." 경국지색이라고 했으니, 그 미모를 더 언급해서 무엇 할까. 그런데 자연스럽기도 이런 애로부인이 숱한 남자들의 구애에도 불구하고, 결국은 자신을 위기에서 구해 준 한 영웅적인 남자와 열애에 빠져든다.

그런데 그 남자에 대한 작가의 인물 묘사는 애로부인과는 완전히 대척점에 있다. 이런 식이다. "툭 불거진 광대뼈에 양 끝이 치켜 올라간 뱀눈 하며 살짝 뻐드러진 앞니와 거무튀튀한 피부." 한마디로 보잘것없는 외모의 소유자가 자칭 기사라는 인물이다. 작품의 증반부를 지나면 애로부인과 이 기사는 풀숲에서 성애를 나눌 정도로 뜨거운 애정을 과시하지만, 이 기사의 화재를 가장한 돌연한 실종으로 애로부인은 절망에 빠져들게 되며, 그 후유증으로 얼굴의 근육이 제멋대로 뒤틀리는 상사병에 의한 미모의 완전한 파괴라는 결과를 맞는다. 그런데 이 소설에서 흰 수염 휘날리며 코믹하게 등장하는, 천오백 년 동안 애로부인의 가문을 지켜왔다는 헌화노인에 따르면, 그 영웅적인 기사란 전생에 애로부인의 조상인 선덕부인을 사모했다가 미쳐 죽은 '지귀'의 후세였다는 것이다.

그렇다면 애로부인의 이 처참한 전락을 가중시킨 것은 무엇인가. 지귀의 존재를 못 알아보았다는 것이 논리적으로야 가장 중요한 문제이겠지만, 실제로는 그 젊은 기사와의 열렬한 사랑의 상실 후 더욱 생생해진 '기억' 때문이었다는 것이 서술자의 진단이다. "어둠 같던 20여 일의 밤과 낮. 혼몽한 꿈 사이를 오락가락 헤매다가, 문득 2층 별실의 땀 젖은 침상에 누운 자신에게로 돌아오던 순간들. 그때마다 목덜미를 거세게 틀어쥐는 것은 저주스럽도록 생생한 젊은 기사의 기억이었다.” 요컨대 기억이 문제였던 것이다.

　이렇게 본다면, 이 소설집에서 한차현이 공들여 탐구하고 있는 라이트모티프(Leitmotiv)는 인간의 정체성 구성과 관련하여 가장 심각한 문제로 간주될 수 있을 ‘기억과 망각의 변증법’에 있었다고 우리는 결론을 내릴 수 있다. 논리적이거나 철학적인 탐구 대상으로서도 워낙 심각한 의제에 해당되는 것임에 틀림없는 이 문제를, 만일 작가가 눈썹에 힘을 주고 전통적인 관념소설의 방식으로 써 내려갔다면, 극소수의 학구적인 독자를 제외하고는 소설 읽기를 중도에 중단했을 것이다. 그런데 한차현의 작가로서의 개성은 그것을 오히려 정반대의 태도, 그러니까 거의 경박함에 가까운 유머와 재치로 서사화해 내는 전술을 통해 소설화함으로써, 독자들의 상상 공간을 보다 관대하게 확장시켰다는 점에 있다. 사소하게만 보이는 갈등과 사건을 통해, 오히려 심원한 사유 실험을 진척시켜야 마땅할 문제의식을 촉진하게 만드는 소설이라는 점에서, 그것은 신선한 소설적 시도로 판단된다.

　이상의 간략한 검토를 통해서 이 소설에서 반복적으로 드러나는 소설적 문제의식을 확인했거니와, 이제부터는 관심을 약간 돌려 소설에 대한 한차현의 작가적 ‘자의식’의 문제를 살펴

보기로 하자. 모든 소설가는 독자들의 입장에서 피상적으로 보자면, 어떤 운명적인 요소가 본능적인 소설 창작에로 나아가게 만든 것처럼 보이지만, 실제로는 소설 쓰기는 물론 소설가로서의 위기에 수없이 직면하게 된다. 작가에게 소설 쓰기는 운명이라기보다는 의지의 세계다. 제아무리 한 작가의 소설이 독자들에게 열광적인 반응을 얻는다고 할지라도, 예딘한 소설가는 항상 자신의 소설 앞에서 커다란 절망을 느낀다. 그럴 때 주어지는 질문이 소설은 왜 쓰는가, 라는 문제이며 소설가인 나는 과연 누구인가라는 자기 탐문의 형식이다. 그런데 이 자기 탐문의 노력이 치열하면 치열할수록 소설가의 작가적 고통은 심화되는 것이겠지만, 그와 동시에 소설의 창조성 역시 확대되게 되는 것이다.

한차현은 등단 이후 비교적 짧은 시간 동안 정력적인 창작을 해왔다. 이번 소설집까지를 포함하자면 그는 벌써 세 권의 장편소설과 두 권의 작품집을 출간한 셈이다. 그와 비슷한 시기에 작품 활동을 시작한 작가들이 이제야 간신히 한두 권의 작품집을 출간한 것을 상기해 보면 분명 그는 다작의 작가라고 할 수 있겠다. 무엇이 그로 하여금 쉼 없는 창작의 길로 나아가게 한 것일까. 소설가로서의 작가적 문제의식이 그만큼 높은 수준에 있었다고 판단하게 되는 것은, 그의 소설이 시류에 영합하지 않고 또 대중들의 전폭적인 지지를 받아 온 것도 아니지만, 철학적 존재론과 인식론의 문제를 소설의 중심 문제로 탐구해 온 데서도 간접적으로 확인할 수 있다. 그와 동 세대에 속하는 몇몇 작가들이 소설에서는 비교적 안전한 실험이라고 할 수 있는 역사적 소재를 현대적으로 재구성하는 방향으로 나가거나, 창조적 사유를 펼칠 여지가 거의 없는 추억을 향해 달려가는 소설 쓰기를 선호했음에도 불구하고, 한차현은 오히려 그것의 역방향으로 달려가는 자세를 보여 주었다. 작가로서의 탐구 정신과 성실성이라는 차원에서 높은 평가를 받을 수 있는 대목이다.

그러나 그 길은 고독한 길이다. 작가로서의 문제의식이 제아무리 치열하다고 할지라도, 오늘날의 미디어 환경은 점점 더 소설이라고 하는 장르를 지적 탐구보다는 정서적 감염력이 강한 킬링 타임용의 읽을거리로 전락시키고 있기 때문이다. 이런 정황 속에서 작가는 자연스럽게 자신의 소설 쓰기가 무엇인지에 대한 고뇌에 직면하게 된다. '소설의 기원에 관한 공상 5'라는 부제를 달고 있는 〈코미디의 왕〉은 이런 관점에서 보자면, 한 사람의 퇴역 코미디언을 통해 소설 및 소설가의 존재 방식에 대한 한차현의 사유를 드러낸 일종의 알레고리적 수법의 작품으로 읽힌다. 이 퇴역 코미디언이 '초원의 집'이라는 무대에 오르기 위해 시행착오를 반복하는 것은 소설가로 입신하기 위한 습작기의 고통과 관련된다. 그러던 그가 자신의 코미디를 거의 유일하게 인정했던 대부호 문 여사와 동거에 들어가게 됨으로써 코미디를 중단하게 되는 것은 '자본의 논리'에 포섭된 소설가의 불

우한 상황을 암시하는 것으로 이해될 수 있을 것이다. 그러나 코미디언은 오직 무대 위에서만 행복할 수 있는 것이다. 마찬가지로 소설가는 오직 소설 쓰기를 통하여 자신의 존재감을 확보할 수 있는 것이다. 이런 관점에서 문 여사와의 동침으로 은유되는 코미디언의 전락은 자본의 논리에 포섭된 우리 시대 소설가들의 존재 방식에 대한 알레고리적 비판에 해당된다.

그러나 코미디언(작가)이 무대로 다시 돌아온다고 해도 관객(독자)이 그를 환영하는 것은 아니다. 그의 코미디는 이미 철지난 올드 패션이 되어 버린 것이다. 코미디언을 꿈꾸던 청년이 일시적으로 돌아온 무대 위에서 확인하게 되는 것은 오히려 관객들의 무관심과 냉소이다. 그러나 이 코미디언은 그러한 악조건에도 불구하고 자신의 코미디를 치열하게 연출할 수밖에 없는데, 이러한 상황 설정에서 우리는 소설 쓰기를 '자기 존재의 증명'으로 바라보는 한차현의 시각을 확인할 수 있다. 그런데 이 소설에서 전직 코미디언이 발설하고 있는 무대 예술인이 즐겨 말하는 예술의 최고 경지, 즉 '두 세계와 네 개의 자신'이라는 담론은 곧바로 소설가 한차현의 소설과 소설가의 존재 방식에 대한 핵심적인 사유라고 보아도 무방할 듯하다. 이런 내용이다.

이른바 무대 예술인이 즐겨 말하는 경지라는, 전직 코미디언의 견해. 하나. 평상시 무대 밖의 나. 둘. 무대 위의 나. 셋. 어두

운 관객석 어느 눈동자 속의 나. 그리고 네 번째. 무대 위도 무
대 뒤도 객석도 아닌 곳. 거기가 네 번째 나의 자리입니다. 아니,
어디에도 존재할 수 있다는 편이 좋겠네요. 가장 자유롭지요.
심지어 세 가지 역할 중 하나 또는 둘 이상의 '나'와 함께할 수도
있으니까. 중요한 것은 그 역할입니다. 이를테면 세 종류 '나'의
존재감을 규정하고 확장하고 또한 완성시키는, 그 창조적인 분
야가 바로 '네 번째 나'의 역할인 것이지요.(131쪽)

위의 인용문에는 나타나 있지 않지만, 이 소설 속에서 전직
코미디언의 존재감을 규정하는 두 세계는 무대와 무대 뒤쪽의
서로 다른 시공간을 의미한다. 무대 위에서의 세계란 요컨대
작가의 창조적 글쓰기가 발현되는 세계이며, 무대 뒤의 좁은
통로, 즉 대기실이란 창조적 글쓰기를 유연하게 완성하기 위한
시행착오가 반복되는 공간이다. 그러나 내 판단에는 또 하나의
세계가 작가에게 존재한다. 그것은 무대와 완전히 무관해 보이
지만 꼭 그런 것만도 아닌, 또 예술적 창조와 관련된 시행착오
와 완전히 무관해 보이지만 꼭 그런 것만도 아닌, 요컨대 우리
가 날것의 욕망으로 움직이고 있는 이 연옥 같은 일상적 삶의
세계가 그것이다. 소설가는 이 찢겨져 있는 세 차원의 세계 속
에서 자아의 분열과 통합을 반복하는 자이다. 소설가의 입장에
서는 앞에서 밝힌 것처럼 세 개의 세계가 형성되고, 거기에서
세 개의 '나'가 분열과 통합을 반복하는 것이지만, 여기에 소설

가와의 작용, 반작용을 가능케 하는 또 하나의 존재가 있으니, 그는 '독자'이다. 독자의 눈에 투영된 또 하나의 '나'가 그것. 이렇게 본다면 한차현이 소설 속에서 진술하고 있는 '두 개의 세계(정확히는 세 개의 세계이지만)와 네 개의 나'라고 하는 논리가 해명된다.

한차현은 소설가의 위치를 어떻게 규정하고 있는가. "무대도 객석도 아닌 곳", 그러면서도 가장 자유로운 자리란 어디일까. 그것은 앞에서 연옥 같은 일상적 삶의 세계, 범위를 넓히자면 인간의 피와 땀이 분비되는 현실의 세계가 아닐 수 없다. 그런데 이 세계에서 소설가는 다차원으로 분열된 자아를 통합하고, 조정한다. 그것은 자연인 한차현의 자리라고 할 수 있겠지만 또한 그 자리는 소설과 소설가, 소설가와 독자의 관계를 발원시키는 출발점이라는 점에서, '나'의 존재감을 규정하고 확장하고 또한 완성시키는 자리이기도 한 것이다. 나는 그가 이 현실적 차원에서의 작가의 존재 방식에 대한 예민한 자의식을 갖고 있고, 또한 상상의 자리와 현실의 자리에 대한 균형 감각을 견지하고 있다는 점에서, 소설을 물신화하여 숭배하거나 반대로 자본의 논리에 포섭된 현실을 추수하는 방식으로 자신의 소설을 무력화하는 작가들에 비해, 소설가로서의 치열한 자의식을 보여 주고 있다고 생각한다.

그러나 자의식의 치열성이 즉각적으로 소설의 육체를 둥요롭게 만드는 것은 아니다. 마찬가지로 그가 소설 속에 패기만 만하게 철학적 인식론과 존재론이라는 폭약을 설치했다고 해서, 그의 소설이 자동적으로 폭발력을 갖는 것은 아니다.

　나는 《영광전당포 살인 사건》에서 작가에게 더욱 교활해질 것을 요청한 바 있는데, 적어도 이러한 지적은 이번 작품집에서도 동일하게 주문될 필요가 있다고 생각한다. 나는 소설에서, 특히 단편소설에서 가장 중요한 두 가지 요소는 인물의 성격화와 밀도 높은 플롯의 조직에 있다고 생각한다. 그런데 이 두 가지 차원에서 보자면, 한차현의 이번 소설집 역시 절반의 성취에 머물고 있다. 무엇보다 불만스러운 것은 소설 속에 등장하는 다양한 인물들이, 개별자로서의 개성을 성취하고 있기보다는 마치 작가의 분신들로 보여진다는 점이다. 인물의 풍요로운 내면을 확인할 수 있는 서사적 기법에 대한 한차현의 밀도 높은 고민이 진행될 필요가 있다고 생각되는 부분이다. 또한 플롯의 구성에 있어서도 좀 더 세심한 고려를 할 필요가 있다. 플롯이라고 하는 것은 요컨대 작가와 독자 사이의 '지적 게임'과도 같은 것이다. 그런데 그의 소설을 하나의 게임으로 간주하고 읽어 나가면서 내가 아쉽게 생각한 것은, 아무래도 그 게임의 승자는 작가라기보다는 교활한 독자인 '나'가 아닌가 하는 다소 오만한 생각을 하게 되었다는 점에 있다. 이 두 가지 난관을 작가가 어떻게 극복하는가의 여부에 따라, 기억의 연옥임에 분명한 현실의 소설화와 이에 임하는 치열한 소설가의 각오가 생산적으로 증폭될 수 있을 것이다. 기억해 주기 바란다.

소설이 당신과 나를 쓴다

소설을 쓰는 일,과 작가 후기를 쓰는 일,은 다르다. 이를테면 소설 속에서 온갖 야비하고 위악적인 얼굴로 세상 제일 똑똑한 척, 아는 척, 멋있는 척, 정의로운 척, 한 많은 척, 순수한 척, 아름다운 척, 척, 척을 혼자 다 하느라 피곤할 새도 없이 까불다 말고 끌려와 이토록 거룩하고 근엄한 '작가 후기' 발밑에 꼼짝없이 무릎 꿇려 있는 내 꼴을 보시라. 이제 솔직해야 한다. 진지해야 한다. 한 점 과장도 거짓도 허용되지 않는 자리. 그리하여 다른 무엇도 아닌 내 이야기를 이제 꺼내야 하는 것이다. 소설은 뻔뻔한데, 난전의 익살꾼이 되는대로 질러 대는 허풍 같은데, 책 말미에 광고 전단처럼 슬쩍 껴들어 가는 작가의 말에 이르면 천하의 얌전이로 변하고 마는, 요컨대 소설과 작가 후기가 얼마나 다른가에 관한 반증일 터이다.

소설을 쓰네 문학을 하네 까불고 다니던 시절이 있었다. (갑소사, 지금은?) 오전 11시부터이던가, 하여튼 엄청나게 일찍 지

작된 술자리. 3층 창가 자리에 앉아, 교문 언저리에 샛노란 단
풍잎이 가득 흐트러지고, 오후 수업 들으러 바삐 걷는 학생들
뒷모습을 구경하며 벌써부터 흐릿해지는 술잔을 열심히 들어
올리던 즈음이다. 누가 그랬다. 소설이라. 야, 소설이 너를 쓰
겠다. 도서관에서 대출 받은, 옆 자리 가방 위에 올려놓은 소설
책을 발견한 모양이다. 《꼬방동네 사람들》이었던가 《내 마음
의 풍차》였던가. 미친 새끼, 뭘 알고나 하는 소리인지.

　그런데 웬걸. 까맣게 잊고 있던 '소설이 너를 쓰겠다'를, 그
후에도, 적어도 서너 번은 더 접해야 했던 것이다. 교문 근처
낮술을 빨던 주점보다 훨씬 성숙하고 진지한 이를테면 문학과
한층 가까운 자리에서 말이다. 하지만 불행히도, 나는 여전히
그 말뜻을 해석조차 하지 못했었다. 소설이 나를 쓴다, 니. 정말
웃기시는 소설이군. 왜? 벼 이삭이 농부를 키우고 멸치 떼가
유자망을 짠다고 해보시지.
　그래, 감히 뭘 어떻게 눈치 챌 수 있었으랴. 내가 구상한 이야
기들이, 선택한 단어가, 고심한 문장이, 그렇게 세상 밖에 내보
내진 소설이, 그 작은 역사들이, 지금은 책장 구석에 꽂혀 모서
리가 노랗게 닳아 가는 내 책들이, 종내는 이른바 '소설 쓰는 인
간' 한차현을 설명하고 규정짓고 결국 대신하게 된다는 끔찍하
고 심오한 진리를.

두 번째 창작집이다. 여전히 얼떨떨하다. 첫 창작집은 2001년도 7월 하순. 표제 하여 《사랑이라니, 여름 씨는 미친 게 아닐까》였다. 그리고 3년 만에 나타나 한다는 소리가 《대답해 미친 게 아니라고》이다. 제목 정할 때까지만 해도 까맣게 생각이 못 미쳤던 경우로, 정말 어쩌다 쌍으로 '미친' 이야기가 나왔을 뿐이다. 전작(前作)에 연결되는 의미나 달리 의도하는 바는 물론 없다. 하지만 예의 제목들에서 기발한 연결 고리를 찾아낸 분이 혹 있다면, 글 쓴 작자가 이러쿵저러쿵하기 이전에 어디까지나 유의미한 정답일 것이다. 쓰는 사람 마음이면서 한편으로 읽는 사람 마음인 것이 바로 소설이니까. (제목에 붙여 하나만 더. 가까운 술친구는 '대답해 밑 흰 게 아니라고'가 낫겠다고 권한 바 있다.)

부끄러운 고백으로 그간 '작가의 말'에 해당하는 불편한 글을 쓴 게 무려 네 차례이다. 장편소설 셋과 단편집 하나. 지난 시절들,이라고 해도 좋을 나날이 그간 무수히 스쳐 가고 말았다. 아마 그랬을 것이다. 첫 창작집에는 표지 한구석에 "저력 있는 신인"이라는 카피를 붙였었다. 유전자 합성 인간이 등장하는 어느 장편소설 출간 무렵에는 "무서운 신예 작가 한차현의 21세기적 재미와 충격"이라는 선동적(!) 문구가 선보이기도 했다. 출판사 쪽의 귀여운 홍보 전략일 터인데, 다들 눈치 챘겠지만 나는 저력 있는 신인도 무서운 신예 작가도 아니다. 아니었다.

신(新) 자를 붙이기도 쑥스러워진 이즈음에 남은 것은, 이제 웬만한 동네 서점에서는 찾아볼 수도 없는, 방 안 책장 구석에 종류별로 예닐곱 권씩 가지런히 꽂혀—지하철 서점 구석의 "구간 도서 파격 세일! 소설류 80퍼센트!"의 매대 풍경처럼—모서리가 노랗게 바래어 가는 시절들의 분신이다. 소설 속 별의별 이야기이고, 책 말미 '작가의 말'에 남겨진 부끄러운 고백들이다.

다섯 번째 책을 위한 다섯 번째 작가의 말, 아직 익숙할 때가 아닌 모양이다. 이웃집 남자의 사각팬티를 빌려 입은 것처럼 영 어색하고 불편한 기분이다. 열네 번째 장편소설의 후기를 쓸 때도 지금처럼 할 말 찾지 못해 막막하고 늘 하던 거짓말 못해 수줍어지고 말 것만 같다. 그런데 열네 번째라, 가능할까?

소설. 왜 쓸까. 써서 뭐 할까. 쌀이 나오는 것도 아니고 막걸리가 나오는 것도 아니고. 쌀이나 막걸리를 조금 얻을 수는 있겠지만, 그 정도를 위한 작업으로는 너무 가혹한 정신노동인데. 도대체 왜. 소설가에게, 문학상 수상 소감 원고를 작성하거나 일간지 인터뷰에 응하는 것과는 비교도 할 수 없을 정도로 중요한 자문 혹은 성찰. 때론 그 때문에 술 마시고 늦잠 자고 신 김치 넣은 라면 후루룩거리고 남산도서관 가서 빈둥거리고 별의별 음악을 귀에 꽂은 채 사람 많은 거리를 걷고 술을 먹고 또 술을 먹고 지하철을 타고 스포츠 뉴스를 보는 소중한 시간들마저 방해 받을 만큼 치명적인. 왜 쓰는가. 그 유령 같은 질문을, 여태까지는 슬쩍슬쩍 비껴가며 살아온 편이다. 소설을 위한 구실이 그때마다 늘 다양하게 준비되어 있었던 덕이다. 창작 정신이나 사명감이라고 하기엔 유치한, 이 자리에 올리기 부끄러울 만큼 잡스러운 구실들이.

소설은 사람을 만나는 길이다. 늙은 나무도 있고 아이스크림 자판기도 있고 시냇물도 있고 야바위꾼도 주정뱅이도 있는, 은밀하고 아득한 변두리 산길이다. 사람을 만나기 위해 나는 소설을 쓴다. 모르는 사람. 모르는 사람들. 여태 한 번도 만나지 못했던, 세상에 그런 사람이 있는지도 까맣게 몰랐던, 어느 날 오후 지하철 4호선 환승 구간을 사람들 사이에 섞여 나란히 걸은 적이 있다 해도 그 사실조차 까맣게 깨닫지 못했을, 이름도 얼굴도 사는 곳도, 여자인지 남자인지, 중학생인지 실직 가장인지 변태 성욕자인지 마을버스 기사인지 요리사인지 군인인지 수녀인지 정신과 의사인지 모를 누군가를, 당신을, 지금 소설을 통해 나는 극적으로 만난다.

정말? 왜냐하면 소설은 진실하니까. 세상 제일 똑똑한 척, 아는 척, 멋있는 척, 정의로운 척, 한 많은 척, 순수한 척, 아름다운 척, 척, 척을 하긴 해도 소설가는 소설 속에 자신이 가진 진실만을 내놓을 수밖에 없는 법. 일상의 대화보다도 오히려 정직한 이야기들을, 한편이 쓰고 다른 한편이 읽으니, 그야말로 완벽한 만남의 길 아니겠는가. 그러고 보면, 오호라, 소설은 나를 쓰고 동시에 당신을 쓴다. '소설 쓰는 인간'인 나를 쓰고 '소설 읽는 인간'인 당신을 쓰고, 불현듯 찾아온 당신과 나의 짧고 희미한 만남—그 기적과 같은 장면을 생생히 기록하고, 종이 위에 써진 문장들보다 더욱 심오하고 세련된 의미를 거기 부여하고!

그러고 보면 사는 일이란 대개 즐겁다. 신이 날 무엇도 없지만, 크게 괴로울 것도 없다. 안 그런가? 미친 듯 말술을 처마신 다음 날 내내 자리에 누워 일없이 골골거리고 있어도 어김없이 하루해가 넘어가고 마는, 그런 따분한 경우를 예외로 친다면, 사는 건 분명 기분 좋은 일이다. 복권의 일곱 숫자를 죄다 맞추거나 착하고 아름다운 여인을 만나 불 같은 사랑에 빠지고, 큰아들이 좋은 대학에 붙고, 축구 국가 대표가 국제 대회에서 우승하고, P2P 채널을 통해 쇼팽의 녹턴과 폴로네즈 6백 메가를 사흘 만에 다운 받고, 아무 생각 없이 들어간 중국집의 짬뽕 맛이 기막히게 좋다던가. 그런 행복이란 늘 드물기 짝이 없음에도 말이다.

그러므로 당신 역시 언제나 행복하시길. 삶이란 어쨌거나 즐거운 무엇이라는 사실을 몸으로 마음으로 증명해 보일 의무와

권리가, 세상 누구도 아닌 당신에게 늘 함께한다는 사실 잊지
말길. 너무 기뻐하거나 안타까워하지도, 누구 말처럼 슬프거나
노여워도 하지 말길. 먹고 자고 싸고 웃고 떠들고 찌푸리고 뽀
뽀하고 싸우는, 이 순간 나와 당신으로 인해 쉴 새 없이 이루어
지고 있는 모든 일들이, 전 우주의 역사를 통틀어 단 한 번도
있은 적 없는 기적적인 현상이라는 점 잊지 마시길.

　2004년 8월에 보내는 작가의 말은 여기까지다. 두루 용서를
빈다. 마지막에 인용하는 문장은, 엉뚱하게도, 지난 한 시절 인
연 맺었던 장편소설의 작가 후기이다. 그 일부이다. 이 자리에
서 했던 말을 이전부터 하고 싶었던 것일까. 그런 모양이다. 몇
년 전의 기억이 놀랍도록 선명하고 한편 놀랍도록 가물거리는
잡문 속에, 몹시 낯익은 이야기 한 토막이 숨어 있었던 것이다.

　그러므로 얼마나 경이로운가. 서로 알지 못하는 당신과 내가,
그 존재가 아직도 의심스러운 관계 속 지금 우리의 흐릿한 조각
들이, 도대체 뭔지도 모를 소설 하나로 이처럼 후끈하고 아득한
만남을 즐기고 있다는 기적은. 뭐 그따위 기억조차도 빗속의 눈
물처럼 필경은 덧없다고 주장하실 당신도 계시겠지만.

2004년 광복절 저녁
한　차　현

대답해 미친 게 아니라고

초판 1쇄 인쇄일 · 2004년 9월 6일
초판 1쇄 발행일 · 2004년 9월 10일
지은이 · 한차현
펴낸이 · 임성규
펴낸곳 · 문이당

등록 · 1988. 11. 5. 제 1-832호
주소 · 서울시 성북구 동소문동 4가 111번지
전화 · 928-8741~3(영) 927-4990~2(편)
팩스 · 925-5406
© 한차현, 2004

홈페이지 http://www.munidang.com
전자우편 webmaster@munidang.com

ISBN 89-7456-258-8 03810

값은 뒤표지에 표시되어 있습니다.